U0907879

花火
魅丽文化
花火工作室

SHOU CHONG RUO JING

受宠若鲸

轻寒 著

QING HAN WORKS

江苏凤凰文艺出版社
JIANGSU PHOENIX LITERATURE AND ART PUBLISHING, LTD

图书在版编目（CIP）数据

受宠若鲸 / 轻寒著 . -- 南京 : 江苏凤凰文艺出版社，2019.5
ISBN 978-7-5594-3527-9

Ⅰ . ①受… Ⅱ . ①轻… Ⅲ . ①长篇小说 - 中国 - 当代
Ⅳ . ① I247.5

中国版本图书馆 CIP 数据核字 (2019) 第 062603 号

受宠若鲸

轻寒 著

责任编辑 张 倩 王 青
特约编辑 黄 欢 蒋晗婧
装帧设计 黄 梅 郭 颂
出版发行 江苏凤凰文艺出版社
南京市中央路 165 号，邮编：210009
网 址 http://www.jswenyi.com
印 刷 湖南关山美印有限公司
开 本 880mm × 1230mm 1/32
印 张 9
字 数 212 千字
版 次 2019 年 5 月第 1 版，2019 年 5 月第 1 次印刷
书 号 ISBN 978-7-5594-3527-9
定 价 38.00 元

C O N T E N T S

C O N T E N T S

第一章

他听见她的心声

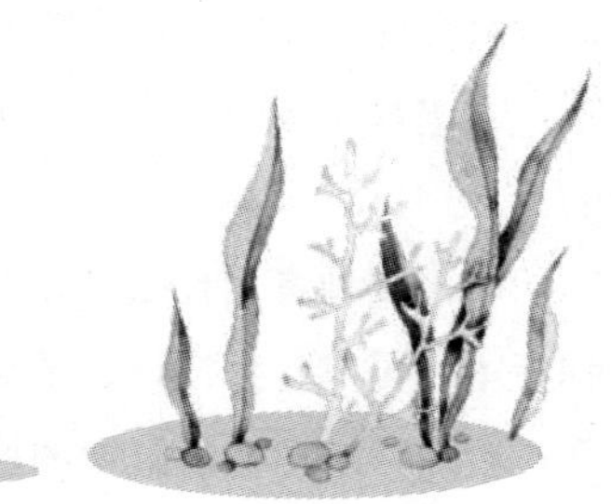

阿尔贝一世亲王创建的摩纳哥海洋博物馆，临崖面海，蔚为壮观。

俞小鲸还没开始欣赏博物馆的精致藏品，就被“抛弃”在海洋动物陈列厅。她面对着厅中巨大的抹香鲸骨架，反复深呼吸，暗暗告诫自己：来都来了，开心点。然而心底却汹涌澎湃着无数槽点，让她不由得握紧拳头。

俞小鲸是信了孟烦烦的邪，才会跟他来这里，真想把他做成标本，留在这里示众至少一百年。

孟烦烦是鲸鲸海洋馆的馆长孟千里。俞小鲸表面上尊称他为“老板”，却经常在心里吐槽他是“孟烦烦”，因为他做事经常放飞自我，弄得她很烦躁。

比如这回，孟烦烦以考察为名，出差到国外，其实是他追星追到了戛纳电影节，为了掩人耳目，才带上俞小鲸同行的。

两小时之前，俞小鲸还在法国戛纳的酒店，吹着海风，喝着可乐，等着陪孟烦烦去红毯围观他的女神亮相。但是孟烦烦不知哪根筋又搭错了，半路突然改变主意，放弃去女神面前刷存在感，反而驱车一个多小时来到法国邻邦——摩纳哥公国。孟烦烦将俞小鲸带到海洋博物馆，让她进行考察工作，转眼就不见人影了。

虽然摩纳哥是世界第二小的国家，小到站在高处便能一览无余，但对她来说依然是人生地不熟的异国。摩洛哥的官方语言是法语，而她只会说“笨猪”和“傻驴”好不好？

当老板的就可以为所欲为吗？孟烦烦用行动告诉俞小鲸，可以的。

哈，要她考察什么工作？考察如何在鲸鲸海洋馆里进行海洋生物标本展览吗？拜托，她是鲨鱼饲养员，让她来看一堆鱼骨头算什么？当然，泡在玻璃缸中的标本，她更没兴趣，好吗？还是让她去地下室的水族馆，去“抚摸池”跟小鲨鱼进行亲密接触？呵呵，她都与大鲨鱼共舞了，还稀罕摸小鲨鱼的软骨头吗？

她该考察的是孟烦烦的脑袋到底进了多少水，是不是晃一晃就能听到海浪的声音？

要不就去朋友圈问问：老板花样作妖，太烦人，如何应付？在线等，挺急的……

“这里是博物馆，请保持安静。”

冷不防地身后响起一道不耐烦的声音，音量很小，是用中文说的。

俞小鲸疑惑地回头，在她的斜后方，站着一个男人。他戴着黑色棒球帽，穿着黑色T恤、黑色牛仔裤、黑色球鞋，用黑幽幽的眼睛睨着她，年轻英俊的面容上带着点小阴郁。

看起来不是很友善的男人，浑身散发出冷冽的气息。

俞小鲸打了个寒战，看了看四周，不确定地指着自己，在说她吗？

“你很吵。”男人颜色很淡的薄唇动了动，话语直接，“很烦人。”

呃……她很吵？

俞小鲸瞠目结舌，他从哪里看出来她很烦人？

男人根本不理会俞小鲸满脸问号的表情，转身往门口走去。

等等，她不是哑巴，凭什么吃黄连啊？

俞小鲸回过神，快步追上陌生男人，拉住他的手腕：“等下，你说我——”

男人的反应却如惊弓之鸟，他猛地甩开俞小鲸，动作幅度大到把他的棒球帽也顺势甩掉了。

“别碰我。”他克制着音量再次强调，“这里是博物馆，请保持安静。”

“谁不安静了？”俞小鲸忍不住怼他，“你凭什么训我？”

男人捡起棒球帽重新戴上，瞥了眼周围侧目的其他游客，挑了下眉：“就是因为有你这种在博物馆吵闹的人，才影响了中国游客在外的形象。”

“什么？”

这顶大帽子扣得俞小鲸有点茫然，她注意到其他游客的目光，有点心虚，可一想不对，明明先找碴儿的人是他……他人呢？

那个全身黑漆漆的男人眨眼间便消失不见了。

俞小鲸望着人来人往的陈列厅大门，拍了拍额头，看来是大白天见鬼了。她不过是用心声在吐槽，就冒出个指责她影响中国游客形象的“正义人士”，难道心声的音量还会破坏博物馆的安静吗？

手机振动着……看吧，俞小鲸进入博物馆时就将手机调到了静音振动模式，哪轮得到“正义人士”教她博物馆礼仪呢？

“大鱼儿，我在蒙特卡罗大赌场，急需运气，你来这里吧！”

孟千里发来的微信让俞小鲸翻了个白眼。她想起被录取的理由是孟千里喜欢她的名字，觉得她很适合当鲸鲸海洋馆的吉祥物。

简直是侮辱她的人格！

“别以为微信没已读显示就当没看到，不来扣你的出差津贴！”

孟千里最让她烦的地方就是拿钱威胁她！

有钱人就可以为所欲为吗？孟烦烦用行动告诉她，可以的。

当初要不是孟千里给的待遇好，俞小鲸才不会自贬人格进鲸鲸海洋馆工作。喂鲨鱼的同时还要当吉祥物，孟烦烦应该给她开双份工资才对。

蒙特卡罗大赌场距离海洋博物馆不到一公里，俞小鲸打开地图导航，步行前往。虽然不能拒绝孟烦烦的“召唤”，但她也有自己的小倔强，忍不住想调皮一下。

俞小鲸不急着去见孟烦烦，慢悠悠地沿着港湾路走，欣赏着停泊在港的私人游艇，鳞次栉比，奢华至极。

在蒙特卡罗港口，俞小鲸一眼认出坐在路边长椅上的男人，全身黑漆漆的，化成灰她都认得出来。

下午三点半，日光微斜，化作碎金在地中海的水面闪耀。

男人面朝大海，手捧着杯咖啡，吹着五月和煦的海风，远远望着成群的海鸥沿着港湾飞翔，有三三两两还会在游艇上歇脚，非常惬意。

俞小鲸轻手轻脚地走到男人身后，拍了下他的肩膀："哟，真巧啊，同胞，又见面了。"

男人的后背瞬间僵硬，他缓缓地转过头。见到是俞小鲸，男人眯起眼睛："你跟踪我？"

"什么？"俞小鲸嗤笑出声，"你是自恋狂，还是有被害妄想症？"

"不是跟踪我？"男人表示怀疑，"那你怎么会在这里？"

"摩纳哥就这么小。"俞小鲸伸出伸手比了比，"我们这叫冤家路窄。"

"哦，那真巧。"他依然怀疑，"你想做什么？"

"讨个公道。"俞小鲸对于刚刚在海洋博物馆里哑巴吃黄连的事还耿耿于怀，"我讨厌被冤枉。"

"跟我有什么关系？"男人并不想跟俞小鲸纠缠，起身准备离开。

俞小鲸这次学聪明了，立刻错身挡住他的去路："这位先生，你是属乌贼的吗，每次放完屁就跑？"

"乌贼那不叫放……"男人明显不认同她的用词，"粗俗。"

“对，不叫放屁，叫吐墨。”俞小鲸凉凉地道，“吐出一堆乌烟瘴气的东西，把我熏糊涂了……这就是你对我做的事，不认账吗？”

男人的眉头皱起来：“我不懂你在说什么。”

“看来你有健忘症。”俞小鲸抬手看了看表，提醒他，“就在半个小时前，在海洋博物馆，你莫名其妙地指责我喧哗吵闹，影响中国游客的形象。”

“没有吗？”他一脸不觉得自己有错的样子。

“在博物馆，我只跟你说过话。”俞小鲸有点火大，“你在我身后，哪只耳朵听到我开口吵闹了？”

闻言，男人握紧了手中的咖啡杯，小心翼翼地确认：“你没有在自说自话？”

“我看起来像是从精神病院逃出来的吗？”俞小鲸忍不住翻了个白眼，“我不过是在心底吐槽了一下，你就冒出来说我很吵，请问，你是我肚子里的蛔虫吗？”

“我以为……”“蛔虫”的目光闪烁，话都结巴了，“可能……听错了？”

“被一堆海兽的骨头包围，中邪幻听了吗？”俞小鲸终于扬眉吐气，“所以，请你还我公道，跟我道歉！”

——只要道歉，看在同胞的分上，我就大人不记小人过了。

——要是不道歉，哼，我就去网上曝光，让网友们瞧瞧到底是谁在博物馆无的放矢，是谁在外影响中国游客的形象。

俞小鲸未出口的话语，清晰地穿透男人的耳膜，震动着他的神经，他的身体骤然紧绷。

那是俞小鲸心里的声音，他却清楚地听见了。

男人不可思议地盯着俞小鲸，因过于震惊而无法控制自己的表情，意外、怀疑、好奇、诡异、疑惑、不安……各种表情在他脸上变幻。

——他的表情变来变去的，面部神经失调了吗？

——难道他来自四川，会变脸绝活？

——为什么沉默？想要赖，还是羞愧得无言以对？

——一直盯着我看是什么意思，不知道怎么道歉吗？

……

俞小鲸的心声源源不断地传来，在他的脑中炸开，似有万马奔腾，又如狂风呼啸。

男人死死地盯着俞小鲸，她没有三头六臂，也没有犄角尾巴，就是个普通女人，不惊艳也不脱俗，只是清秀而已。

为什么他能听见她的心声？

“先生，你不想道歉吗？”俞小鲸不爽地眯起眼，“你冤枉了我，还想一笑而过吗？”

“对不起。”男人深吸了一口气，压下心底的恐慌，“是我误会你了。”

“这还差不多，我大人有大量，接受你的道歉。”

俞小鲸爽快地原谅了男人，却见他的脸色渐渐惨白，变得越来越糟糕。

——他不会是犯病了吧？

俞小鲸的心声，如实又霸道地灌进他的耳朵，不容拒绝。像是寂静许久的空间，突然闯进了未知的怪物，令他慌乱，本能地想要逃离。

男人表情复杂地看了俞小鲸一眼，然后转身离开，脚步匆忙而虚浮。

俞小鲸满脑袋都是问号。

——我很可怕吗？

——只是要求他道歉，又没有向他索要精神赔偿……

——他迫不及待地逃什么呀？

——看来他真是属乌贼的……

那个几乎落荒而逃的背影，忽然踉跄了一下，差点摔倒，随后脚步越来越快，转眼消失在街角。

俞小鲸看得啼笑皆非，这人真奇怪，别是个傻子吧？

蒙特卡罗大赌场建在小山坡上，盘山而上，就是大赌场正对着的喷泉广场。

大赌场门前和喷泉周围停着许多顶级豪车，俞小鲸一眼就认出了孟千里的保时捷跑车。不愧是资深败家子，希望他还没有输掉他的跑车。

蒙特卡罗大赌场是座欧式巴洛克风格的宫殿建筑，气势恢宏，造型典雅，精致而奢华。虽说是赌场，但并非免费开放，俞小鲸肉疼地花了十欧元买门票，确定着装合格，登记护照以后，才被允许进入。

蒙特卡罗大赌场主要有欧洲厅、美洲厅、贵宾厅、白厅四大区，内部装潢豪华气派，又有文艺复兴时期的典雅风范。若非有那些轮盘角子机的存在，可以当成艺术馆了。

俞小鲸以为孟千里会去贵宾厅试手气，结果在白厅的老虎机前找到了他。孟老板穿着打算围观戛纳电影节的正装，跟这里贵气的装潢很相配，他脸上不甘心的表情跟赌场的氛围也很搭。

“老板，我来了。”

俞小鲸清清嗓门报到，瞥了眼他手边的筹码，有一两百欧元的样子，看来只是在老虎机上小玩，没有去私人厅豪赌。孟总裁如果看到，会被弟弟的勤俭持家感动吧？

“你怎么才来啊？”孟千里语带抱怨，催促俞小鲸，“大鱼儿快转转，我要运气。”

俞小鲸无语地看着而立之年幼稚却不减的孟烦烦，在他有些输红眼的注视下，只得配合演出，执行他所谓的开运仪式——围着他，双手合十，顺时针转三圈。

孟烦烦参观佛塔，发现了绕塔许愿的仪式，结合微博转发锦鲤有好运的说法，就脑洞大开，给俞小鲸整出一套专属于他的开运仪式。

实在太中二、太羞耻了……俞小鲸对此敢怒不敢言，碍于孟烦烦是发工资的老板，不得不修这门玄学课。所以，她大学毕业来鲸鲸海洋馆工作了三年，也给孟烦烦执行了三年的开运仪式。

只能说这门玄学实在太玄了，每次都让孟烦烦得逞。俞小鲸刚给他转完圈，他重新下注，启动轮盘，就出现了万能符。赢了这一轮，他却不玩了。

“老板，你不乘胜追击吗？”

俞小鲸惊喜地看着老虎机吐筹码，十倍赔率，一把就赢了两百多欧元。

“其实，这里的老虎机有毒。”孟千里一本正经地说道，“我花了快一万欧元赌运气，都没赌赢。现在靠转鱼儿赢了，总算出了口气，就放它一马吧。”

俞小鲸咋舌，一万欧元啊，四舍五入都有十万人民币了。孟烦烦就这样撒向老虎机，只为赌下运气……看来贫穷限制了她的想象力。

“老板，让我沾点喜气。”俞小鲸快速地打起了小算盘，掏出赌场门票，“给我报销这个吧？”

“难得来一趟，门票要留着当纪念，报销什么？”孟千里从口袋里抓出他的门票，还有之前他买的海洋博物馆门票，通通塞给她，“我的喜气都给你，不用客气。”

俞小鲸抓着一把门票，不爽地瞪着孟千里，看着对方完美地展示了什么叫越有钱越抠门。难怪孟烦烦长得人模狗样，结果三十岁了还是单身狗。

“我不是在陪你出差吗？”俞小鲸一想到十欧元的门票就肉疼，“这期间产生的费用应该都可以报销吧？”

“摩纳哥之行是孟总裁的意思，你想报销，找他。”

孟千里干脆甩锅，愉悦地看着他的吉祥物因为十欧元纠结，他就是故意为难俞小鲸，谁让她像守财奴似的斤斤计较呢？

“什么意思？”

孟总裁是孟氏集团总裁孟万里，孟千里的孪生哥哥。跟放飞自我的孟烦烦不同，孟总裁稳重内敛，正经得让人不敢在他面前造次。

“如果不是孟总裁有令，我才不要错过女神的红毯秀，特地赶来摩纳哥被人放鸽子。”孟千里对亲哥的使唤向来是敢怒不敢言的。

“又不是我放你鸽子。”俞小鲸抓到重点，“你不给我报销，根本是在迁怒。”

“我不能对孟总裁生气，也不能对放我鸽子的人生气。”孟千里今天的运气很差，他不否认自己在迁怒，“所以，大鱼儿，你还是保佑我快点见到那人吧。”

“谁这么大牌？”俞小鲸好奇，她以为孟烦烦的克星只有孟总裁。

“我姑姑家的表弟。”孟千里无奈地叹了口气，“我们孟总裁得知他在摩纳哥，要我跟他见个面。表弟这人居无定所，全世界旅游，我已经很多年没见过他了。难得这次他愿意见面，可他一会儿给我发海洋博物馆的定位，一会儿又发蒙特卡罗大赌场的地址，把我耍得团团转，他也没出现。”

“真是恶人自有恶人磨。”

俞小鲸有点幸灾乐祸地嘟囔，这表弟比孟烦烦更加放飞自我。

“嗯？”孟千里盯着她，“你说什么？”

“我是说……”俞小鲸正色道，“如果没有见到表弟，我们就不能离开摩纳哥吗？”

“孟总裁交代的任务没完成，我们就是有国也不能回。”上有孟总裁压着，下有表弟卡着，孟千里成了夹心饼干，还得两头讨好。

“老板，还是让我帮你开挂吧。”俞小鲸一听，这可不行，关键时刻还得靠玄学，“快把表弟的生辰八字给我，我给你算算。”

“裴游，二十五岁，六月六日生，什么时辰我不清楚。”孟千里顿了顿，“大鱼儿，这样算得出他在哪里吗？”

俞小鲸愣了下，有些意外，竟然是跟她同年同月同日生的人。

“大概正在来的路上吧。”俞小鲸煞有其事地掐着手指算了下。下一秒，孟千里的手机响了，有新的信息。

“表弟说他在蒙特卡罗歌剧院，让我陪他看歌剧。”孟千里眼睛一亮，把所有筹码推向俞小鲸，“我马上过去，大鱼儿，你在这里等我，好好玩，这些输光了也没关系。”

蒙特卡罗歌剧院在蒙特卡罗大赌场的另一边，两者在同一座建筑里。

“赢了算我的吗？”俞小鲸赶紧问，她要感谢表弟的出现，让孟烦烦突然摆脱对金钱的低俗趣味。

“只要你保佑我跟表弟成功会师。”孟千里拍了拍她的肩膀，“赢了就算你的。”

“老板，我会保佑你的。”俞小鲸顿时眉开眼笑，挥手送他，“我还会祝你和表弟幸福的。”至于孟千里和裴游见了面看了歌剧后会怎么样，完全不在俞小鲸关心的范围。

俞小鲸很想把孟千里给她的筹码直接换成现金，又怕被他抓住小辫子没收，于是抱着应付“好好玩”任务的心态，想着就玩一轮，心一狠下了五十欧的注，没想到运气爆棚，一击命中，转出“777”符号的大奖。一百倍的赔率啊！

眨眼间赚了几千欧元，俞小鲸的眼光都直了，激动得心脏差点爆炸。

估计这辈子的运气都用在这里了，幸福来得太突然，吓得俞小鲸赶紧把所有筹码一收，跟做贼似的去兑换，直到拿着沉甸甸的现金才有了天上掉馅饼的真实感。

带着意外之财，俞小鲸不敢逗留，就去蒙特卡罗大赌场旁边的巴黎咖啡馆等孟千里。她难得奢侈地点了最贵的咖啡，体验了一把暴富的快感。

后来回国的漫长飞行，俞小鲸睡都睡不着，不是因为咖啡喝多了，而是她会忍不住笑醒。感谢天感谢地，感谢孟烦烦的表弟，让她受到财神爷一时的眷顾。

自助银行服务区。

俞小鲸站在存取款一体机前，从自己的卡上取出现金，再选择无卡无折存款。她熟练地输入两次账号，核对收款人姓名后，将现金放进存款口，确认，打印存款凭条。

大学毕业前没有稳定收入，俞小鲸每年只能往这个账号存一两次的钱。上班之后，她每月就将一半工资存进这个账号，像进行某种仪式似的，雷打不动。

俞小鲸想起在蒙特卡罗大赌场赢的钱，算了下，又拿出一半的意外之财存进去，心里觉得更舒坦了。

手机在这时响起来，俞小鲸一接通就听到孟千里兴奋的声音：“大鱼儿，你跑哪里摸鱼了？快来会议室，我要宣布重大决定，保证让消协刮目相看。”

半个月前，孟千里带着俞小鲸出差回国，他还没来得及向孟总裁汇报工作，就被消协的人约谈了。

消费者协会收到投诉，鲸鲸海洋馆涉嫌虚假宣传欺骗消费者。投诉人称海洋馆取名“鲸鲸”误导消费者，他们全家花了三百元买门票去看鲸，但馆内只有鲸鲨。鲸鲨是鲨不是鲸，这是欺诈，要求消协惩罚鲸鲸海洋馆挂羊头卖狗肉的行为。

这简直是无妄之灾。按照这种逻辑，俞小鲸觉得老婆饼厂家会瑟瑟发抖，夫妻肺片的厨师会直冒冷汗，连煲仔饭的砂锅都要被吓裂了。

鲸鲸海洋馆的镇馆之宝是只六七米长的未成年鲸鲨，这可是世界上最大的鱼类，比有些海洋馆养的白鲸大得多，没想到被嫌弃是挂羊头卖狗肉，孟千里倍感委屈。

这条鲸鲨可是孟千里的宝贝，取名爱丽丝，是个温柔害羞的小公主。

五年前，孟千里在海边冲浪，救了被螺旋桨打伤搁浅的爱丽丝。那时爱丽丝还是只两三米长的鲸鲨宝宝，伤势严重，奄奄一息。孟千里不惜斥巨资救它，后来确认它回到海洋难以独自生存后，就由孟氏集团出面买下寄养它的水族馆，改造成如今的鲸鲸海洋馆。

爱丽丝作为鲸鲸海洋馆的绝对主角，它的故事吸引了众多游客来海洋馆参观。不过，它做梦也想不到有一天它会被投诉欺世盗名吧？

消协约谈孟千里，给他提供解决思路：一是向消费者道歉，改名；二是真的要有鲸，名副其实。

“老板，我们向别的海洋馆买只白鲸养吧？”

俞小鲸觉得第二个解题思路很靠谱，鲸鲸海洋馆的玻璃展池是以鲸鲨可能生长到二十米的最大体量标准设计的，所以非常巨大，放一群白鲸进去，陪爱丽丝玩“来呀，来追我”的游戏绝对不成问题。

“你想得美！”孟千里直接敲她的脑袋，“我要是圈养鲸，表弟会弄死我的。”

“是那个摩纳哥见的表弟？”俞小鲸不解，“老板，你到底有多怕他？”

“我不是怕他，是尊老爱幼，让着他。”孟千里哼了声，解释道，“他是个鲸痴，爱鲸如命，他认为鲸聪明感性，是充满灵性的动物，属于广袤的海洋，圈养就是在凌迟它们。他会去全世界旅游，其实是去不同的海域观鲸。”

为了应对消协的投诉，孟千里召开临时会议，对全体海洋馆员工宣布他的决定：“我要在鲸鲸海洋馆开设鲸展厅，这里会有全世界种类最多的鲸。”

“老板，你家有海洋吗？”

俞小鲸和其他员工纷纷露出一脸“他疯了”的表情。

“鲸又不是鱼。”孟千里得意扬扬地说道，“没有海洋也能拥有它。”

看来这回孟烦烦的脑洞真的大到叫人“大吃一鲸”了。以俞小鲸为代表的海洋馆员工们，静静地看着老板异想天开，至于“全世界种类最多的鲸”从哪里来呢？

“有人会魔法，”孟千里神秘兮兮地说，“能变出鲸来的。”

员工们的白眼翻得很整齐，纷纷起身，表示水里的宝贝们吃饭时间到了，得给填肚子，不然大鱼会吃掉小鱼的。俞小鲸作为鲸鲸海洋馆的吉祥物，当仁不让地被众人留下，配合老板演出。

“大鱼儿，你跟我去迎接魔法师吧。”

毕竟这是“鲸”事，冠上“鲸之名”的她，当然要责无旁贷。

俞小鲸只得跟孟千里走，等车上了高速，她才知道是去机场接所谓“能变出鲸”的魔法师。

他们来到国际到达厅时，机场广播正在通知从葡萄牙里斯本飞来的国际航班即将抵达。孟千里的神情很亢奋。

半小时后，在接机口，孟千里激动地冲着一身黑衣的男人挥手：“小游，这里，这里！”

俞小鲸望向那人，他周遭的空气显得特别冷冽，仿佛自带结界似的与他人隔开距离。

——孟烦烦叫他小游，这是他的表弟裴游？

俞小鲸有点恍惚，忽而明了，摩纳哥的相遇看来不是什么偶然。

裴游听见孟千里的呼声，却没有回应孟千里，反而直直地走向俞小鲸，表情有点古怪。

他走到俞小鲸面前，两只黑幽幽的眼睛，眨也不眨地盯着她。

俞小鲸不甘示弱，睁大眼睛跟他四目相对，心里默默吐槽。

——看什么看，比谁的眼睛大吗？

——哼，来啊，输了可别再像乌贼似的落荒而逃。

裴游突然“咳”了一声，抿住嘴，似乎在忍耐什么，然后一转身，张开双臂抱住孟千里。

——啊啊啊，小，小，小……游，这个万年洁癖男居然抱我了，我是在做梦吗？

孟千里受宠若惊地回抱裴游，用力地拍他后背：“小游，你可回来了，哥想死你了。”

——哦，不是梦，我正抱着小游……等等，我得拍张照片，向万里炫耀下，我们家的小游终于愿意跟哥哥亲近了。

下一刻，裴游就放开孟千里，弹了弹身上的衣服，不客气地将行李车推给孟千里。

——他是把孟烦烦当病菌吗？

——还是觉得孟烦烦太烦了？

俞小鲸瞅着孟千里被“嫌弃”瞬间失宠的哀怨表情，极力地忍住笑意。

“她是谁？”

裴游睨着俞小鲸问孟千里。她是在摩纳哥偶遇到令他怀疑人生的人，他以为不会再见了。刚刚他确认了一件事，只要肢体接触就会听见对方心声的毛病依然存在，如今却出现更大的漏洞，他竟能隔空听见某人的心声。他对别人的心声不感兴趣，但如此被迫当“蛔虫”，他就不得不在意了。

“她叫俞小鲸，是鲸鲸海洋馆的吉祥物哦。”孟千里转手就把行李车推给“吉祥物”，八卦兮兮地凑近裴游，“小游，她以鲸为名，你有没有觉得很亲切？”

“嗯哼。”

裴游不置可否，又瞥了眼俞小鲸。她穿着白色连衣裙，个子比初生白鲸幼崽长一点，两眼弯弯，嘴角微扬，似笑非笑。这样一张清秀的微笑脸，跟白鲸迷之相似，难怪被当成吉祥物，叫“小鲸”也算形象了。

——斜眼看我什么意思？

——想说他不是属乌贼的，而是表情包吗？

俞小鲸不以为然地挑了下眉，不过当着老板的面，她就当个会推行李车的吉祥物吧。

“老板，你们慢慢聊，我先把行李送到车上去。”

孟千里的车在地下停车场，要坐电梯到负一楼。

“我来。”裴游伸手拦住俞小鲸，姿态高冷地拿回行李车，表示要自己推。

“小游，你的手是用来创造奇迹的。”孟千里推着俞小鲸上前，“这种活还是让大鱼儿来，你不要在意这种细节。”

俞小鲸总算明白孟千里让她来接机的用意，原来是让她来当行李搬运工的，他真是好意思呀。

“你好意思，我可不好意思。”裴游不冷不热地回道，从行李车上取下两大件行李箱，推进电梯。

俞小鲸在心里给裴游点了个赞。孟烦烦把她当吉祥物也就算了，还不懂得怜香惜玉，活该单身。

“我这是让大鱼儿表现。”孟千里义正词严，跟着进了电梯，还用眼神示意俞小鲸上前按键，“毕竟以后一起工作，我得让你知道大鱼儿有多能干。她当得了吉祥物，喂得了大鲨鱼，还能与鲨共舞呢！这种跑腿卖力气的活，对她来说是小菜一碟，你不用不好意思，我会给她加奖金，不会亏待她的……”

俞小鲸默默地在他们身后翻了个白眼，懒得听孟烦烦“吹捧”她。

孟烦烦面对裴游的姿态真是谄媚，拿她当乐子取悦人。哼，给她加点奖金，就要全方位地榨干她的价值，奸商！

“哥，你很烦。”裴游打断孟千里的喋喋不休，“你改名叫孟烦烦好了。”

俞小鲸惊讶地望向裴游。她从未将“孟烦烦”三字说出口，只在心里吐槽孟千里，居然有英雄所见略同者。

“我哪里烦了？小游啊，哥是关心你，不想你太累，给你介绍好用的人。”孟千里表示委屈，亦步亦趋地跟着裴游走出电梯，给他搭把手，把行李都装到后备厢里，“大鱼儿真的很好用，运气不好时让她转转还会有好运的……”

“孟烦烦，开车。”裴游坐上副驾驶座，直接指挥，“我要先看下场地。”

孟千里似有千言万语，但在裴游嫌弃的目光中，也只能乖乖地闭嘴开车。

作壁上观的俞小鲸看着孟千里吃瘪的样子，终于知道什么叫“一物降一物”了。

大快人心啊。

裴游所说的场地是鲸鲸海洋馆停止使用的动物表演厅，整个厅大得可以媲美足球场。

以前这里有海豹、海象、海狮等动物的表演，是前水族馆的招牌。孟氏收购水族馆后，逐渐停止了动物表演，这里就变成了普通的展厅，进行一些临时的展览。

孟千里打算将这个大空间改造成鲸展厅，连接着鲨鱼厅所在的玻璃展池和环形隧道。

俞小鲸不是很懂他的操作方式，他都说圈养鲸会被表弟弄死，那弄个鲸展厅做什么？

“老板，你让我考察摩纳哥海洋博物馆，是为了鲸展厅吗？”俞小鲸斗胆猜了猜，“放一堆鲸的骨架和标本展览吗？”

骨架和标本可遇不可求，强求很贵的好不好？

“孟总裁不会给我那么多的预算。”孟千里摇头，“所以得靠小游化腐朽为神奇了。”

裴游正在评估场地，没空搭理孟千里。

“他真的是魔法师吗？”俞小鲸看向裴游。

他似乎在用目光丈量着什么，时不时地停下，闭眼算着什么。

“能用魔法化腐朽为神奇吗？”俞小鲸不是很相信。

“小游的技术确实堪称魔法。”孟千里就是个“裴游吹”，“你猜他的职业是什么？”

“不是魔法师吗？”俞小鲸懒得猜，反正孟烦烦会憋不住的。

“不是魔法师胜似魔法师。”孟千里一脸“惊不惊喜意不意外”地揭晓了答案，“小游其实是动物雕塑师 Orca，大鱼儿，你知道 Orca 吧？”

俞小鲸愣了下，忙不迭地打开社交应用 INS（照片墙），点开她关注的 Orca 主页，向孟千里确认：“这个 Orca 吗？”

“原来你有关注 Orca，眼光不错。”孟千里向她比了比大拇指。

“Orca 那么神秘，我以为可能真的是人形鲸。”

这样毫无防备地见到 Orca 本尊，俞小鲸的脑子有点转不过来。

两年前，俞小鲸刷微博刷到转载的 Orca 作品照片——海湾度假酒店的巨大喷水池，有大小两只座头鲸翻腾起大半身子定格在半空的雕塑，栩栩如生又大气磅礴，喷泉从座头鲸的呼吸孔喷出来，在阳光下形成了彩虹。

只是照片就让俞小鲸仿佛看见了座头鲸妈妈在教幼鲸宝宝如何跃出海面，听见了它们翻腾入海的声音，视觉和听觉都受到了冲击。她顺着微博转载显示的 Orca 账号，摸进 INS 关注了他，也看到了更多鲸雕的照片，真实梦幻的风格吸引着她，在她心海里掀起了惊涛骇浪。

虽然关注 Orca 两年了，但俞小鲸对 Orca 本身一无所知，Orca 的社交账号上只有各种鲸雕照片，没有其他只言片语。

Orca 来自虎鲸的学名 Orcinus Orca，所以 Orca 的个人简介就是虎鲸的基本信息，至于 Orca 账号后面是什么，俞小鲸就不知道了。

“小游是心中有鲸，所见皆鲸。”孟千里说，“他是个我行我素的动物雕塑师，只创作与鲸相关的作品。我告诉他，可以提供巨大的空间给他制作各种等身比例的鲸目雕塑，不管是大到蓝鲸，还是小到海豚，鲸鲸海洋馆都容得下。”

海豚属于鲸目齿鲸亚目海豚科的哺乳动物，理论上也是鲸的一种。

俞小鲸终于明白了孟千里的脑洞：“所以，鲸展厅实际是鲸目雕塑展厅？”

“嗯哼，有了小游，等于拥有了全世界的鲸。”

孟千里的算盘打得很好。这个鲸展厅一举多得，一是解决“鲸鲸”名不副实的投诉；二是顺理成章地让裴游回国；三是预算低、效果好，可以让孟总裁刮目相看。

动物雕塑师 Orca，他的手确实可以创造出全世界的鲸。

俞小鲸望向裴游，有点移不开视线，还是觉得不可思议，心里一直回荡着：Orca……Orca……Orca……Orca……

裴游看了一圈场地，走过来对孟千里说：“这个工作我可以接，但是我有个条件。”

他若有所思地瞥了眼发呆的俞小鲸，声声“Orca”闯进他的心间，有些意外她知道 Orca，又有些惊喜她知道 Orca。

“说！”孟千里豪气道，“什么条件哥都答应你。”

“我需要助手。”裴游想弄清楚一件事。

“生活助手还是工作助手？”孟千里觉得裴游的条件太简单了，“两者都要也没问题，哥给你安排。”

“一个助手就够了。”裴游抬手指向俞小鲸，“我要她。”

人心太复杂，复杂到他宁愿孤独，也不愿再去倾听真实的心声。

现在，他却被迫与一人为伍，这之于他，可以说是非常稀罕了。

既然无法回避，他就选择进攻。

第二章

他会是红豆味的

位于微光岛酒店二楼的咖啡厅，每个台座都足够保障隐私，俞小鲸坐在舒适的沙发中，却难以放松。

面对孟氏集团总裁孟万里，她不由得正襟危坐，报告孟千里最近的行为，当然也包括孟千里让她给裴游当助手的事。

当裴游指名要她当助手时，孟烦烦就理所当然地要求她暂停手头上的工作，全力配合裴游。俞小鲸当时一脸“Excuse me（抱歉）”的表情，无法直接拒绝，只能迂回地表示需要时间考虑，即使孟烦烦承诺加工资，她也守住了立场，没有见钱眼开。

裴游若有所思地瞅着她，俞小鲸当着孟烦烦的面不好直接怼他亲爱的表弟，只能在心底放箭。

——我喜欢吃鸡蛋，难道就得伺候老母鸡下蛋吗？

——孟烦烦觉得他是老板，我就得对他言听计从吗？

——又不是我的表弟，凭什么使唤我？哼，我上头有人，才不怕你们威逼利诱……

僵持了一会儿，裴游对孟烦烦说：“我需要两天的时间倒时差，工作的事再说。”

于是孟烦烦给了俞小鲸两天的时间考虑，末了还按着她的肩膀施压：“大鱼儿，这可是升职加薪走上人生巅峰的好机会，我看好你，你可别辜负我。”

俞小鲸知道她胳膊肯定拧不过大腿，但又不想太顺着孟烦烦，至少要先向孟万里“参”他一本。

按照惯例，俞小鲸差不多每个月会“觐见”一次孟万里，向他汇报孟千里的相关事宜。孟总裁说过如果有突发状况，可以随时联系他。这回裴游要入驻鲸鲸海洋馆，俞小鲸只有两天时间考虑如何接手新工作，她需要孟万里的意见。

孟万里正在加班，但还是空出了一小时，约她在老地方“微光岛咖啡厅”见面。听她说到裴游的事情，孟万里双眉舒展，表情愉悦。

“千里这事办得靠谱。”孟万里难得认同了孟千里的行为，“只要小游愿意留在国内，他想做什么都可以。”

“所以，我应该去当裴先生的助手吗？”

看来孟氏兄弟都是表弟控，俞小鲸总算明白裴游的分量有多重了。

孟烦烦仗着有亲哥当后盾，就为所欲为了。裴游更上一层楼，身后有两个对他予取予求的表哥，更加唯我独尊了。

“小俞。”孟万里注视着俞小鲸，“你不愿意给小游当助手吗？”

“并非愿不愿意的问题，我只是不懂裴先生为什么要选择我当助手。”看着跟孟千里一模一样的脸，俞小鲸的态度却是恭敬而拘谨的，“我没有雕塑的相关基础，不适合当专业雕塑师的助手。”

“雕塑方面，小游确实是专业的。”孟万里说，“至于小游为何选择你，我相信自有他的道理。我和千里作为哥哥，只需相信他和支持他。”

“我懂了。”俞小鲸没有多说。

孟氏兄弟的态度很明确，一切如裴游所愿。

“你若不愿意，可以拒绝。”孟万里并不想强人所难，“我想你看得出来，我和千里都很重视小游。小游很少向我们提要求，难得他想要助手，我们自然想满足他。小俞，如果可以的话，我想拜托你，关照小游。”

孟万里是总裁，但从不霸道。比起孟千里理所当然的要求，他诚恳真挚的请求，更让俞小鲸无法拒绝。

俞小鲸想起三年前第一次被孟万里约见，就在这个微光岛咖啡厅，那是她入职鲸鲸海洋馆的第二个月。

孟万里和孟千里长得一模一样，但性格迥异。孟千里轻率跳脱，孟万里持重沉稳。面对孟万里，俞小鲸会不由自主地挺直脊背，郑重其事。孟万里反而要她放松，请她将他当作爱操心的大哥看待。孟万里说他弟弟行事乖张，希望她多包容，替他看着点，如果有什么不妥当的行为都可以向他报告，他会处理的。

孟总裁的坦诚让她有种被需要、被信赖的感觉，就鬼使神差地答应替他“监督”孟千里。现在又要鬼使神差地答应“关照”裴游了。

“既然你觉得我可以当裴先生的助手，那我就当仁不让了。”孟万里欣然肯定的眼神，让俞小鲸觉得调整下工作内容是值得的。

“以后小游就麻烦你了。”孟万里说着，从兜里掏出一个小盒子，递给她，“小俞，过几天你生日，这是给你准备的礼物，我提前祝你生日快乐。”

俞小鲸接过礼物，在孟万里的示意下，拆开一看，里面是一枚施华洛世奇的水晶胸针。晶莹剔透的水晶，反射着咖啡厅暧昧的灯光。她目光闪烁不定，心间似有波动。

“很漂亮的胸针，我很喜欢。”俞小鲸暗吸了口气，稳住一时的心旌摇曳，“谢谢你，孟总。”

“你喜欢就好。”孟万里笑了笑，“说来也巧，小游和你同一天生日，也是缘分。希望你们共事愉快。”

“嗯，真巧。”

俞小鲸附和他，紧紧地握住水晶胸针的盒子，看着他的眼神有些复杂。

心里有个声音在提醒她，别被这种温柔迷惑了。孟万里逢年过节都会给她准备礼物，这是因为他处事周到，并非是对她另眼相待。

犹如海底世界的巨大玻璃展池中，六七米长的鲸鲨仿佛一艘潜水艇，懒洋洋地游动着。爱丽丝深色的背皮上均匀地分布着淡色斑点，看上去好像背负着星空在大海里游弋。

俞小鲸正穿着潜水服，带着一篓子鲜活的小磷虾，潜入玻璃展池，进行喂食表演。她灵活地围绕着鲸鲨爱丽丝游动，吸引爱丽丝的注意，引导它动作，将磷虾送到它前方。爱丽丝张开扁平的大嘴，将磷虾全部吸入嘴中，滤出的水泡和俞小鲸呼出的气泡一起升腾到水面上。

裴游站在玻璃展池前，兴致勃勃地观看俞小鲸和鲸鲨共舞。

在她们周边，还有各式各样的鱼在刷存在感——拖着细长尾巴的蝠鲼像风筝飘在水里，它们贴着玻璃游，似乎在摇旗助兴；六七条一两米长的斑竹鲨和豹纹鲨，贴着展池底部沙地缓慢地移动，两眼无神，像在梦游；两条个头较大的成年护士鲨，看起来憨态可掬，似乎很想加入俞小鲸和鲸鲨的行列，在她们身边游来游去，很活跃。它们有两三米长，比俞小鲸大很多，但跟鲸鲨一比，都是小鱼。

玻璃展池中还有一些柠檬鲨、双髻鲨和黑鳍鲨，是个性较为凶猛、猎食鱼肉的真鲨目，不过都是几十厘米长的幼体，危险性直线下降。

与鲨鱼共舞的俞小鲸，个头跟鲸鲨的胸鳍差不多。她被各种鲨鱼环绕，看起来惊险刺激，实际上很安全。

一群群彩色小鱼随着她们游动，丝毫不惧怕鲸鲨能够吞食天地的大嘴巴。

看展览的小朋友们叽叽喳喳地问家长："为什么大鱼不吃小鱼？"

家长的回答千奇百怪，其中"大鱼小鱼是朋友"的答案最让小朋友们满意。

"我们家爱丽丝对吃很讲究，只吃个头不大于三厘米的鲜活小磷虾，每天六公斤，定时定量，只吃七分饱，健康长寿没烦恼。"

孟千里得意地向裴游炫耀鲸鲨的矜贵养法，“爱丽丝可是鲸鲸海洋馆的小公主，水里的鱼都喜欢她。当然，大鱼儿也喜欢爱丽丝，你看，她和爱丽丝玩得多开心。”

俞小鲸带着潜水面具，看不清表情，裴游无法判断她玩得是否开心，他只觉得意外，隔着这么厚的玻璃，听不见里面水流的声音，反而能听到俞小鲸的心声。

——爱丽丝啊，我暂时不能陪你玩了，你要是不爽就使劲闹，让孟烦烦头疼去！

——孟烦烦有脸自认是你爹，应该让他下水喂你，他以为鲨鱼很好喂吗？他大概觉得喂鲨鱼很好玩，还带表弟来围观。哼，表弟肯定没有买门票……

俞小鲸吐槽孟千里的心声，看来再厚的玻璃也挡不住。

裴游忍俊不禁，托孟烦烦的福，他不买门票，也被吐槽了。

“我的助手什么时候上任？”

裴游瞥了眼孟千里，注意力又放到玻璃展池中。喂食完毕的俞小鲸，轻轻地抚摸着鲸鲨背部的伤疤和背鳍的缺角，那是它曾经被螺旋桨伤害的痕迹。

俞小鲸似乎在跟鲸鲨告别，心中只有默然。这让裴游涌起一丝罪恶感，但很快又被对她的好奇心抵消了。

“今天。”孟千里说，“大鱼儿喂完鱼就去你的办公室报到。”

“我的办公室？”裴游挑眉，他怎么不知道，“在哪里？”

“这两天我让人在馆里收拾出了一个大房间，给你当办公室，已经配好办公设备和雕塑工具了。”孟千里露出一脸献宝的表情，“待会儿我带你去看看，缺什么尽管说，哥给你补齐。”

虽然自作主张又大包大揽的孟千里有点烦，但裴游没有拒绝他的好意，看完喂食表演，就配合着去办公室看看。

办公室有六七十平方米大，设备齐全，雕塑工具如雕塑刀、木雕刀、石雕凿、石雕锤、弓把、比例弓把和点型仪等各种规格应有尽有。

裴游扫视一圈，向孟千里挑眉道："哥，你对我这次的工作是不是有所误会？"

"误会？"孟千里不解，他可是按孟总裁办公室的规格给他置办的，"哦，除了大鱼儿，我应该再给你配个秘书管理办公室事务。"

"我不需要专门的办公室，当然也不需要秘书。"裴游摇头，"我会在现场作业，有助手就够了。"

"你想在现场办公也行。"孟千里非常好商量，看见俞小鲸来报到，立刻吩咐她，"大鱼儿，你叫人把这里的东西搬到鲸展厅。"

不知前情的俞小鲸，茫然地站在门口。她看了看孟千里，又看了看裴游，她是来当搬运工的？

"哥，不需要她当搬运工。"裴游觉得跟孟千里沟通有障碍，直接对俞小鲸说，"你跟我走一趟吧。"

"做什么？"俞小鲸直觉地反问。

"大鱼儿，小游让你做什么你就做什么。"孟千里冲俞小鲸使眼色，"哪来那么多问题？"

俞小鲸差点对孟千里翻白眼，这个"裴游吹"很烦，她只问了一个问题好吗？

"你现在是我的助手。"裴游倒是认真地说明，"需要熟悉我的工作。"

"好的，裴先生。"俞小鲸立刻进入角色，毕恭毕敬地应对，不负某人所托。

孟千里自动请缨当司机，要带裴游去他想去的地方。

"哥，我的助手不是你。"

裴游表示嫌弃，他只有国际驾照，需要换领国内驾照才能开车上路，确定新上任的助手有开车技能后，就让孟千里留车走人。

“这车是老板的新宠，听说是宾利超豪华定制车，还是全球限量版呢。”

俞小鲸看着孟千里远去的哀怨背影，有点紧张地坐上驾驶座，踩着刹车的脚有些发虚。这一脚油门踩下去，若出现剐蹭，她卖身鲸鲸海洋馆都不一定赔得起。

“限量版的车也是交通工具。”裴游坐上副驾驶座，侧目看她，“现在车是我的，我坐镇，你随意。”

听裴游这么说，俞小鲸的胆子就肥了，向他颔首表示：“裴先生，那我就不客气了。”

俞小鲸根据裴游报的位置定好导航，听到导航指示出发的声音，她握着方向盘，一脚踩下去，车就飞驰而出，引擎的轰鸣声响得很悦耳。

裴游没防备，整个人因车速猛加往后倒，像被挤压到座背上。

“裴先生，请你坐稳了。”俞小鲸友善地提醒，车速却猛得很不友善。

看着飞驰而过的风景，裴游的脸色变了变。他不自觉地抓着安全带，盯着似乎专注开车的俞小鲸：“你开车还真不客气。”

“感谢裴先生对我驾驶技术的信任。”俞小鲸微微笑道，“不好意思，这车性能太好，我还在适应中，请你抓稳扶好。”

大学拿到驾照后，俞小鲸就自动成为本本族，偶尔开车，贯彻佛系行车原则——不求速度，不争时间，一切随缘。结果遇到了孟烦烦，有时她兼职司机，他就会变成“路怒症晚期患者”，各种嫌弃她开车像蜗牛爬，还指手画脚的，直到把她逼成了赛车系，他才满意。

——若非孟烦烦时不时地放飞自我，开车像故意找死似的，我才不想接管他的方向盘。

俞小鲸又一次在心底吐槽。

“孟烦烦开车很……不羁吗？”裴游有点好奇，孟千里开车接送他时都很稳当。

“只要开车一犯病，他就是‘不羁本羁’了。”

“什么病？”

“神经病呗。”

俞小鲸自然地接话，回过神来觉得不对，不能在背后讲孟烦烦的坏话，尤其是当着他亲爱表弟的面。

于是她清了清嗓门，生硬地解释：“我的意思是老板心情不好时，开车容易走神，一不小心就变成脱缰的野马，显得有点不羁而已。”

裴游似笑非笑地看着她：“作为孟烦烦亲爱的表弟，我不会跟他打小报告的。”

俞小鲸打了个激灵，隐隐觉得有些奇怪，可又理不清楚，只是感觉裴游这个人很怪异。在摩纳哥初见时，她便觉得他莫名其妙，全身黑漆漆的，脸上还带着点小阴郁。现在他的着装风格没变，小阴郁却消失了，取而代之的是一种她说不出的诡异感。

或者说在摩纳哥时，裴游对她回避得很明显，甚至是落荒而逃。再见后，明确了双方的身份后，他就变得从容，见到她不慌也不逃，反而乐于靠近她。对上他黑幽幽却闪烁着兴味光芒的眼睛，俞小鲸有种被“盯”上的不适感。

到达裴游指名要来的五金机电城，俞小鲸的怪异感愈加强烈。他好像很清楚她正在想什么，无须她开口，就理所当然地回应她心底的疑问。

“这次雕塑选材比较特殊，需要自制雕塑工具，要到不同的商家了解情况。”

俞小鲸正想问有什么特殊的，裴游就接着说：“考虑到鲸展厅布展的整体效果，我想让鲸游起来，就得控制雕塑重量，而制作这种大型雕塑最理想的材质是高密度泡沫。

“雕塑泡沫需要的自制工具，会用到调压器、电炉丝、空压机、喷枪和缝纫刀片之类。”

裴游带着俞小鲸到相关商家了解相应的工具材料。作为助手，她默默地拿起手机录音，记住他说的内容，偶尔才发问，他说的比她问的更多。

听到裴游说雕塑相关的专业内容时，俞小鲸对“裴游是Orca”这事才有了真实感。好奇的同时，怪异感也越来越强烈，她觉得裴游似乎能洞悉一切。或许是艺术家本身的敏锐感知，让他很清楚她一个外行人会产生的疑问吧。

俞小鲸跟着裴游逛了大半个五金机电城，脑子里装满了各种枯燥的材料名称，整个人显得有些恍惚，心里想着阿九伯的红豆芋圆仙草冻，希望有望梅止渴的功效。

“有点累，想吃点冰凉的东西。”裴游突然停下脚步，“你有推荐的店吗？”

“必须是阿九伯。”俞小鲸精神一振，“万领广场就有阿九伯的分店，距离这里十分钟车程。”

“走吧。”裴游让俞小鲸开车带路前往万领广场。

俞小鲸和裴游从地下停车场乘电梯直达餐饮娱乐聚集的五楼，只见商场里人头攒动，听说有明星过来拍广告。拍摄区域被清场，不让闲杂人等围观，但也拦不住凑热闹的人往万领广场跑，虽然他们可能连明星是谁都不知道。

阿九伯的店面在五楼靠里的位置，比较清静。

想到裴游闲人勿近的气场，俞小鲸领着他坐进有隔断的座位，点了两份红豆芋圆仙草冻。她要的是奶茶味的，裴游的是椰汁味的，她还让店家多加了一份芋圆。

俞小鲸咬着Q弹十足的芋圆，一脸的满足，整个人都神清气爽起来。

裴游对甜品的接受度不错，第一口下去就很满意仙草冻里软绵绵的红豆，然后又点了红豆西米露、牛奶红豆凉糕和红豆冰沙。

“那我再来份红豆汤吧。”

俞小鲸见状也捧红豆的场，默默在心底吐槽。

——众生皆苦，看来他会是红豆味的。

裴游正舀了一勺红豆冰吃，闻“言”便定定地看着俞小鲸，嘴角忽而一勾，笑意在眼角闪现：“红豆味不错，有点甜。”

清冽的嗓音带着红豆的软绵，出声都变得温柔。似有柔软的东西突然在俞小鲸的心间乱撞，心弦被震得一颤一颤的。她怔怔地望着含笑看她的裴游，不自觉地捂着胸口，怪异感再次涌上心头，还有甜滋滋的味道掠过舌尖。

——看来众生皆苦，而他有点甜。

裴游吃起牛奶红豆凉糕，又煞有其事地对她说：“这个红豆变成牛奶味，还是甜的。”

明明穿着黑色衣裳的裴游，依然一张冷淡脸，吃了红豆后却像被打开什么机关似的，会冒出甜泡泡。这让俞小鲸的怪异感变得更加强烈，还有种说不清道不明的违和感。

俞小鲸猛地回过神，不自在地避开裴游的目光，端起碗，喝了一口红豆汤，表示赞同：“嗯，红豆有点甜。”

“真是甜得令人发腻。”突然响起一道讽刺的女声，有个身影挡在隔断前方。

俞小鲸抬眼看向来人。渔夫帽和墨镜遮住大半张脸，大衬衫和阔腿裤藏起身体曲线，但看着不点而红的花瓣唇，她一眼就认出来人了。

“你好，于小姐。”俞小鲸主动打招呼，“在这里拍广告的明星就是你吧？”

眼前的人是演员于潇水，是让孟烦烦追星追到戛纳的女神。上个月她的作品入围戛纳电影节，孟烦烦千里迢迢赶去捧场，可惜临时去了摩纳哥，错过了女神的红毯秀。

“工作已经结束了。”于潇水没有否认，直接在俞小鲸身边坐下。她摘了墨镜，打量着对面的裴游，末了才继续问她，“你出来打野食，你家老男人知道吗？”

“咳……”

裴游不小心被呛到了，他冲俞小鲸挑下眉，一脸的好奇。

“呃。”俞小鲸尴尬地看了下裴游，讪讪道，“于小姐，你误会了，不是你想的那样。”

“我想的是怎样？”于潇水冷笑一声，毫不客气地挖苦道，“比起眼前的小鲜肉，你是嫌孟千里老了吧？”

“我没有嫌孟千里老。”俞小鲸赶紧表明立场，“他是孟千里的表弟裴游，我们一起工作的。”

“她是你朋友吗？”裴游突然出声问，“还是表哥的朋友？”

“她叫于潇水，是一名演员，你表哥的偶像。”俞小鲸只能这样介绍，“我陪你表哥去追星，就跟于小姐认识了。”

唉，孟烦烦简直是万恶之源。

孟烦烦作为于潇水的脑残粉，却不想让人知道他是追星族，每次参加于潇水的相关活动，都要拉上她当烟幕弹，美其名曰陪女朋友追星。她看在有额外“出差津贴”的份上，就没有戳破他无聊的自尊心，被于潇水当成老男人的小女友。

裴游在国外待的时间太久，估计不清楚发生在孟烦烦身上的事。俞小鲸不想让裴游知道她被于潇水当成了孟烦烦的女朋友，因为很丢人。而且当着他的面，于潇水明里暗里说她偷食劈腿，实在太尴尬了。

“你怕她误会我们的关系？”裴游听得见俞小鲸此刻的心思，他故意挑衅，“我觉得她不一定是误会。”

对裴游来说，俞小鲸是个稀罕物，吸引着他的关注，让他对她很有想法。

“裴先生，我是你的助手。”俞小鲸提醒，希望裴游不要随便加戏，被于潇水误会不是什么有趣的事。

“近水楼台的套路，你用得相当娴熟嘛。”于潇水不以为意，男女间的暧昧是藏也藏不住的，“要不我介绍你进演艺圈吧，小清新的白莲花女主角，你可以本色出演了。”

于潇水的五官线条十分柔和，容貌看上去非常温婉，与她刻薄犀利的话语形成了强烈的反差。

俞小鲸并没有被激怒，她知道于潇水话中为何带刺，也知道于潇水为何针对她。

“于小姐，我没有做对不起孟千里的事。”俞小鲸强调，“你不相信我，可以去问孟千里。”

“孟千里与我无关，我纯粹是看不惯你装。”于潇水端起桌上店家免费提供的柠檬水，缓缓地从俞小鲸头上淋下去，“你这么喜欢左右逢源，不如这样去演出水芙蓉吧。”

俞小鲸闭了闭眼睛，任由水流过她的脸。

裴游见状，按住于潇水的手腕制止，而她的心声瞬间闯进来，他一惊之下松开手，又反抓住水杯，抢了过来。

——我就是看不惯你不爱他的样子，不爱他，为什么在一起？

于潇水的心声令裴游意外。为何她会在意影迷的感情状况，为何俞小鲸一副习以为常的模样任由她戏弄？

“擦擦。”裴游抽了张纸巾递给俞小鲸，冷冽的目光投向于潇水，“请你道歉。”

“不用道歉。”俞小鲸攥着纸巾，没有擦脸上的水渍，她不想跟于潇水较真，“于小姐，满意了吗？”

“哼，你可以告诉孟千里，我又欺负你了，让他来替你主持公道。”于潇水满脸嘲讽，而后睨着裴游，“至于你，没有资格命令我道歉。”

裴游皱起眉头，他第一次见到这样无理取闹还理直气壮的人，更令他无法理解的是俞小鲸竟然不以为意。情绪稳定，心平气和，她是真的不生气。

“好。”

俞小鲸颔首，逆来顺受的样子让于潇水没了兴致，她戴起墨镜，头也不回地离开了阿九伯。

“我的助手是忍者神龟投胎吗？”裴游也看不惯俞小鲸“装”了，“在摩纳哥时，有人告诉我讨厌被冤枉，为什么现在被人欺负了也不讨公道？”

“裴先生。”经过刚才于潇水的冷嘲热讽，再面对裴游的质疑挖苦，俞小鲸反而淡定地擦起水渍，“我不能跟病人一般见识。”

裴游不以为然：“跟孟烦烦一样有神经病？”

“你真的不知道于潇水是谁吗？”俞小鲸反问。

“你刚才说了，她是演员，孟烦烦的偶像。”

“看来你真的在国外待太久了。”俞小鲸叹了一口气，“我不跟她一般见识，一个原因是，她真的有病，我不能刺激她。另一个原因是，在于潇水面前，我是你表哥的女朋友，要照顾你表哥的面子，必须大度包容，免得你表哥扣我工资。”

既然裴游一口一个“孟烦烦”，看在他也烦孟千里的份上，俞小鲸就跟他吐个槽，让他明白摊上孟千里这样的老板，她有多么不容易。就算成了忍者神龟也得自我安慰，就当忍者神龟也是吉祥物吧。

希望作为新老板的裴游，以史为鉴，体谅她这个助手，别像孟烦烦那样放飞自我。

“我不懂。”裴游摇头，“你和孟烦烦在于潇水面前有扮演情侣的必要吗？”

“如果你关心你表哥的话，你就会知道很有必要。”不管是孟千里还是孟万里，只要裴游跟表哥们亲近点，便明白她这个外人为何不能较真，“于潇水是孟千里的前妻，你知道吗？”

裴游愣住，他还真不知道于潇水是他的前表嫂。

“我确实在国外待太久了，孟烦烦什么时候结的婚，什么时候又离婚了？”

“这是你表哥的隐私，你自己问他吧。”

俞小鲸两手一摊。于潇水的事，她当初也是鬼使神差答应孟万里配合的，毕竟孟烦烦不着调。现在看来亲爱的表弟也不靠谱，根本指望不上，难怪要找她帮忙。孟万里告诉她孟烦烦和于潇水的事，是对她的信任，孟烦烦都不知道她知道他的历史，她自然不能随便对裴游说。

“大哥也知道？”裴游很意外孟万里会找俞小鲸帮忙，他就是俞小鲸上头的人？

“大哥？”俞小鲸不懂裴游说的是谁。

“孟万里大表哥。”

“孟总啊。”俞小鲸没想到裴游会提起孟万里，好像她理所当然应该跟孟万里有关系似的，但她拒绝透底，“裴先生，这是你们的家事，问我有点奇怪。”

裴游若有所思地盯着俞小鲸，她作为外人，比他这个自家人还了解孟家的事，确实有点奇怪。她跟孟氏兄弟的关系看起来很亲近，是不是也知道他过去的事？想到这里，裴游的心沉了下来。

裴游静静地聆听俞小鲸此时的心声，却是在吐槽他的“虎视眈眈”。虽然听得见俞小鲸的即时心声，但是她心里好像尘封了很多东西，并不会轻易翻起。

裴游很好奇，藏在俞小鲸心底最深处的会是什么。

裴游很多年不过生日了，二十五岁的生日自然也没打算庆祝，孟氏兄弟对此却很上心。

“小游，晚上来家里吃饭吧。”还没到下班时间，孟千里就来鲸展厅逮人，“有特别的活动哦。”

“我忙。”裴游趴在工作台上画鲸展厅的效果图，懒得抬眼看他。

“鲸展厅是长期工程，我们不赶工期的，你可以慢慢来，但晚上的活动你得出现。”孟千里干脆交底，“你是寿星，主角呢。”

“没兴趣。”

裴游拒绝得很干脆，只觉得孟千里这个馆长太闲了，刚想让他的助手来应付，又想到俞小鲸此刻正在鲨鱼厅进行鲸鲨的喂食表演，而始作俑者就是孟烦烦。

大概是鲸鲨爱丽丝对俞小鲸有依赖性，换了其他的鲨鱼饲养员进行喂食表演，爱丽丝就不配合，拒绝被喂食，有些观众觉得扫兴就投诉了。于是，孟烦烦讨好他向他借助手，希望俞小鲸兼职每周三次的鲸鲨喂食表演。

作为俞小鲸的新老板，裴游很负责地拒绝了这项无理的工作要求，但拦不住孟烦烦涎着脸去跟俞小鲸讨价还价。俞小鲸被烦得不行，而且她对爱丽丝有感情，不想爱丽丝一直闹情绪，还是答应了孟烦烦兼职的事。俞小鲸怕耽误裴游这边的工作，向他保证会将每次喂食表演时间控制在半小时内。

一个愿打一个愿挨，裴游能说什么，毕竟这个助手是他“抢”来的。

“我们日理万机的孟总裁，今天提早下班回家，亲自下厨给你做长寿面。”孟千里搬出了孟万里，语重心长地说道，“你忍心糟蹋他的好意吗？”

裴游完全忍心糟蹋孟烦烦的好意，但不会无视孟万里的用心，所以他下班后还是去了孟家，让孟氏兄弟替他庆祝生日。

裴游不喜欢热闹，不在乎人情。孟万里知晓他的脾性，说是生日宴，但低调得像多了道长寿面的家宴。孟万里工作繁忙，裴游回来快半个月了，两人都没时间一起吃个饭，今天便借他生日的机会聚聚。看到裴游现在的状况很好，孟万里觉得特别欣慰。

裴游从孟万里那里收到的生日礼物是刚出版到第九卷的《Handbook of the Mammals of the World（世界哺乳动物手册）》原版套装。他特别喜欢这套丛书的绘图者Toni Llobet（托尼·柳贝特），尤其是第四册海洋哺乳类，对他来说这是关于鲸豚类的梦幻之作。

裴游之前在国外没有固定居所，不方便携带这套重量、价值都不容小觑的书籍，一直忍着没入手。如今回国住在自己名下的房子里，这套丛书很适合当他的镇宅之宝。

裴游满意地翻看第四册，孟千里也送上礼物——一只胖乎乎的毛绒虎鲸玩偶，身长近两米，只有成年虎鲸实际大小的五分之一，换句话说就是逗小孩的玩具。

“哥，今天不是我的五岁生日。”裴游扶额摇头，指着桌上的套装图书，“我不介意你和大哥送一样的礼物。”

“你不是最爱虎鲸吗？”孟千里表示委屈，“我不能在馆里养只虎鲸送你，但可以做只虎鲸玩偶陪你，免得你单身独居太孤独。”

“我觉得你可能更需要。”裴游想起了孟千里有前妻这件事，他还当前妻是偶像去追星，看来是孤独到一定境界了。

“小游，不如你把这只虎鲸送给俞小鲸当生日礼物。”孟万里突然提议，“大部分女孩子对毛绒玩具没有免疫力。”

“对对对，大鱼儿也是今天生日。”孟千里这才想起来，“你们原来同一天生日，真巧。”

“你们对俞小鲸很熟悉？”

裴游感觉很微妙。他看不出俞小鲸是同龄人，更没想到两人的生日是一天。他以为俞小鲸刚大学毕业，才不敢反抗孟千里，才被他呼来唤去的。

“她是鲸鲸海洋馆的吉祥物，每年都拿孟氏集团总裁特别奖，我们当然很熟了。”孟千里理所当然地说，“小游，我跟你说，你挑助手的眼光太绝了。大鱼儿乖巧又好用，你有什么要求尽管提，她都会配合你。只要给她足够的报酬，她就会对你忠心耿耿。”

“正确地说，俞小鲸是个看起来乖巧的人。”孟万里意味深长地更正。

裴游很讶异孟氏兄弟对俞小鲸的评价，故意反问：“就因为她看起来乖巧，所以你们就放任于潇水为难她？”

“你……”孟千里愣了愣，“你怎么会知道于潇水？大鱼儿说的？”

“不，只是碰见了于潇水欺负俞小鲸的情景。”裴游反问，“你不知道吗？”

“呃，这事有点复杂。”孟千里当然知道俞小鲸和于潇水面对面会发生什么事，他尴尬地解释，“大鱼儿因为我受委屈，我会在经济上补偿她的。”

“大哥，”裴游故作疑惑地问孟万里，“我们这样算仗势欺人吗？她现在是我的助手，我要保障她的权益吧？”

“她是你的助手，你确实需要对她负责。”孟万里点头，“既然千里说她‘好用’，你就教她拒绝千里的‘滥用’吧。”

裴游觉得这个解题思路可行。

孟千里自知他处于三人食物链的底端，不敢抗议，趁机转移话题：“对了，小游，姑妈跟我说要带生日蛋糕过来，姑父也想来，你很久没见他们了吧？”

闻言，孟万里用看智障的眼神看向孟千里，他的心到底有多大？

“见他们做什么？”裴游瞬间冷下脸，“再一次把我送进精神病院吗？”

“不是的，小游……”孟千里一脸闯祸的表情，他以为过去的都过去了，裴游可能已经放下了心结，所以才答应当和事佬，假装不经意地提起他们。毕竟常言道“天下无不是的父母”。

“千里，通知他们不准来。”孟万里直接下命令，语气强硬，“我不允许他们见小游。”

孟万里从少年时期就觉得法律最大的漏洞就是没有明文规定为人父母需要上岗资格证。

第三章

你觉得我有病吗

去年 12 月 31 日，孟千里拿到明珠电视台跨年演唱会的 VIP 票，俞小鲸被要求出“公差”，只得陪他去给表演嘉宾于潇水捧场。

跨年倒数时，孟千里让她“施法”，原地转三圈，给他的愿望加持。

俞小鲸一边翻白眼一边配合他，听他对着舞台上的于潇水许下新年愿望：“女神啊女神，请保住我的发际线。”

俞小鲸无语地看着一到三十岁就在意起发际线的孟千里，她觉得请女神保住他的节操比较重要，别再假公济私地拉着她来追前妻了。

然后孟千里问起俞小鲸的新年愿望，她故意怼他：“女神啊女神，请赐给我靠谱的老板。”

新年钟声响起时，孟千里大言不惭地拍拍她的肩膀：“大鱼儿，你的新年愿望实现了，不用麻烦女神了，感谢我吧。”

半年后的现在，俞小鲸觉得可以感谢孟千里了。与他相比，新老板裴游确实靠谱。

裴游对工作的规划很明确，而且指令分明，事必躬亲，不会像孟千里想一出是一出，不按常理出牌，让她非常被动。

作为助手，俞小鲸被裴游带在身边去了解各种专业知识。跑完五金机电城，他们就去考察包装材料公司的高密度泡沫——聚苯乙烯泡沫的生产车间，裴游还亲自示范如何改造雕塑工具，并向她说明助手的职责范围，甚至帮她拒绝了孟千里的无理要求。

对于如此明事理的新老板，俞小鲸非常感动。她跟裴游磨合了几天，渐渐适应了他的行事风格，对助手的工作也越来越得心应手，上班的心情总算不像上坟一样带着淡淡的哀伤了。

此时，裴游正在工作台上画图稿，俞小鲸则忙着跟提供泡沫定制业务的正心包装材料公司沟通。对方送来了各种不同密度规格的泡沫样品供参考，请他们确定密度和规格，好方便下单进行定制。

样品被送到鲸鲸海洋馆的售票处，需要俞小鲸去签收。

俞小鲸跟裴游报备了下，刚离开鲸展厅，手机就响起了微信提示声。

万年沉寂的家族群难得有动静，一下子炸出了好几条消息，俞小鲸好奇地点开。

群里有两拨人正说到兴头上，一拨人在讨论中国古代保辜制度与英国一年零一天规则的异同。另一拨人则在分析中美欧天文台公布的关于人类首次探测到来自双子星并合的新型引力波，气氛十分和谐。

看着来自科教界人士的发言，作为界外人士，俞小鲸默默地退出，设定了群消息免打扰模式。她不明白他们的话题，无法加入讨论，他们也不会有兴趣听她说如何饲养鲨鱼或制作鲸雕的。

刚才家族群的消息提示音响起时，俞小鲸有瞬间幻想有人记起昨天是她的生日，在给她补红包。她甩掉自作多情的想法，作为家族公认的学渣，还是低调点，不要刷存在感。

俞小鲸签收完毕，拎着样品回鲸展厅，路过鲨鱼厅，跟爱丽丝打了声招呼。

孟千里让俞小鲸兼职每周三次的鲸鲨喂食表演，她虽恼火他行事反复，但还真舍不得离开对她有依赖的爱丽丝。

爱丽丝正在玻璃展池中慢悠悠地游动，俞小鲸仰望着庞大的鲸鲨，想象着比鲸鲨更为巨大的鲸，有点亢奋，越来越好奇裴游会打造出怎样的鲸展厅。

现在只有一些办公用品和雕塑工具在鲸展厅空荡荡地摆放着，巨大的钢架支撑起穹形玻璃屋顶。阳光透过玻璃洒落，铺散在中央的水池，反射出一层层柔软的光晕，让鲸展厅的空气都变得透亮。

俞小鲸回到鲸展厅时，却见裴游枕着胳膊在工作台上睡着了。

有光落在他的身上，他的额前一片亮堂，眉眼中有细碎的光芒。

连续画了几个小时的图稿，看来是累了吧？

俞小鲸轻手轻脚地走近，放下泡沫样品，有点放肆地打量着裴游。

裴游的双眉跟孟氏兄弟有些像，眉峰偏高，衬得眼窝有点深，沉睡时，高眉深目如同雕塑一样立体。他的气质跟孟氏兄弟相差很大，既不像孟千里那么跳脱，也不像孟万里那么沉稳，有任意而为的随性，也有闲人勿近的冷淡，看起有些奇怪。

可能因为是双子座？

俞小鲸琢磨不透就甩锅星座。她的视线从裴游的脸上移开，落在被他压在胳膊下的图稿上，似乎快要完成了。

好奇难耐，俞小鲸看了裴游好一会儿，确定他一时半会儿不会醒来，便小心翼翼地抽出图稿。展开的瞬间，她就震惊了。

这是裴游画了两三天的鲸展厅效果图，手工绘制，彩铅上色，完成度高。他巧妙地利用了鲸展厅的大空间，把展厅营造成广袤的海洋，各种鲸齐聚于此，犹如共赴海神召开的盛宴。整个图稿呈现出气势磅礴又奇妙梦幻的鲸世界。

一道道光透过穹顶，照进深海，最为庞大的蓝鲸带着幼鲸游向透光的海面，圆头的抹香鲸则潜入深海与大王乌贼较量。海的那边，座头鲸张开长鳍似要跃身而起，成群的虎鲸组织起来有序地在围追小须鲸……还有很多她认不出种类的鲸，它们在此共襄盛举。仿若身临其境，面对这些庞然大物，俞小鲸仿佛见到漫天神灵降临，她无法抑制住自己的震撼惊叹，心底激荡着巨浪，久久无法平静。

从这画稿中，好似可以窥见裴游的内心。他表面风平浪静，内心却有个细腻又磅礴的世界。俞小鲸想起第一次见到 Orca 的作品时被震动心弦的感觉，胸口跳动的节拍被扰乱，肾上腺素不由得飙升，大脑里分泌出愉悦的多巴胺。

裴游的作品像给俞小鲸打开了一扇新世界的大门，每次都能让她见识到独特的风景。

假如效果图能真实地呈现在这个鲸展厅里，面对这些海洋巨兽的等身雕塑，她可能会受到更大的冲击吧。

可惜，俞小鲸至今都未能亲眼见识 Orca 的作品。他的作品梦幻又真实，如果去碰触，能体会到鲸用肺部呼吸的感觉吗？

似乎在回应俞小鲸她的疑惑，她听见了裴游呼吸的声音，轻缓柔长，不疾不徐。

虽说喜欢鸡蛋不一定要认识老母鸡，但她都给老母鸡当助手了，对老母鸡也不由得关注起来。

望着如雕塑般的睡颜，俞小鲸的脑中突然出现一个疯狂的想法——碰不到 Orca 的作品，那碰一下 Orca 本尊，会不会感受到他作品的温度？

俞小鲸将图稿放回工作台，屏住呼吸，鬼使神差地向裴游伸出手。快要碰到鼻尖的一刹那，他忽地皱起眉头，枕着的手臂抽了抽。

俞小鲸吓了一跳，做贼心虚地把手缩回来。她以前看家族群里有人讨论肌抽跃，听说人睡觉时，如果呼吸频率降幅太大，会被大脑认为身体快要死亡了，所以会发出一个脉冲使身体觉醒，这时就会出现蹬脚或者抽筋之类的情况。

她不是很明白肌抽跃，后来看电影《盗梦空间》，里面说“有人盗梦，被你的梦境保卫者发现了，让你坠落惊醒，从而保护你。”

俞小鲸比较能理解这种解释，所以，看样子，裴游现在的梦境不是很安稳？

她盯着裴游，他的眉头越皱越紧，像锁住了无法舒展，表情显得有些痛苦。

“唔……嗯……”裴游发出沉闷压抑的呻吟，似乎在梦里挣扎，很难受的样子。

要不要叫醒他呢？

俞小鲸犹豫地伸出手又收了回来。作为助手，看见老板白日做梦要懂得避嫌。若是打断他，唤醒他面对面也很尴尬吧？

“不要……”裴游梦呓，“我没有病……我要回家……不……不……我不要回家……”

裴游开始颤抖，额头沁出了汗，脸色变得苍白，像快要被梦魇吞噬似的。

俞小鲸再次伸出手。

还是唤醒他试试吧？

裴游突然一抽，仿佛受到了电击一般，他的脑袋猛地抬起来，黑幽幽的眼睛有些空洞，正对着她。

俞小鲸的手在他面前僵住了，伸也不是收也不是。

场面一时间有些尴尬。

气氛莫名地诡异起来，好像俞小鲸想对裴游不轨被抓了个现行。

裴游的目光慢慢聚焦，视线落在她悬空的手上，挑眉，似乎在问她“怎么了”。

俞小鲸与裴游四目相对，目光闪烁不定，该怎么解释？

——不好意思，刚才有蚊子，我只是想帮你赶蚊子……借口太老套，说得像我想甩他巴掌似的。

——看了你的图稿，我突然有想法，想感受下 Orca 的存在……这样坦白，会不会显得我很变态？

——不不不，应该说看到你做噩梦了，不大舒服，想叫醒你……他会介意吗？我就介意被人看到做梦腿抽筋，有点丢脸。

——他怎么不说话？难道是在梦游？等他睡过去再醒来，会不会不记得我想摸他的事？

——要不，我先放下手？这样对视着，太奇怪了，还是当什么都没发生吧。

“哈，哈，有点热啊。”俞小鲸硬生生地将手收回来，在脸颊边扇了扇，强行打破尴尬，“裴先生，那个……嗯，我把泡沫样品带回来了。”

裴游如梦初醒，眼神也不再茫然，看俞小鲸佯装太平的样子，忍俊不禁，最后实在憋不住，“扑哧”一声笑了出来。

裴游应该感谢“听见心声”的毛病，让他感受到俞小鲸故作无知的体贴。

看破不说破，对他而言是最大的温柔。

旧梦不期而至，他不愿意回想，也不愿意诉说，更不需要多余的关注。

笑意在裴游眼中渐渐隐去，取而代之的是一抹阴郁，微扬的嘴角也变成了嘲讽的弧度。

“裴先生？”

俞小鲸被裴游看得有些发毛，不懂哪里戳中了他的笑点，哪里又让他露出嘲意。这个新老板做事很靠谱，唯一让她觉得不着调的大概是新老板总给她一种洞悉一切的古怪感。难道是艺术家放飞自我的缘故？

“作为艺术家……”裴游目光一凝，郑重其事地道，“一名雕塑艺术家，创作选材尤为重要，你把样品拿出来，我试试手感。”

正心包装材料公司送来的样品是尺寸统一的泡沫小料，每立方厘米的密度有八克、十克、十二克、十五克、十八克、二十五克、三十二克等不同规格。俞小鲸摆满了工作台，就好奇地站在一旁，看艺术家如何试手感。

裴游取出用缝纫刀刃改造成的雕刻刀，直接对着泡沫样品下刀。他下刀犀利而精准，手速迅猛而沉稳，整套动作行云流水。

俞小鲸看得目不转睛，她想起了“庖丁解牛”的故事，不由得亢奋起来，她正在亲眼见证“裴游雕鲸”。

裴游灵活地操作着雕刻刀，泡沫小料在他手中快速成型，竖着背鳍的鲸诞生了，看那圆润的体形，应该是一只虎鲸。

俞小鲸忍不住拍手，果然是心中有鲸，出手成鲸，这手起刀落的架势，太利落了。她还没想好如何用语言表达对专业人士的敬佩，裴游又雕起另一块泡沫小料。没多久，工作台上的泡沫样品被雕成大小形态各异的虎鲸，俨然是个虎鲸群了。

“我来做个介绍，它们是来自阿根廷瓦尔德斯半岛的巴塔哥尼亚虎鲸社群。”裴游煞有其事地拿起一只俯冲形态的虎鲸说明，“它是雄鲸贝尔纳多，它有一种特别的捕猎方法——搁浅战术。对鲸来说，搁浅是很危险的，贝尔纳多却会利用搁浅来捕猎。它看到滞留在海滩上玩耍的幼年海狮，就会像鱼雷一样冲到海滩，叼住海狮，再借助海浪安全返回海中，享受它的猎物。”

“哇，还有这种操作？”

俞小鲸第一次听说主动搁浅的鲸，花样作死的行为让她想起了孟烦烦，这玩的是心跳吧？

“这是贝尔纳多的弟弟梅尔。”裴游拿起一只雕得更为强壮的虎鲸，它的背鳍和眼角特地雕出来的伤疤都栩栩如生，他为之骄傲道，“贝尔纳多将搁浅战术传授给弟弟梅尔，兄弟俩一起将这个技术教给社群里的其他虎鲸，让搁浅战术成为巴塔哥尼亚虎鲸社群的独门绝技，笑傲虎鲸界。”

“虎鲸都是学霸吗？”俞小鲸大开眼界，“这样危险的技术都能互相传授？”

“这个社群有超过二十五只的虎鲸，其中学会搁浅战术的大概有十三只。”裴游换了一只虎鲸介绍，“它是雌鲸伊什塔，年幼时学艺不精，在海滩真的搁浅了五个多小时，其他社员不离不弃，但都没法帮它回到海里。幸好后来国家公园的工作人员赶到，它才得救。不过，这只学渣后来逆袭成学霸，成了这个社群经历最丰富的搁浅猎手，还常常现场示范让它的孩子围观。”

“真是有组织有纪律。”俞小鲸听得津津有味，两眼直放光，“你是不是见过它们？”

孟烦烦说裴游会去世界各个海域观鲸。

“每年一月到四月，这个虎鲸社群会出现在蓬塔诺特海滩，表演它们的独门绝技。”

看俞小鲸听得兴致勃勃，裴游不忍说出搁浅战术的奠基者贝尔纳多和梅尔都已经消失的事实，只说巴塔哥尼亚虎鲸社群的传奇。

“去年我去瓦尔德斯半岛，在那里待了半个月，近距离欣赏到它们绝妙的搁浅表演，见到了梅尔的徒弟雌鲸玛戈和瓦伦，还有玛戈的孩子伊西和米卡。这个社群的虎鲸非常有意思，它们还会用搁浅战术接近海岸，跟人类打招呼。”

“它们不会把人类当猎物叼走吗？”俞小鲸隐约记得有个虎鲸杀人的案子，不由得有些担心，“毕竟虎鲸的另一个名字叫杀人鲸，你不怕它们攻击你吗？”

“全世界唯一会杀人的虎鲸只有被圈养的提里克姆。提里克姆小时候被人类捕捉，家族成员为救它被人类杀害了，它被圈养三十多年，受到各种折磨，严重抑郁，才会暴力攻击饲养员发泄。”裴游说到这里，难掩悲哀，“虎鲸是海豚科最大的海豚，和其他海豚一样天生对人类友善。它们是顶级的猎食者，是站在食物链顶端的海洋霸主，捕杀海狮、海豹、企鹅，也捕杀人类闻之色变的大白鲨，还捕杀其他鲸豚，包括最大的蓝鲸。虽然不同海域的虎鲸口味差别蛮大的，但它们的食谱上都没有人类。相反，它们对人类特别友善，乐意接近人类，可以说是非常喜欢人类。杀人鲸这个名字，最初来源于西班牙的捕鲸者，他们常看到虎鲸猎杀其他鲸类，就称其为鲸之杀手，久而久之，被误传为杀人鲸了。”

孟烦烦说裴游是个鲸痴，爱鲸如命，看来并不夸张。他对鲸的事了如指掌，说起鲸来如数家珍，为它们着迷也为它们骄傲，还将心底的温柔给了它们。

“我觉得虎鲸英文名 Killer Whale 翻译要背锅，叫杀人鲸简直在挑拨虎鲸和人类的感情嘛。”俞小鲸被虎鲸的这个属性戳中了小心脏，故作义愤填膺状，“应该翻译成杀手鲸才对，听你说它们的故事，虽然它们嗜杀、勇猛，但这个杀手不太冷，还聪明得很呢。”

“其实虎鲸的脑部结构与人类非常相似，它们的智商很高，语言能力发达，可以说是‘语言大师’了。”

见俞小鲸兴味十足，裴游顺手拉来把椅子，示意她坐下，他好更近距离地安利虎鲸。

“不同海域的虎鲸群还会有不同的方言，它们会发出六十二种声音，不管是团队协作捕猎，还是传授技能，或者嬉戏、玩闹等，都是通过这些声音进行交流的。在高度社会化方面，虎鲸与人类也很像，它们拥有丰富的感情，十分注重家族，基本上一辈子都不离家。”

“不离家？”俞小鲸单手撑在工作台上，托着下巴，听得入迷，看着裴游的目光越发明亮，“成年后也不成家独立吗，难道它们都是妈宝吗？”

“虎鲸的寿命与人类差不多，十几岁性成熟，二十几岁完全成熟。这期间，它们的姥姥、妈妈和阿姨们会带着它们跟另一个虎鲸群相亲，完成使命后就各回各家，不会成立小家的。所以，虎鲸群里可能没有爸爸，但会有舅舅代替爸爸来教导家族里的孩子。”

裴游说虎鲸的时候表情很温柔，温柔得没了距离感。

“哦，我懂了，原来虎鲸是母系家族，还奉行走婚制度。”俞小鲸大开眼界，求知欲暴涨，崇拜地望着裴游，“你讲的东西很有意思，可以开个鲸课堂了！我一定会修这门课的，裴老师，请问你缺学生吗？会喂鲨鱼的那种。”

如果学校里的老师讲课也像裴游这么有趣，她肯定不会戴上“学渣”的帽子，保证每次考满分光宗耀祖，说不定现在也能在家族群讨论中子星和引力波了。

裴游很意外俞小鲸对虎鲸的话题这么感兴趣，她有心了解，他也乐意分享。那崇拜的眼神便是对他最大的恭维，一时之间，他的心房竟有丝丝悸动。一声“裴老师”也唤得裴游忍俊不禁，他不介意给她开个鲸课堂，传道授业解惑，甚至愿意教她动手技能。

“你想拜师学艺吗？师父是会手艺活的那种。”

俞小鲸吐槽的心声，可爱得让裴游不自觉地抬起手，想摸摸这个会喂鲨鱼的学渣，想让她学点东西去光宗耀祖。然而，当他的手碰到她脑袋的瞬间，仿佛坠入深海，一片静寂，毫无波动，他怔住了。

“师父，你要收我为徒吗？”

俞小鲸惊讶地望着裴游，眼波流转，似有未尽的话语在心底翻滚着。

裴游摸着俞小鲸的头，并没有听见她的心声。他有些疑惑地抬起手，当他的手离开她脑袋的一刹那，她的心声清晰地传了过来。

——还在摸？

——我早上只冲了澡，没洗头！

当裴游的手再次摸到俞小鲸的脑袋时，心声又消失了。

他又抬起手，又听到了。

——他发什么呆？

——‘摸头杀’不是这样拍一下停一下的……

裴游的手第三次碰到俞小鲸的脑袋时，仿佛按住了她心声的开关，静谧，沉寂。

裴游顾不上俞小鲸变幻不定的表情，也无暇解释，他收回手，又握起俞小鲸的手，松开，再握手，反复三次，俞小鲸的心声时断时续。

裴游用匪夷所思的目光盯着心底直嚷嚷着“怎么了”的俞小鲸，他也想知道怎么了。她的画风与其他人完全相反，碰触她反而像触动了开关，无法听见她的心声。

认知再次遭遇冲击，裴游有些茫然了，他扶着额头，到底哪里不对？是他的毛病变异了，还是俞小鲸太奇葩了？

“师父，师父，”俞小鲸尝试着叫唤突然神游的裴游，“还收徒弟吗？”

——他中邪了吗？

——在我的头上拍拍停停，又对我的手握握放放，是进行什么仪式吗？

——不愧是孟烦烦亲爱的表弟，都有一套玄学。看来我得考虑考虑，到底要不要修他的课。

“我再考虑考虑。”听着俞小鲸的心声，裴游的头又开始疼了，“今天就到此结束，我先下班了。”

裴游需要冷静一下，俞小鲸对他来说太稀罕了，怎么会有“开关”呢？

俞小鲸看着裴游略显慌张的背影，满头雾水。

他……像是落荒而逃吧？

为什么？莫名其妙。他果然是属乌贼的吧？

听得见让他好奇，听不见又让他慌乱。一时之间无法冷静的裴游，急匆匆地赶去孟氏集团，他需要外援。来不及预约，裴游到了前台才打电话联系孟万里。前台听了内线，就领他去坐 VIP 电梯，直通总裁办公室。

孟万里正在听投资部经理关于电影投资项目的汇报，这个项目的申请投资额高达一个亿。裴游进来时，孟万里用眼神示意稍等，让秘书给裴游泡了杯咖啡。

“我需要看到详细的项目风险规避及预期收益分析报告，否则没有提交董事会决议的必要。”

在投资部经理畅谈投资报酬率时，孟万里面无表情地打断他，终止了汇报。投资部经理汇报失败后抹着冷汗离开了。

裴游第一次见到孟万里工作的样子，他冷静得近乎冷酷，这样的孟万里让他心生敬畏。

“小游，”孟万里转眼就切换回亲切大哥模式，“难得你来公司，需要我做什么，还是千里又惹事了？”

“不。”裴游摇头，喝了口咖啡，缓了缓才问，“大哥，你觉得我有病吗？”

“小游，你没有病。”孟万里皱起眉头，他又在纠结过去的事了？

“大哥真的觉得我没毛病吗？”孟万里是知道他秘密的人。

“小游很好。”孟万里正色道，“每个人都有独特之处，你无须为此妄自菲薄。”

孟万里的笃定让裴游的慌乱感消失了不少：“我想大哥的独特之处一定是可靠。”

“我的荣幸。”孟万里笑了笑，“所以，有事尽管说，大哥靠得住。”

“我有些疑惑。”裴游直觉孟万里可能会知道什么，“大哥，你认为俞小鲸的独特之处是什么？”

“你对她很感兴趣？”

孟万里反问，他可以说是看着裴游长大的。裴游很少对别人感兴趣，这次却是他第二次问俞小鲸的事了。

“上个月我在摩纳哥第一次遇到她，就发现了一件不可思议的事。”面对知根知底的孟万里，裴游不做隐瞒，“我竟然能隔空听见她的心声，吓得我以为自己的毛病变严重了，不敢面对就避开她了。我将那次事件当成一次意外，没想到回国再见到俞小鲸，仍能隔空听见她的心声，对她就特别好奇，想弄清楚为什么。”

“弄清楚了吗？”孟万里很意外还有这种事，他特别注意保护裴游的秘密，甚至没让孟千里知道。到现在孟千里还以为裴游是有洁癖才讨厌跟人有肢体接触。

“没有，我感觉越来越奇怪了。”裴游皱了皱眉，“今天我摸了俞小鲸的头，却听不见她的心声，我还反复握她的手确认，跟她有肢体接触真的会听不见她的心声。对我来说，她和其他人完全相反，这让我非常困扰。大哥，你说，是她出现了问题，还是我的毛病产生了变异？”

“虽然很奇怪，但我不觉得你们本身有什么问题。”孟万里故意轻描淡写地说道，“大概是你们之间有特殊的磁场反应，俗称有缘吧？”

每个人都有自己的磁场，这种看不见的能量像万有引力，会与别人的磁场发生反应，或亲近，或疏离，似乎从一开始就决定了。

“换句话说，这种情况无法解释？”裴游也无法解释为何他会有“毛病”，以前孟万里就是用“磁场说”来安抚他的，让他接受自己的独特之处。

“其实也可以解释的。”孟万里给出提示，“你第一次见到俞小鲸，可能不是在摩纳哥。”

“在摩纳哥之前，我并不认识她。”裴游很确定。

“我给你看样东西，你或许会想起什么。”

孟万里走到保险柜前，输入密码打开。里面除了机密文件，还有他的“个人收藏”。他翻出标记“裴游”的文件袋，取出几张照片。他又打开标记“俞小鲸”的文件袋，回头看了下裴游，略作思考后，原样放回。

孟万里把照片给裴游看，那是他去参加裴游高中开学典礼的时候，抓拍的一些照片，记录裴游成为高中生的模样，作为留念。

“大哥，原来你还有偷拍的爱好。”

裴游揶揄，他是第一次看到这些照片，照片中的他与周围格格不入，眼中带有戾气，表情十分防备，浑身散发出“不准靠近我”的气息。

“小小爱好，让你见笑了。”孟万里没有否认，“你看这张照片，只拍到你回教室的背影，但走廊里有两人正面入镜了，你看看这人像谁？”

孟万里指着照片里穿校服的女生，她留着清清爽爽的披肩发，微微侧着脸，拍得很清楚。

“俞小鲸？”

裴游不敢置信地盯着照片，女孩清秀的眉眼与现在的俞小鲸差别并不大，很容易辨认。

“对，你们高中是同一届的，你在一班，她在六班。”孟万里说，“所以你可能在学校里见过她。”

“我完全没有印象。”裴游回忆不起任何跟俞小鲸有关的事情。

“我看过俞小鲸的档案，她小学和初中跟你也是同校不同班。”孟万里补充，“而且你们又同一天生日，这么多的机缘巧合，让她之于你，就变得和别人不一样吧。”

“是吗？”

“也许她的独特之处正是让你听见她，注意到她。”

“好吧，大哥说什么就是什么。”看着孟万里一本正经给他找合理解释的样子，裴游表示够了，反而在意起另一个发现，“大哥，你调查过俞小鲸？”

“出现在你和千里身边的人，我必须了解。”孟万里理所当然地说道，“俞小鲸看起来乖巧，也有自己的小心思，但她的品行没问题，嘴巴也牢靠。我想千里和于潇水的事应该是你‘听’到的，而不她‘说’的吧？”

“我只能听到她的一些即时心声，听不见她藏在心底的东西。”裴游想到孟万里大概是最了解俞小鲸的人，心里莫名觉得不舒服，“大哥对俞小鲸怎么想的？”

“我相信她，只是……”孟万里顿了下，眼神变得有些复杂，“不懂她想要什么，小游，或许你‘听’得见她想要什么。”

看着照片中的俞小鲸，裴游想着在很多年前的校园里，他们彼此不认识，擦身而过时，他是否“听”见过她呢？

目光稍稍移动，裴游注意到俞小鲸身边穿校服的男生。他靠着走廊围墙，侧身低头跟俞小鲸说着什么，笑容满面。

他想起来了。

虽然裴游只在国内读了一年高中，高二时被孟万里送出国留学，但他知道这个男生是谁。高中开学典礼的新生致辞代表苏遥，长相帅气、性格亲和，人缘特别好。他们班的老师常说六班的苏遥是北清的苗子，让大家向他学习，上不了北清，至少向人大交大努力。

裴游很意外自己竟然记得苏遥，毕竟他那时独来独往，避免与人接触，自然不可能认识苏遥，两人并无交集。

俞小鲸和苏遥交集很多吗？

他有点在意。

“你出门上班了吗？”

晨起闹钟还没有响，俞小鲸就被裴游的电话吵醒了。

“九点上班，我八点半出门都来得及，裴先生，你不会想让我加早班吧？”

俞小鲸打着哈欠，带着起床气的声音有点冲。现在还没到七点呢。

“没有加班。”裴游说，“报下你家地址，我现在有事找你，你先别出门。”

老板这么说了，俞小鲸只好把地址定位发给他，然后快速起床洗漱。她刚将自己拾掇整齐，裴游的电话就来了，说他的车停在她家楼下。

俞小鲸赶紧出门，下楼就见到她上次开的那辆宾利豪华定制车，驾驶座上坐着裴游。

裴游看到她立刻下了车，打开后座车门，向她招手：“你过来，有东西给你。”

俞小鲸狐疑地上前，看到后座被一只虎鲸玩偶塞得满满当当，她费劲将它拖出来。胖乎乎的虎鲸玩偶近两米长，比她大了一圈，还高出一大截。

“给……给我的？”俞小鲸不明所以地看向裴游，“为什么给我这个，这是你为鲸展厅设计的周边商品吗，要拿到鲸展厅去吗？”

如果是周边的话，鲸展厅的画风确实与众不同。

“这只虎鲸玩偶是孟烦烦送我的生日礼物。”裴游解释，“听说你和我同一天生日，昨天我跟你讲虎鲸，看你对虎鲸很有兴趣，所以，我把它送给你，当作你的生日礼物。”

俞小鲸没想到他会这样操作，感觉微妙："这是你表哥的心意，给我不大好吧？"

孟烦烦给他亲爱的表弟的东西，她还是不要接受比较好。

"它现在是我的东西，我如何处置与孟烦烦无关。"裴游不认为孟千里会有什么意见，"你可以当它是公司的生日福利。"

"好吧。"俞小鲸拍拍半躺在车后座的虎鲸玩偶，礼貌性地微笑道谢，"谢谢你，裴先生，我们同一天生日真巧，不好意思，我没有给你准备生日礼物，明年再补吧。"

她最后一次过生日是在八年前，那天的"生日礼物"非常糟糕，从此生日对她来说不再是什么值得高兴的日子。她有时希望被人记得她在那天出生，有时又不希望被提醒在那天失去什么。

今年的生日，她在鲨鱼厅完成喂食表演，回到鲸展厅时，裴游已经离开了，留言让她提前下班，她就鬼使神差地去了宝岳山。青山翠柏，余霞成绮，她拿着提前收到的生日礼物水晶胸针，却没有自信佩戴上。

裴游定定地看着她，她带笑的眸中染着感伤，身上忽然散发出孤寂的味道。他虽然在国外待得久，但也知道宝岳山在哪里，那不是生日该去的地方。

"小鲸，"裴游突然唤她的名字，建议她，"你可以现在跟我交换生日礼物。"

裴游的嗓音有点低，音色清冽，"小鲸"二字从他口中说出来，仿佛清泉从山涧缓缓淌出，没有波涛激流的凌厉，只有细水长流的柔软。

这是俞小鲸第一次听裴游叫她的名字，她的耳膜似有震动，心间仿佛有细流淌过。

俞小鲸怔怔地望着裴游，不懂他为什么大清早来送礼物，也不懂为什么他看她的眼神变温柔了。

“我可以交换什么？” 俞小鲸回过神，摊开手，“裴先生，我现在有什么是你想要的？”

“请叫我裴游。”裴游不喜欢她“裴先生，裴先生”地叫，“这是我要的生日礼物，可以吗？”

俞小鲸觉得这个礼物有点古怪，但他是老板，他喜欢直呼其名，那就如他所愿，希望孟烦烦听到别怪她不懂职场规矩。

“当然。”俞小鲸轻轻点头，“裴游，生日快乐，迟到的祝福还请收下。”

“谢谢。”听俞小鲸叫他的名字，总算让他有同龄人的感觉，讨论私事就变得容易些，“我可以问你一件事吗？”

“你问吧。”

“我昨天看到一张高中的旧照片，发现我们是同校不同班的校友。”裴游想知道，在她的记忆中，是否有他的存在，“你以前知道我吗？”

“这么巧？”俞小鲸有些惊喜，但她摇了摇头，“我第一次知道你是在摩纳哥。”

俞小鲸果然对他一点印象都没有，就像他对她一样。

“那你记得他吗？”裴游拿出手机，给她看翻拍的照片，“苏遥，你还有印象吗？”

俞小鲸盯着照片中的苏遥，那是高中开学时，苏遥发现她和他进入同一所高中，还被分到同一班，开心地跟她打招呼，说着他暑假去打工时见到的趣闻。

十六岁的俞小鲸和十六岁的苏遥，原来在别人的镜头中留下过合影。

俞小鲸的胸口忽然有些肿胀发热，眼眶便有了湿意。她不由得抬起手按住胸口，告诉自己，不要去想，过去早已沉入深海，翻不起任何波澜。

“不好意思，”俞小鲸吸了吸鼻子，忍住被触动的泪意，“我不记得了。”

她现在很好，并未在过去流连，一直往前走，她不记得记忆里有裴游出现，同样也会忘记照片中跟她谈笑风生的苏遥。

她是俞小鲸，兼职鲸鲸海洋馆吉祥物的鲨鱼饲养员，最近给动物雕塑师 Orca 当助手而已，不管裴游的询问是有意还是无意的，他们的过去不曾有过交集，也没有叙旧的必要。

第四章

让他想温柔对待

俞小鲸对苏遥的第一印象可以说非常糟糕。

苏遥是初二转到X大附中的，听说因为成绩优秀被附中校长“挖”过来了。

当时的俞小鲸十分讨厌学霸，尤其是这种典型的“别人家的孩子”。不，应该说是标准的“俞家的孩子”。

俞家的孩子，比如小她一岁的堂弟，一路跳级进了科大少年班，大她三岁的堂姐则拿着全额奖学金去麻省理工学院研究机械工程。而他们的父辈都出身于TOP3（前三）的名校，如今是各个行业的精英：她父亲是X大教授，大伯是高院大法官，三叔是桥梁建筑专家，姑姑是主任医师……在俞家，她仿佛是“别人家的孩子”，跟其他人在智商上存在着一个壁垒的差距。她费尽全力获得的成绩只让父亲皱眉，怀疑当初在医院抱错了孩子。

从小到大，她看着同辈的堂姐弟拿满分比喝水还容易，曾妄想向他们看齐，诚心诚意地向他们请教：“你们怎么考到一百分的？”

他们理所当然地答道：“总分就一百分，没办法考更多。”

后来总分有一百五十分，他们还是遗憾地表示不能突破卷面分。俞小鲸的认知受到了巨大的冲击，自信心被打击得支离破碎，于是放弃治疗，不再追赶他们，反正也没人指望她光宗耀祖。

苏遥一出现，就让她想起俞家的学霸们，本能地看他不顺眼，常常用白眼睨他。转学生被安排在最后一排的空位，成为俞小鲸的邻桌。中二时期的她无比希望世界末日的预言是真的，让全世界的学霸原地爆炸，毁灭地球吧！可惜，学霸们会用智慧之光，照出世界末日预言的荒诞。

苏遥代表学校去参加各种竞赛，用大大小小的荣誉证明他是“学霸本霸”，他的优秀毋庸置疑，这让俞小鲸对苏瑶更加深恶痛绝。一看到他，便会想起在俞家被满分堂姐弟碾压智商的挫败和惶恐。

她想整个学校可能只有她讨厌苏遥吧？

比起亮眼的成绩，苏遥的人缘更好，他亲切随和的性格非常讨喜，可以说是“班宠”了。对此，俞小鲸只有四个字评价——哗众取宠！

俞小鲸的“反调”唱得太明显，显然引起苏遥的注意了。

或许为了征服俞小鲸这个“钉子户”，苏遥无视她的斜眼，日常打招呼，得不到回应，也要强行聊两句，进行睦邻友好的交际。

俞小鲸的反应是扇扇手，让苏遥哪边凉快哪边去，她坚持跟学霸保持距离，井水不犯河水。

“俞同学这么酷，这朋友我交定了！”苏遥反而兴致勃勃，“你等着，我再想想办法。”

苏遥想出的办法是在考试时，见她抓耳挠腮，解题解得很困难，就大大方方地摊开他的答题卷，轻敲桌面示意她——随便抄，别客气。

学渣的尊严受到了前所未有的践踏，俞小鲸最恨学霸用云淡风轻的姿态侮辱她的智商！俞小鲸恼羞成怒，拿起橡皮直接砸向苏遥的脑袋，毅然决然地站起身，举报他作弊！老师却不相信她，怀疑是她想作弊，因为抄不到苏遥的答案就恼羞成怒，贼喊捉贼，要求她写一千字的检讨。

含冤受辱的俞小鲸，长期以来因俞家学霸而扭曲的心态，瞬间轰然崩塌，当场掀了书桌，愤然离去。

苏遥追着出来，拉住俞小鲸的手腕，急急忙忙地道歉：“对不起，我只是想帮你……”

“谁要你帮了？！”俞小鲸甩开他，恶狠狠地瞪着他，“就算考零分，我也不会作弊！因为我讨厌你，你就这样陷害我，小人！”

为了证明自己不是小人，苏遥硬拖着她回教室，当着全班的面说明原委，承认他的行为是作弊，与她无关，要求承担全部责任。

“班宠”不愧是“班宠”，一认错就被原谅，还被老师夸有担当。

老师按照规矩取消苏遥这次考试的成绩，向俞小鲸表示道歉，让她继续考试，这事到此为止。

其实只是一次普通的随堂小测，成绩如何并没有什么影响，唯一的影响是俞小鲸终于正眼看苏遥了，也愿意搭理他了。

苏遥这个人十分擅长顺杆子往上爬，理所当然地将俞小鲸当朋友，开始对她掏心掏肺，毫不避讳地表示他会转学完全是因为X大附中校长给的奖学金很可观，还承诺如果他中考成绩全市前三，保证奖励丰厚。苏遥说他的性格这么平易近人，当然是为了和同学们搞好关系，然后推销他的考前重点预测，实现互惠双赢，毕竟大家都是社会主义的接班人嘛。

“古人说书中自有黄金屋，简直是至理名言。”苏遥发出无限感慨，“读书真的充满了商机。”

“你是葛朗台吗？”

学霸暴露出守财奴的本性，让俞小鲸目瞪口呆。她以为学霸应该如俞家堂姐弟一样自带清高和傲慢的画风，谈钱多俗气啊。

“君子爱财，取之有道。”苏遥说得坦荡荡，“我父母都是普通人，在超市做仓管员和收银员，赚钱能力有限，而我只要动动脑子，就可以赚到钱，何乐而不为？”

俞小鲸以为应该在云端上享受智商优越感的学霸，浑身却充斥着“向钱看”的世俗气质。一下子，学霸从云端坠落，接了地气变成了凡夫俗子，她的心理莫名地平衡了。

因为苏遥的存在，俞小鲸渐渐地不再纠结和俞家人的不同，原来她也能和学霸成为朋友。俞小鲸曾经愤世嫉俗的中二期，长出的古怪棱角是被苏遥磨平的，他让俞小鲸甘于当个普通人，承认自己很平凡，因俞家学霸而扭曲的心态不知不觉被摆正了。

当年中考，苏遥成为X市状元，俞小鲸并不意外。感谢他的考前重点预测，让她考了不错的成绩，从没有高中部的X大附中顺利毕业，踩线进入升学率颇高的青藤中学。青藤中学只能算X市前三的重点校，让俞小鲸意外的是高中开学那天她会见到苏遥，两人又是同班同学。

“青藤给的奖学金最高。”苏遥解释为什么退而求其次，“等三年后我会考入清北，相信到时的奖励也不会让我失望。”

对于苏遥的“见钱眼开”，俞小鲸已经见怪不怪了，转而看他眉开眼笑地说着暑假打工的事。

因为“中考状元”的名头，月浦街的月光水族馆就以高额的“出场费”请他去“站台”，以“水族馆有中考新科状元，不来看看吗”为噱头，招揽生意。这一招确实很有效，苏遥往那里一站，简直就是“文曲星再现”“人形锦鲤”，不来转转沾点好运都说不过去。高中开学前，月光水族馆还给苏遥包了个大红包，感谢他允许水族馆继续打“中考状元”的招牌。

苏遥向来是“有钱好说话”，月光水族馆的“中考状元”招牌打了好些年，直到三年前俞小鲸大学毕业，来到月浦街才发现月光水族馆已经不见了，取而代之的是鲸鲸海洋馆。

俞小鲸从未见过月光水族馆主打的“中考状元”招牌，常常与她相伴的是鲸鲸海洋馆的镇馆之宝“爱丽丝”，而她成了鲸鲸的吉祥物。

也许苏遥算是这里吉祥物的始祖吧？

完成鲸鲨喂食表演的俞小鲸，怅然地俯在爱丽丝宽大的背上，沉入水中，又像浮在星空间，沉沉浮浮，回忆也跟着翻腾，触动着她的心。

“大鱼儿，你要加场表演‘水形物语’吗？”

水面上传来孟千里的声音，俞小鲸置若罔闻。

“我告诉你，你别想把爱丽丝带偏，跨种族的恋爱我家爱丽丝不约，绝对不约。”看过电影《水形物语》的孟千里脑洞大开，拍打着水面催促她，“大鱼儿，喂食时间结束，小游那里得有人使唤，你赶快回去。别想摸鱼蹭工时，我是不会增加津贴的！”

孟千里这个表弟控真的超级烦人，烦得她只好从爱丽丝背上起身，浮出水面。

“我在跟爱丽丝互动，维护彼此间的感情。”俞小鲸从水里上岸，拿下潜水面具，不紧不慢地反问，“请问馆长大人，您哪只眼睛看到我摸鱼了？”

俞小鲸现在不是很想看到裴游，跟他共处一室对她来说，也算是种挑战。一周前，裴游莫名其妙地提起苏遥，她摆明了不想“叙旧”，他硬是要踩她雷，弄得场面相当尴尬，两人之间的气氛就变得十分微妙。拜裴游所赐，这段时间，俞小鲸一不小心就会坠入回忆海，想起苏遥。那是她少女时代的回忆，并不想跟任何人分享。

“我两只眼睛都看到你在摸爱丽丝，你摸的可是这世界上最大的鱼。”孟千里指了指自己的双眼，“你这么喜欢摸鱼的话，小游那边还有更大的鱼，等着你去摸呢！”

此“摸鱼”非彼“摸鱼”，彼“摸鱼”也非此“摸鱼”。

俞小鲸无言地看着偷换概念的孟千里，摆摆手表示她听见了，这就去鲸展厅给他亲爱的表弟使唤。

“大鱼儿。”孟千里却从背后按住了她的肩膀，故意压低声音强调，“你要乖乖听小游的话，别让他不痛快，知道吗？”

俞小鲸撇了撇嘴，明明让人不痛快的是裴游，孟烦烦这护短的手伸得可真长。

“嗯，我知道了。”俞小鲸回头面对孟千里，轻扬嘴角，乖乖地笑道，“他可是您亲爱的表弟，还是我现在的顶头上司，我哪敢让他不痛快呀？”

“你……”孟千里看着俞小鲸的假笑愣住了。

“不好意思，老板，我不能在这里跟你摸鱼了。”俞小鲸用他的话做结语，“作为裴先生的助手，我得去鲸展厅干活了。”

这般皮笑肉不笑的俞小鲸，客气中带着明晃晃的刺，孟千里被扎得有些猝不及防。

这几天孟千里看裴游的状态不对劲，暗中观察鲸展厅，感觉到他和俞小鲸之间诡异的气氛，理所当然地认为是俞小鲸在摆谱，让小游不痛快了。

孟千里看着俞小鲸走远的背影，她的背绷得很紧，挺得很直，仿佛在昭告她的不妥协与倔强。难道小游也让她不痛快了吗？

唉。

裴游叹了一口气，捏着陶土制作鲸模的手也停了下来。他有些后悔向俞小鲸提起苏遥，好像不经意间碰到了她的逆鳞。当她看见照片中的苏遥，目光随之变了，如同坠入深海，静寂又沉重。

他听见她的心声：不要去想，不要去想……

然后俞小鲸用一脸快要哭出来的表情说：“我不记得了。”

她漫上湿意的眼睛，明明说明她记得，她没有忘记照片中跟她有说有笑的苏遥。

就算不去听俞小鲸的心声，裴游也感受得到她的欲言又止。她刻意说出的话充满了欲盖弥彰的意味，仿佛深海里沉寂许久的暗流，随着波动泛起，未到达水面，又硬生生地被压下去。

看俞小鲸睁眼说瞎话，裴游觉得太敷衍了，更加在意她和苏遥发生过什么，认为他们很有叙旧的必要。

“真的不记得吗？”裴游表示怀疑，“可你的表情告诉我，你记得，而且苏遥对你来说很特别，对吧？”

裴游的追问让俞小鲸皱起了眉头，垂在身侧的双手倏然握紧，她不由自主地颤抖起来，像是被激怒，又像是在忍耐。

裴游猛然间意识到他冒犯了俞小鲸，明知她避而不谈，他却鬼迷心窍似的，想追根究底。

“裴先生，你以为你是谁？”俞小鲸冷下脸，又瞥了眼手机上的照片，“我记不记得跟你有什么关系？”

刚作为生日礼物“裴游”的称呼，瞬间被取消了，她唤回“裴先生”，明确地跟他划清界限。

孟万里说俞小鲸只是看起来乖巧，果真如此。她露出乖巧面目下的爪子，尖锐地划开她对他顺从而恭敬的假象，令他猝不及防。他讪讪地收起手机，向她道歉：“对不起，我不该追着你问的。”

“确实不该。”俞小鲸亮着她的爪子，眼中有着戒备和嘲讽，没有隐藏的心声随口而出，“你以为支付我薪水，就有资格过问我的私事吗？裴先生，我和你只是一起工作，并没有私人交情，请允许我保留自己隐私，谢谢。”

空气安静下来，只有尴尬在弥漫。

充满攻击性的俞小鲸，穿起盔甲，手持武器，向裴游发出警告，不准越线！他被震慑了，有些恍惚，像是看见了自己的影子，他也曾如此武装过，不允许任何人靠近，唯恐暗藏的软肋被发现。

面对俞小鲸强势的眼神，裴游心虚了，自知理亏就没有再说什么。他窥视她的内心，自以为是地探问她的隐私，被怼是活该。

在俞小鲸满脸希望他这个老板懂得避嫌的目光下，裴游载着受到牵连遭拒收的虎鲸玩偶离开，她也摆明姿态拒绝坐他的顺风车去上班。

在鲸鲸海洋馆，裴游看着热情地唤他“小游”刷存在感的孟千里，冷不防地想到前表嫂于潇水，她肆无忌惮地欺负俞小鲸，俞小鲸却忍气吞声。对比俞小鲸在于潇水面前的逆来顺受，裴游觉得自己被她怼得很委屈，不自觉地迁怒孟千里。他脸上写着“不爽”，让孟千里少来鲸展厅烦他。

已经亮过爪子的俞小鲸，放弃了在裴游面前装乖巧，绷着一张公事公办的专业助手脸，摆出“只谈工作，废话少说”的姿态，心里防备的声音，让他有些无所适从。

面对于潇水的语言侮辱和人身攻击，俞小鲸无动于衷，他不过问起苏遥，她却动了肝火……这般区别对待，他又觉得委屈了。

俞小鲸说于潇水是病人，所以不跟她一般见识。他也希望自己被当作“病人”，这样俞小鲸就不会这么跟他较真了。

裴游习惯独善其身，向来都是他跟人保持距离，第一次被人这样防着，他也很绝望，不知该如何缓和这种别扭的局面。他试着向孟万里求助：“假如你逗猫时踩到了猫的尾巴，惹恼了猫，猫就张牙舞爪防着你靠近，你想跟它和好，要怎么办？”

“不要逃避它，认真与它对视，温柔地对它眨眼睛，一下，两下，三下……直到它回应你，对你眨眼睛。”孟万里煞有其事地为他解惑，“然后你就能继续靠近它了。”

“还可以这样操作啊。”裴游若有所思地反问，“这招对所有哺乳动物都适用吗？”

“不，这是撩猫专用，眨眼对猫来说是亲吻的意思，是表达喜爱和善意的方式。”孟万里笑起来，“小游，你真的踩到了猫尾巴吗？”

“呃……”裴游顿了顿，换了种说法，“假如不是踩到猫尾巴，而是碰到一个人的逆鳞呢？”

“传说龙脖子下的鳞片是逆着生长的，触碰逆鳞会令它暴怒，后果不堪设想。”孟万里意味深长道，“有逆鳞的人，就算看起来很温顺，一旦被激怒也会反扑。所以，触碰逆鳞，就要有承受对方怒火的心理准备，等到火熄了，再求原谅吧。小游，你是惹到了小俞吗？”

“跟俞小鲸没关系，我随便问问。”

孟万里的敏锐让裴游匆匆地结束对话，他猜测孟万里可能知道苏遥的事，毕竟孟万里调查过俞小鲸。可想到俞小鲸的警告，他不敢再作死地向孟万里探问。

唉。

裴游又叹了一口气，想到俞小鲸的事就容易分心，制作陶土鲸模时总感觉不对，换了好几种形状，总算定型了。他拿起刻刀，开始雕琢纹理细节。

已经过去一周了，俞小鲸应该消气了吧，要不要再跟她道一次歉？

裴游很头疼，碍于“听得见”的毛病，交友这门课他从小就没及格过，更别说“友谊的小船还未启航就已翻覆”这种高阶难题，他真的不知道解题思路，无从下手。

裴游当俞小鲸是稀罕物，好奇她，靠近她，试探她……不知不觉就变得在意她。可他一不小心玩脱了，被她视为危险物一样防着，仿佛他随时会踩爆她的地雷。

不久前裴游跟俞小鲸说虎鲸的故事，两人相处甚欢，她还用崇拜的目光看着他：“裴老师，请问你缺学生吗？会喂鲨鱼的那种。”

那模样可爱得让裴游忍不住去摸俞小鲸的头，结果这一摸就摸出问题来了。

现在，被触到逆鳞的俞小鲸应该会想着把他拿去喂鲨鱼吧？

她是小鲸又不是小鱼，什么鳞片都不该有，长什么逆鳞啊？

裴游小声咕哝着，情绪有点烦躁。手中缩小百倍比例的陶土鲸模已经成型，他心中想要打破僵局的办法却没有可行的。

——尴尬，还是尴尬，搞得上班的心情比上坟还沉重。

熟悉的吐槽心声闯进来，裴游一震，循声望去。

正在鲸展厅入口踌躇的俞小鲸，飘忽的目光跟裴游对上，莫名地慌张，心跳乱了一拍。她眨了下眼睛，故作镇定地移开视线，做了个深呼吸，然后若无其事地走向裴游。

“裴先生，鲸鲨喂食表演结束了，我回来了。”俞小鲸的声音有些紧绷，“刚才正心包装材料公司联系我，问什么时候可以下单。关于泡沫的定制参数，裴先生确定了吗？对方还等着回复呢。”

俞小鲸离开鲨鱼厅时接到了正心包装材料公司的电话，那会儿她因为孟千里的“多管闲事”有了逆反心理，磨磨蹭蹭的，不大情愿回鲸展厅给他亲爱的表弟使唤。

最近一周，除了工作上的事，俞小鲸尽量避免跟裴游进行无关的交流。按照他的要求订购了陶土，即使很好奇用途，她也忍着没问。然后她又去联系设计公司将裴游画的鲸展厅效果图3D化，充当传声筒转达设计公司的想法。

裴游倒是给予她足够的信任，让她全权处理，按她的喜好与设计公司沟通即可。他说效果图只是参考，后期主要是为了鲸展厅的宣传，不会影响到他的鲸雕创作。

这也行？

敢情裴游的效果图是画着好看的？要是以后游客因为宣传的效果图来参观鲸展厅，发现“货不对板”，估计又得投诉到消协吧，然后就得由她来背锅吧？

当着裴游的面，俞小鲸硬是忍住吐槽，心静如水地接受他的工作安排，紧急地去补了一些设计常识，决心让设计公司的3D效果图完美地还原原稿的精髓。她不想待在鲸展厅，要么去鲨鱼厅跟爱丽丝一起工作，要么去设计公司沟通相关事宜，尽量减少和裴游单独相处的时间。

不过工作一件接一件，每天上班还是会见到裴游，两人的关系就这么微妙地紧绷着。俞小鲸的心情渐渐变得烦躁起来，一定要将工作场合的气氛搞得这么尴尬吗？

可受到刺激翻脸的人是她，事后摆公私分明姿态的人也是她，结果感觉尴尬的人还是她。

简直是作茧自缚。

俞小鲸冷静下来想了想，裴游在国外待太久了，突然发现共事的人是校友，他会好奇也正常，是她的反应有些过度了。如果一直这样僵持着，她上班会越来越痛苦的。如果是苏遥，他大概会说："你这是跟钱过不去，傻了吧？"

她确实犯傻了。

无论怎么说，裴游也是给她发薪水的人，对老板摆脸色是职场大忌，他能忍一周还没炒她鱿鱼，可以说是非常仁慈了。再说裴游还是她欣赏的动物雕塑师 Orca，不看僧面也得看佛面，她还想跟 Orca 学几招，回家光宗耀祖呢。

孟千里都放话了，她要是一直让裴游不痛快，那孟千里可能天天对她耳提面命，烦死她了。马上就要到发薪日了，看在钱的份上……俞小鲸说服自己，找个台阶下了吧。

俞小鲸依然一口一个"裴先生"，裴游听得眉头皱了皱。

这个恪守职场规则的助手，对裴游真的很严格。他们好歹是同龄人，等级观念不需要这么强。他实在不习惯她这么严肃，俞小鲸最近好像表里如一地恭敬他，连吐槽的心声都消停了许多。

"裴先生，关于泡沫的定制参数，可以确定了吗？"

俞小鲸见他不语，又问了一遍。她一脸的谨慎，眼中还有着考量。

——他不会在考虑请我吃炒鱿鱼吧？

裴游恐怕要让俞小鲸失望了，他是雕塑师，雕得出鱿鱼，但炒不了鱿鱼，不会请她吃的。

“我在想……”

裴游看向工作台上一排用不同密度泡沫板练手的虎鲸群，想起当时说虎鲸故事的情景，俞小鲸听得津津有味，相当捧场。

“你知道这是什么鲸吗？”裴游放下刻刀，摆出动物雕塑师 Orca 的姿态，他们需要先聊点“鲸事”。

俞小鲸打量着灰白色的陶土鲸模，体形修长而苗条，吻部长而宽，U 形嘴巴显得很大，下颌有层层叠叠的褶皱。看得出来是须鲸，而非齿鲸。

“长须鲸，灰鲸，蓝鲸？”俞小鲸觉得这几种须鲸很像，并不能很好地区分，“不好意思，我对鲸的种类不是很了解。”

“它是蓝鲸，地球上现存最大的动物。”裴游见她的眼睛有点亮，似乎有兴趣，接着说，“成年蓝鲸一般体长二十二米以上，体重在一百五十吨以上。现今所观察到的蓝鲸，个体最长达到三十三米，体重一百八十一吨。这个三十三厘米长的鲸模，大小是最大蓝鲸的百分之一。”

“蓝鲸啊，所以？”俞小鲸抓不住裴游的重点，一时也想象不出三十三米长的蓝鲸有多大，不自觉地在心底吐槽起来。

——我想知道的是泡沫的定制参数，而不是蓝鲸有多长有多重，跑题了吧？

——虽然了解下地球最大的动物有点意思，但正心包装材料公司在等着参数呢，先告诉我参数再科普吧！

“将这个鲸模放大一百倍就能还原出最大蓝鲸的样子。”裴游听到她的心声，看她不再紧绷的表情，暗自欣喜，果然说“鲸事”有助于缓和气氛，“最大蓝鲸的体积高达两百立方米，制作这种大型鲸雕的泡沫密度十二克就可以了。这只蓝鲸所需的泡沫原料要三百立方米左右，定制泡沫的总长高宽为三十五米、两米五、三米五。因此，我需要长宽高五米、两米五、三米五的泡沫大料共七块，这是第一批定制泡沫的参数，你可以这样向正心包装材料公司下单。”

“鲸雕是要组合成型的？”

裴游的专业姿态让俞小鲸放松下来，好奇起他的操作方式，心想他的计算能力不错，空间结构能力也不错，瞬间就把最大蓝鲸分解成七块泡沫大料。

“大部分鲸雕都需要组合成型。”裴游听见她的肯定，眉头舒展开了，“这只蓝鲸的大小跟波音 737 客机差不多，我还会让它‘飞’起来。”

“波音 737 那么大？”俞小鲸之前跟孟千里出国坐的就是波音 737 客机，她终于对蓝鲸的庞大有了直观的概念，“就算是泡沫做的鲸雕，看起来也很有分量，怎么‘飞’？难道在鲸展厅灌满海水让它浮起来吗？”

俞小鲸想起他的效果图，整个鲸展厅便是一片海洋，遨游期间的鲸就是在“飞”吧？

“灯笼怎么‘飞’，你可以了解一下。”俞小鲸兴致盎然的模样，取悦了裴游。

虽然近一周来他们之间的气氛有些别扭，但裴游很欣赏俞小鲸在工作上的态度。交代她的工作会按质按量完成，不会带进个人情绪。她越是这样公私分明，裴游就越明白她有多反感被过问隐私。

“把鲸雕做成灯笼挂起来吗，要怎么做？”俞小鲸的胃口被吊起来，忍不住追问，实在太好奇他的操作了。

“你想学吗？”裴游趁机抛出橄榄枝，“之前你问我还缺学生吗？我现在可以肯定地告诉你，我很缺学生，特别是会喂鲨鱼的那种。”

裴游希望时光稍稍倒流，回到他还没有因为“碰”到俞小鲸而慌乱的时候，他和她处得刚刚好。

俞小鲸怔怔地看着裴游，漆黑的眸中透露出紧张。她恍然明白，绕了一大圈，原来他也在找台阶下。

孟千里一再提醒她要配合裴游，孟万里也嘱咐她关照裴游，她作为社会人，早不是中二期愤世嫉俗的少女，识时务者才是俊杰。

“我想拜师学艺，师父是会手艺活的那种。”俞小鲸终于放开绷着的神经，有了台阶赶紧顺势下，立马向他拱手行礼，“师父，徒弟这厢有礼了。”

这一声干脆的“师父”，奇妙地化解了两人间的尴尬气氛。

“嗯。”裴游不由得松了一口气，小心翼翼地说明，“这是我第一次收徒，你有什么问题尽管问，我不会藏私的。”

俞小鲸放下手，看着裴游略带讨好的表情，似乎担心她会“翻脸不认师父”。她突然觉得好笑，看来她“翻脸”的后劲还蛮大的。

“师父。”俞小鲸又叫了他一声，既然拜师学艺了，之前的不愉快当然要翻篇，现在得有点“为人弟子”的样子，“你为鲸展厅设计的鲸雕种类很多，为什么选择蓝鲸作为第一个鲸雕创作呢？我以为你最喜欢虎鲸，会从虎鲸开始呢。”

裴游讲虎鲸故事的表情，俞小鲸记得很清楚，像是恨不得将所有的温柔都给它们。他随便拿泡沫样品练手就能整出一个虎鲸群，可见他对虎鲸有多喜爱。

“你知道五十二赫兹鲸吗？”裴游对新收徒弟的好学很欣慰。这样不懂就问的俞小鲸，真的又乖巧又和善，可以说是非常好相处了。

“师父，请您开讲吧。”

俞小鲸表示愿闻其详，拉过椅子在裴游面前坐好，打开手机录音应用程序。

她乖乖地坐在裴游面前，背脊挺直，双脚并拢，这样一本正经的认真模样，像个可爱的小学生。

裴游有些恍惚地看着俞小鲸，心间似有悸动，仿佛海风迎面吹来，心海轻轻荡起涟漪。

这个女孩说翻脸就翻脸，强势起来让他苦恼得不知如何是好。可她气消了，给台阶就顺势下，说翻篇就翻篇，立刻对他眉开眼笑，似乎很容易就被取悦。

他听得见她的心声，看得见她的喜怒，却无法捉摸透她，反而轻易地被她带动情绪。

“师父，你……”俞小鲸见裴游莫名地出神，故意问，“难道需要先备课吗？”

“呃，不，那就上课吧。”裴游有点忍俊不禁，定定心神，讲起五十二赫兹鲸的故事，“正常鲸的声音频率是十五赫兹到二十五赫兹，但在一九八九年，美国海军监听到一只声音频率高达五十二赫兹的雄鲸。它的频率与众不同，无法被其他鲸听见，也无法跟其他鲸进行交流，它就是独特的五十二赫兹鲸。科学家追踪了它二十几年，至今它仍然是独来独往，没有亲属也没有朋友，在大海里唱着同类无法辨识的鲸歌，变成最孤独的鲸，而它的名字也叫爱丽丝。”

“爱丽丝……我们的鲸鲨是受伤无法回归大海，才成了孤独的海洋馆爱丽丝。”俞小鲸有所触动，发出了连珠炮似的疑问，“五十二赫兹鲸却因为独特才变得孤独，为什么只有它的声音是五十二赫兹呢，它的频率真的无法被其他鲸辨识吗，其他处在不同频率的鲸都能互相感知，为什么唯独它无法跟它们共鸣呢？”

“爱丽丝的频率太高了，完全超过其他鲸的接收范围，对它们来说，爱丽丝就是个哑巴。”裴游摇头，认真地为她答疑，“爱丽丝不仅声音频率特别，它的模样也很特别，像是灰鲸，又像是蓝鲸，也可能是蓝鲸和鳍鲸杂交出来的混血儿，或者是有基因突变的缺陷儿，谁也无法解释为什么它的声音是五十二赫兹。在我看来，爱丽丝就是一只巨大而孤独的蓝鲸，年年岁岁在海中寻找同伴，可听见它声音的只有人类。我听过爱丽丝的声音记录，是非常特别的鲸歌，仿佛吟游诗人从深海发出的声音，空旷又低沉。”

“原来是吟游诗人爱丽丝呀。”俞小鲸感慨道，“独自旅行，虽然孤独，但它拥有整个大海，唱着自由的鲸歌，被关注它的人类聆听着，好像也不是那么孤独。”

“嗯，它是自由的，希望孤独只是我们赋予它的感情色彩。”裴游认同俞小鲸的看法，“不过，我还是想给它很多很多的同伴，所以选择它作为鲸展厅的第一只鲸，我是它的第一个同伴，你会是它的第二个同伴，我们还会给它带来第三个、第四个、第五个……许许多多的同类伙伴。爱丽丝不会成为孤独的代名词，而是被爱的昵称。”

“师父，这课上得真好，给你点赞！”俞小鲸双手竖起大拇指，“尤其是最后主题的升华，爱丽丝是被爱的昵称，说得太好了。我们的鲸鲨爱丽丝举双手双脚……不，是张开大嘴巴摇起大尾巴表示同意！”

讲起“鲸事”的裴游，真的是爱鲸成痴的Orca本尊了。冷峻的面容不见丝毫疏离的寒意，眉眼间充满了温情和柔软，仿佛说的不是海洋里的哺乳动物，而是藏于他心间的小可爱们。他说起它们，就像把它们捧在掌心，向她展示它们有多么值得被爱。

——他的温柔不仅给了虎鲸，还给了蓝鲸，大概所有的鲸都会被他温柔对待吧。

俞小鲸捧场之下的柔软心声，如实地传达过来，击中裴游的心脏，他的心海又是一阵激荡。

俞小鲸的眼神炯炯发亮，她真的听懂了他的课。她也是鲸，让他稀罕、让他好奇、让他在意，让他想……让他想对她温柔。

“小鲸。”

裴游的声音低下来，唤着俞小鲸的名字，心头却痒痒的，想去摸摸她的头，夸夸捧场的好徒弟。不自觉抬起的手，被他硬生生地收回。他们才刚刚“化干戈为玉帛”，他要是一冲动又踩到她的雷区，很可能再次说翻脸就翻脸。

这种题目太难了，裴游不想再头疼找解题思路了。

“在！”俞小鲸举手示意，对师徒的戏码很是投入，“师父，要布置作业了吗？”

“作业？”裴游失笑，该配合演出的时候，他是不能置之不理的，“作业是你向正心包装材料公司下单，要求下周到货，就这样，下课吧。”

“好的，师父，我保证按时交作业！”俞小鲸的声音充满干劲。终于不用再带着上坟的心情上班了。

第五章

此处应该有心声

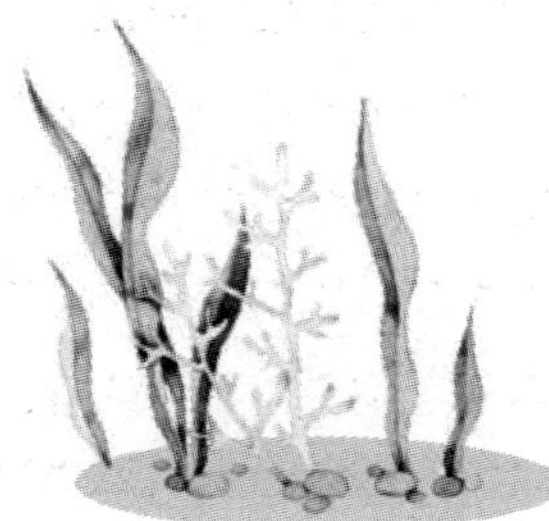

办公桌后的孟万里正在签署文件，他只抬眼瞥了下孟千里，并未停下手中的工作：“千里，我很忙的。”

言外之意很清楚，没有时间给他，对他为何突然造访孟氏集团也不感兴趣。

“孟总裁，给我一分钟，就一分钟。”孟千里也不啰唆，直接将文件递到他手边，体贴地翻开签名页，“你签下名，我马上就走。”

“你当是我橡皮章总裁，只负责盖章，不带脑子吗？”孟万里往前翻了翻，是一份影视投资合作意向书，确切地说是不久前投资部汇报的电影投资项目，被他打回去搁置了。

没想到是孟千里在背后张罗这事，拿着意向书就让他签名，有胆识！

“哥，你签了吧！”孟千里打出兄弟牌，“一个亿而已，你当是投资弟弟的未来，保证不吃亏。”

“一个亿而已？呵。”孟万里被他的轻描淡写逗笑了，“表弟还值一个亿，你得打折扣，少个零，不能更多了。”

“我知道表弟才是你亲弟，我是买一赠一，附带的不值钱。”孟千里很有自知之明，“哥，要不把我的股份折现给我，我以个人名义投资这个项目。”

“别闹。”孟万里揉了揉太阳穴，“就算我签了意向书，这个项目也无法通过董事会决议的，没有任何意义。”

虽说孟氏集团是家族企业，但随便出手一个亿，也得按程序走，董事会的老顽固们可不会由着孟千里花样败家。孟万里很想打电话给正在环游世界的父母，让他们把弟弟也带走，他真的很忙，没空陪他异想天开。

“只要你支持这个项目，董事会那边你肯定会有办法的。”孟千里从来不怀疑孟万里的能力，“孟总裁，难道你在害怕董事会的老顽固们吗？”

“给我戴高帽没用，对我使激将法也没用。”孟万里很熟悉弟弟的套路，“我给你两个选项，一是拿出我能认可的项目风险规避及预期收益分析报告；二是说服我你的未来前途值一个亿。”

“哥。”公事公办的孟万里让孟千里很挫败，只得托出私心，“这个电影项目是为于潇水量身打造的，她未来的商业价值不可估量，值一个亿吧？”

“我跟你算笔账，电影投资一个亿，票房至少三亿才能回本。按照孟氏要求的投资报酬率，票房需要达到五亿，我们的投资才算合格。”孟万里实事求是地分析，“你以为现在中国电影市场火爆，票房屡破纪录，投资就稳赚了吗？你去看看每年有多少电影无法上院线，有多少电影上了院线一日游？每年国产电影产量近千部，上映率稳定在百分之五十左右，而票房破亿的电影不过数十部，票房上五亿的更是屈指可数。我们投资一个亿想获得合格收益的概率差不多是百分之一。我不否认于潇水具有一定的商业价值，但现在她个人的票房号召力最多五百万，不能更多了。五百万和五个亿，这之间差几个零，你算得出来吧？”

“哥，你真的是我亲哥啊。”这分析有理有据得让人无法反驳，孟千里只想给孟万里跪了，“就算亲兄弟要明算账，你也不用跟我算得这么清楚吧。何况于潇水是你的前弟媳，我们孟家欠她的，我想通过这种方式补偿她，你就不能睁只眼闭只眼吗？”

闻言，孟万里沉默了。他看着满脸怨念的孟千里，再次确定，这个晚他三分钟出生的弟弟，上辈子肯定是他的债主，这辈子专门来找他讨债的。作为孟千里的孪生哥哥，孟万里可以说是相当辛苦了。他不仅要负责孟氏集团上下几千号人的生计，还要看着孟千里顶着一张跟他相似的脸做着不靠谱的事。想划清界限是不可能的，这辈子都不可能了，除了给他善后还能怎么办?

“千里，你真的是我亲弟，完全不让我省心。”孟万里停下手中的工作，转到哥哥的角色，他的表情柔软了许多。

“大哥不愧是大哥，肯定会为弟弟排忧解难的。”孟千里赶紧送上高帽，“所以，你赶紧签了吧！”

“我亲自挑选专业人员负责这个项目，保证有盈利点的话，通过董事会的决议也不难。”孟万里做出让步，“但我有两个条件，你做得到，我就签字。”

“只要你肯给一个亿，两百个条件都没问题。”孟千里顺着杆子就往上爬，“赴汤蹈火，我都给你做到！”

“第一，”孟万里定定地看着孟千里，缓慢说道，“你不准再对外宣称俞小鲸是你的小女友。”

“这跟大鱼儿有什么关系？”孟千里不明所以，“她又不值一个亿！”

“这是我的第一个条件，你做得到吗？”孟万里懒得解释太多，孟千里做事不过脑子，作为操碎心的大哥，要考虑的事情很多，他不能再让孟千里的行为影响到其他人。尤其是现在的俞小鲸，已经不适合再跟他和于潇水纠缠太多。

“这还不简单？”孟千里觉得小菜一碟，“我立刻去登报声明我和俞小鲸恩断义绝，从此男婚女嫁各不相干！”

“不用大张旗鼓，只要别再拉着俞小鲸当挡箭牌就行。”孟万里嫌孟千里太浮夸了，“第二，你要让于潇水重新成为孟家人。”

对于演员于潇水，孟万里的评估是不值一个亿，但如果作为家人，她的价值不止一个亿。

孟千里沉默了，他终于明白了孟万里的意思。他只对家人妥协，他的耐心和包容也只给家人。

在商言商的话，孟总裁并不看好这个项目，不会浪费资源投资。但孟大哥为了满足家人，一个亿就变成可以商量的事。

“千里，第二个条件，你做得到吗？”孟万里又问他，“如果做不到，就不要再折腾。你应该比我清楚，于潇水不需要这种补偿。”

八年前，刚进入孟氏工作的孟千里要和正在读大二的于潇水结婚，虽然两人正好到了法定结婚年龄，但孟家父母觉得他太乱来了，是孟万里出面说服父母的。五年前，孟千里和于潇水过不下去时，也是孟万里建议他们离婚的。

“可是，我们回不去了。”孟千里露出一个苦笑，他的眼中满是感伤，他和于潇水在一起会互相折磨的。

“回不去就往前走。”孟万里强势道，“千里，除了她，谁还有资格做我的弟媳呢？”

“哥……”孟千里刹那间动容，“在你心里，她一直都是孟家人吗？”

“千里，你们该好好面对彼此了。”孟万里叹了口气，他这个大哥真的操碎心了，“就算是惩罚，五年也已经足够了。”

家人永远是孟万里心上最柔软的部分，成为家人是缘分，这份羁绊也是他最珍惜的。

正心包装材料公司送来了第一批定制泡沫大料。七块长高宽分别是五米、两米五、三米五的泡沫大料矗立在鲸展厅，犹如七座白色巨砖横亘其间。

俞小鲸抬头望去，有种“高山仰止”之感，与它们相比，她是如此渺小，不知要从何下手，才能将这些泡沫大料雕琢成海中巨兽？

“比起金石木骨类雕塑，泡沫雕塑对新手友好很多。”裴游师父来领徒弟入门了，“泡沫材质容易塑形，而且工期短、寿命长，价格低廉还环保，作为大型鲸雕的塑材可以说是非常理想了。”

“作为新手，面对这样的庞然大物，我觉得要被吞噬了，一点都不理想。”俞小鲸对泡沫大料的个头叹为观止，想要将它雕琢成巨鲸，她不仅需要学习下愚公移山的精神，还要了解蚂蚁如何搬家。

“将它雕琢成型，愚公移山的精神是少不了，但也不需要像蚂蚁搬家那样一点一点地慢慢来。”裴游的手拍了拍泡沫大料，“给它下料，只要大刀阔斧，就能爽快地让它呈现出鲸形。”

俞小鲸已经习惯裴游有时像肚子里的蛔虫一样回应她的心声。她认为裴游拥有作为艺术家的敏锐力，而她这个徒弟，此刻更想发挥“不懂就问”的精神。

“哪来的大刀阔斧？”俞小鲸拿起裴游用缝纫刀片改装过的泡沫雕刻刀，不大也不阔，“这个吗？”

“不管多大的刀、多阔的斧，有它们在就能无限量供应。”裴游挑眉，指向角落的调压器和电炉丝，“雕塑工具的形态并非固定，小鲸，只要你敢想，就会有得心应手的工具。”

“我想……”

俞小鲸盯着调压器和电炉丝左看右看，实在想不出它们会变成怎样的雕塑工具。看来她真是“学渣本渣”了，智商存在无法突破的壁垒，想象力也没有太大的拓展空间。

“师父，徒弟愚钝，你还是上课吧，我会整理重点的。”

俞小鲸转回视线，定定地看着裴游，打开手机录音应用程序表示她已经准备好听课了。裴游展示的世界专业又不失趣味，对她充满了吸引力。她的好奇心蠢蠢欲动，想要了解更多，看到更多他眼中的风景。

俞小鲸兴趣盎然的眼睛，仿佛深海中涌起的漩涡，瞬间将裴游吸过去，他见到了漩涡中心闪烁的光芒，胸口忽然泛起涟漪，似乎有根弦被触动了。心间有悸动传来，陌生又奇妙。

裴游不由得凝视着俞小鲸，看着她瞳孔里倒映着的自己，像是坠入猎人的陷阱，却丝毫不想挣扎。

雕塑的世界看似有形，其实充满无形的想象。他向来独自穿梭其间，享受着创造的乐趣，虽有孤独但从不寂寞，也不需要别人来分享他的世界。而俞小鲸这样仰望着他，眼中似有憧憬、像是要追随他的模样，令他动容。裴游突然有了冲动，想跟她分享他的世界，带她同行。

“师父，师父！”俞小鲸在裴游面前挥着手机示意，不懂他为何看着她出神，“上课了，快把新世界的大门打开吧！”

裴游要如何将这些泡沫大料变成巨鲸雕塑，俞小鲸真的太好奇了，摩拳擦掌地等着学手艺活呢。

“你记得我之前做的蓝鲸陶模吗？”裴游定了定神，俞小鲸的“认真好学”让他不得不端出“为人师表”的样子。

“嗯，你说将那个鲸模放大一百倍，就是我们要做的蓝鲸爱丽丝雕塑。”俞小鲸表示她有复习功课，“不过，要怎么放大呢？”

“将蓝鲸陶模三维扫描数据化，对应七块泡沫大料，将鲸模分割成七块，完善各个部位表面和截面数据，制作出图纸，将图纸放大一百倍到泡沫大料上，再沿线切割就能成型。”裴游简单地介绍了他的操作方式，然后指示俞小鲸，跟他一起在泡沫大料的截面画出均等的网格。通过网格定位法，就能精确地将图纸按比例放大一百倍复制到泡沫大料上。

“师父，这算傻瓜创作吗？”

俞小鲸对照图纸中线条在网格上的位置，在泡沫大料的大网格上定点，将这些点连接起就有形状出来。这样的工作按部就班，好像不需要她动脑思考。

“设计部分的创作在鲸模成型时结束，但鲸雕的制作才刚刚开始。”裴游满意地看着俞小鲸“依样画葫芦”，她的领悟力不错，“你现在画的每一点，连的每条线，都是你的创作，我并不觉得你是傻瓜。”

“师父的徒弟当然不可能是傻瓜。”俞小鲸忍不住皮一下，“傻瓜只是形容而已。”

“好吧。”裴游有点忍俊不禁，“打完底稿，接下来我们就要用电炉丝做泡沫切割刀。小鲸，我需要你搭把手。”

“遵命，师父。”

俞小鲸兴致勃勃地跟裴游做起手工活。手艺人不愧是手艺人，自己动手，丰衣足食。

裴游先做了一个直径快两米长的弓形木框，然后将电炉丝固定在两端，绷直就成了“弓弦”，在一端通过电线连接到调压器上。

“在大刀阔斧之前，小鲸，你先换上工装，戴上橡胶手套和口罩。”裴游开始调整调压器的电压，观察电炉丝的变化，让搭把手的俞小鲸去换上安全装备。

“好咧！”俞小鲸也不啰唆，立刻去换装，顺便还将裴游的装备也拿来了。

“我心里有数。”裴游不以为然道，“不需要多余的东西。”

通电后的电炉丝变热变红，裴游拿着泡沫小料进行切割试验，慢慢调整到最适合操作的电压。

“师父，你这样就不对了。”俞小鲸看着他动手，自然明白电炉丝的切割原理和操作方式，与电相关，绝缘很重要，“安全生产，需要专业规范的操作，所以，作为师父，你得给徒弟做好标准示范！”

俞小鲸将装备往裴游面前一放，语气有些不容置疑，表情也很坚持。

——电炉丝可是赤裸裸地连着电，一不小心手滑……啧啧，画面太美不敢想，说不定乌贼就变成章鱼烧了。

这徒弟对师父的要求真的很严格。

被“训”的裴游不得不接过装备，想起在摩纳哥相遇时，俞小鲸就吐槽他是乌贼了，现在开始想象他被电成章鱼烧……该提醒她乌贼和章鱼并非师出同门吗？

算了，他还是乖乖穿戴好装备，检查安全设施，确保安全无虞，再进行切割操作吧。

裴游和俞小鲸两人各自手执电炉丝弓的一端，分别爬上泡沫大料两边的三角梯。

“小鲸，你无须太用力，配合我的动作，沿着切割线移动就好。”

“嗯。”第一次进行切割操作，俞小鲸还是很紧张的，声音有些发虚。

俞小鲸盯着眼前的泡沫大料，听从裴游的指示，小心翼翼地握紧电炉丝弓的一端，她能感受到另一端裴游“支撑全盘”的力量，安稳而坚定。

细细的电炉丝切进泡沫，电热分解泡沫，只发出细微的声响，毫无阻碍地切开泡沫。

她紧绷着神经，专注地跟随裴游的动作，盯着电炉丝沿着切割线移动，仿佛轻薄利刃划开细腻的白豆腐，切口干脆利落，平整得没有多余的停顿。

“砰！”

一大块切下的泡沫废料掉落在地，看似巨砖的泡沫成了他们手中随意宰割的鱼肉。在这瞬间，俞小鲸忽然明白了裴游所说的“大刀阔斧”，这样的“雕琢”让她生出异样的快感，配合裴游的动作也变得放松。她渐渐地用上力，沿线切割的动作也变得主动起来。

裴游感受到俞小鲸的使劲，和他自己的力道形成了小小的拉锯力。

俞小鲸好像扶着大人的手刚学步的孩子，迫不及待地想要脱离大人的扶持，独自行走。

这徒弟的性子……有些急呢。

裴游觉得有趣，暗自笑了笑，但还是顺应俞小鲸的需求，接着她的劲，收了自己的力，与她保持平衡。电炉丝在泡沫上的切割依然如行云流水，平稳而顺畅。

随着他们“手起刀落”，一块块泡沫废料被切除，蓝鲸头部的轮廓越来越清晰，雏形渐成。

这般“大刀阔斧”的动作，让俞小鲸有一种特别的满足感和成就感。

“师父，你说得对。”俞小鲸忍不住用星星眼望向裴游，感慨道，“泡沫雕塑对新手果真友好，我都要迷上这样的‘切切切’了。”

“大刀阔斧的‘切切切’确实爽快，但成形是粗糙的。”裴游适时地引入下一课，“接下来需要慢工细活的‘磨磨磨’，希望你也会迷上这种追求极致的感觉。”

“磨磨磨啊……”俞小鲸眼中的星光暗了下来，她怀疑自己的耐性，“师父，所以还是要学习蚂蚁搬家？”

“鲸吞蚕食。”裴游给她新的解题思路，“了解一下。”

“‘切切切’是鲸吞，‘磨磨磨’是蚕食，这样的感觉对吧？”

俞小鲸转动脑子想了想，“鲸吞”是爽快，“蚕食”是磨炼，询问的视线望向裴游，余光落在他身后的鲸展厅入口，顿住，定格。

——他怎么来了？

“这样的感觉是对的。”

裴游刚回答了俞小鲸，又听到她发愣的心声，顺着她的视线回头一看，也有些讶异。

“我想孟总是来找你的吧？”俞小鲸停下手中的动作，试探地问裴游，但目光仍停留在突然出现的孟万里身上。

闻言，裴游的眉头微微皱了下。孟氏兄弟是同卵双胞胎，外表几乎一模一样，外人很难分辨出来。

隔了十来米的距离，俞小鲸居然一眼就认出是孟万里。在鲸展厅出现的人，难道不应该会被默认成孟千里吗？

“小鲸，我们休息下。”裴游感觉很微妙，他关掉电炉丝通电的开关。俞小鲸很了解孟万里吗？

“小游，”孟万里缓步走来，向裴游招手示意，再跟俞小鲸打招呼，“小俞，我是不是打扰你们了？”

孟万里来到鲸展厅时，就看到裴游和俞小鲸穿着工装，戴着口罩手套，站在三角梯上，拉着一把巨大的“弓”在切割泡沫。两人配合张弛有度，看起来很愉快的样子。见到两人相处甚好，孟万里倍感欣慰。他家小游终于不再独来独往了，有合得来的伙伴了。

“不打扰。”裴游脱下口罩，“大哥怎么突然来这里？”

俞小鲸也脱下口罩，向孟万里颔首示意，看到他就想起又该到一月一汇报孟千里情况的时候了。

“孟总，师父，我去给你们泡点咖啡吧？”

“不用了，小俞。”孟万里摆摆手，“我跟你们说些事，一会儿就走。”

俞小鲸乖乖地站一边，这是她第一次在鲸鲸海洋馆见到孟万里，莫名地觉得紧张。

——奇怪，他那么忙，有事电话交代我就行，为什么要特地来这里跟我和裴游说呢？

——大概是他想见亲爱的表弟吧？

——要是需要见我，约在老地方就好。

“大哥，什么事？”

心理活动丰富的俞小鲸，引得裴游频频侧目。她和孟万里私人交情很好吗，他们还有老地方啊？

“有人要来鲸鲸海洋馆见习。”孟万里意味深长道，“我希望你们到时候能多多关照。”

“谁这么大的面子，能让大哥来打前锋铺路？”裴游有些好奇。

——这个人的面子确实大，居然需要我和裴游一起关照！之前他让我关照裴游，也只是私下交代而已。

俞小鲸比裴游更好奇，目不转睛地看着孟万里，却感觉到身边异样的视线，转眼跟裴游对上，他却迅速移开视线，表情很微妙。

“于潇水。”孟万里也不卖关子，“她的新电影会由孟氏集团投资，故事背景与海洋馆相关，未来会在这里取材拍摄。”

“她……来鲸鲸拍电影？”俞小鲸讶然出声，“那孟烦……孟千里知道吗？”

“这个电影项目是千里倡导的，我负责推进项目通过董事会决议。”

前任夫妻齐聚鲸鲸海洋馆，还有她这个挂牌的现女友……俞小鲸想扶额，修罗场的画面不敢想象。

“大哥，于潇水来这里不大好吧？”裴游一点都不想再看到于潇水肆无忌惮地欺负俞小鲸的情景。孟烦烦在唱哪出戏呢？

“小游，我知道你对于潇水的印象不好，也知道于潇水会刁难小俞。”孟万里郑重其事地说，“所以，我今天才会来打预防针，于潇水和千里都不是省油的灯，百分之九十九会给你们添麻烦。你们尽量睁只眼闭只眼，麻烦就让我出面来解决。”

“大哥是想让他们复合吗？”

“当初他们离婚是我提议的，善后的责任自然也是我。”

“那好吧，我尽量。”孟万里都这样大包大揽了，裴游自然会配合。只是……他心情复杂地望向俞小鲸，她并非孟家人，没有义务忍耐那对麻烦。

“对了，小俞。”孟万里想起来，“以后你不用每月向我汇报千里的情况了，我想千里现在会有分寸的。”

俞小鲸愣了愣，心里顿时涌起一股失落感。突然被告知两人特殊的联系要结束，她有点无所适从，但还是若无其事地接受孟万里的决定：“好的，孟总。”

——以后，再也没有理由单独见孟万里了吧？我对他来说……没用了吧？

裴游闪烁不定的目光在俞小鲸和孟万里之间来回移动。他觉得自己像是发现了什么秘密，胸口莫名地犯堵，无从宣泄，感觉非常不舒服。

“小俞，一直以来，谢谢你替我看着千里。”孟万里真诚地向俞小鲸道谢，也不介意裴游知道他让俞小鲸“监视”孟千里，“以后我还是要麻烦你多包容千里和于潇水，如果你觉得为难，随时可以告诉我，我会替你做主的。”

“好的，孟总。”

失落感转瞬即逝，俞小鲸看着孟万里，轻轻颔首，心底有一丝丝的小雀跃。

——对他来说，我还是有用的吧？

她很在意孟万里吗？

裴游只觉得心里的不适感越来越强烈。俞小鲸似乎忘记了他的存在，只看得见孟万里，对大哥一副予取予求的乖巧模样。这样乖巧温顺的俞小鲸，像是在讨好主人的宠物，令人心生怜爱。

裴游看到孟万里似有动容，他竟然笑着抬起手摸俞小鲸的头，像是在夸奖她，也像是在奖励她：“小俞，不用对我这样客气，我倒想听你像小游一样叫我声‘哥’。”

俞小鲸并没有任何的抵触，反而有些羞涩地垂下眼，脸颊起了可疑的绯色：“好的，孟大哥。”

如果俞小鲸有尾巴的话，此刻一定会向孟大哥摇起来的。

裴游看着俞小鲸和孟万里亲近的模样，心底微微的不舒服感变成了翻江倒海的烦躁感。

他第一次觉得孟万里很碍眼……

裴游怔住，突然意识到了什么，血液瞬间往脑门冲，心跳猛然加速。名为“嫉妒”的东西，从他的心脏冒出来。陌生又强烈的情绪，冲击着他，他的脑海里突然变得空白，世界也安静了下来。他好像坠入深海，除了自己越来越鼓噪的心跳，再也听不到其他声音了。

裴游盯着俞小鲸对孟万里露出的微妙表情，觉得此处应该有心理活动，可他听不见她在想什么。

慌乱感排山倒海地涌来。

裴游不自觉地伸出手，抓住孟万里的手腕，接着便听到了他的心声。

——小俞真乖，难为她要包容千里，还要关照……小游，怎么了？

孟万里的手被裴游从俞小鲸头顶拉下来，他疑惑地看向裴游，只见裴游露出一脸“不要碰我的东西”的表情。

裴游猛地清醒，松开手收回，心绪混乱起来，不敢正视孟万里。

“小游？”孟万里看了看他，又看了看俞小鲸，突然明白了什么，笑而不语。

“那个……”裴游尴尬地挠挠头，眼神飘忽不定，一时之间不知道该说什么。

裴游怪异的举动引来俞小鲸的侧目。对上她询问的眼神……此处应该有心声，为什么他听不到？

“小鲸……”裴游抬手按在她肩上，想要确认，可碰触她还是听不到她的心声。

“嗯？”俞小鲸挑眉，不明所以地看着裴游。

看俞小鲸她的表情，此时肯定在心里吐槽他……可他什么都没听到，只得硬生生地收回手。

空气中一片静谧。

“今天……就到这里吧。”裴游攥紧了手，熟悉的恐慌感也攥紧他的神经，“小鲸，你可以先下班了。”

“现在是下午三点三十七分。”俞小鲸掏出手机报时，反问他，“离下班时间还有两个多小时，你让我先下班？”

裴游突然中邪了吗，还是看见亲爱的大哥想撒娇不干活了？

“你现在在心里吐槽我吗？”裴游答非所问，看着她的表情猜测，“觉得我糊涂了？”

“我觉得你不是糊涂，是想对孟大哥撒娇吧？”俞小鲸也不掩饰她的想法。

“你可以这么想。”裴游觉得被恐慌攫取的神经快要绷不住了，“所以，你能先下班吗？”

“那谢谢师父的福利。”俞小鲸清了清嗓门，冲孟万里微微一笑，“我先下班了，你们慢慢聊！”

看着俞小鲸离开鲸展厅，裴游才松开攥紧的手，他表情慌乱，呼吸急促，脸色也变得苍白。

“小游，你怎么了？”孟万里一见他这样就紧张了起来，“哪里不舒服？我马上送你去医院。”

“大哥，我的病变得奇怪了……”

那个不顾他意愿强行进入他世界的声音，同样罔顾他的意愿突然消失了。没有一点点的防备，不管有无碰触，他都无法听见俞小鲸的心声了。

“小鲸，抽空来医院一趟，我想跟你说下苏遥的事。”

提前下班的俞小鲸，打开手机才发现姑姑俞沁发的微信，“苏遥”两个字瞬间刺激到她了。

俞沁是梅利综合医院血液科的主任，俞小鲸上次见她是在春节时的家族聚餐，她甚至来不及跟俞沁说上话，俞沁接到医院电话就赶回去了。

俞小鲸心情复杂地拦了辆出租车，直接从海洋馆前往医院。

苏遥曾是俞沁的病人。

望着车窗外疾驰而过的景色，俞小鲸目光迷离，陷入回忆中。

那天是正月初八，还在寒假中，嘉年华巡回游乐场来到X市，反响火爆，一票难求。苏遥就在嘉年华打工，他拿到内部票送给俞小鲸，请她去嘉年华玩。苏遥在打工的间隙，亲自带她去玩极速大风车。不知是项目太刺激，还是苏遥太累了，大风车转动的过程中，俞小鲸只听到自己的尖叫声，等大风车停下时，她才发现苏遥已经昏迷。

那是十七岁的俞小鲸受到的最大惊吓。跟着救护车送苏遥到医院，她依然惊魂不定，慌慌张张地去找在医院工作的姑姑俞沁，硬是拉着她来急诊室看苏遥。

“过度劳累，再加上贫血，发烧昏倒也正常。”俞沁嫌她小题大做，“休息两天就好。”

“在你面前倒下，真丢脸，没脸见人了。”苏遥醒来就催促她，“所以，小鲸，你快回家吧，不用担心我，我妈妈一会儿就过来接我了。”

俞小鲸只好离开医院，她以为苏遥在家休息两天就没事。那时也是俞沁联系她，要跟她说苏遥的事。

“小鲸，你得罪什么人了？”俞小鲸一走进血液科的办公室，俞沁的问题就迎面砸来。

俞小鲸满头雾水：“姑姑，我不懂你的意思。”

“你这娃从小脑子就不好，我不该问你的。”俞沁抓了下微微烫卷染色的短发，她四十多岁了，还是像年轻时一样毒舌。

作为俞家智商漏洞的俞小鲸，无法反驳俞沁，直接问：“姑姑，你要说苏遥的什么事？”

苏遥是俞沁的病人，但这已经是八年前的事了，俞小鲸想不通俞沁为什么突然要跟她说苏遥的事。

“有人在调查苏遥，查到我这里，要调取苏遥的详细病例。”俞沁微蹙眉头，“我让朋友反向调查，确定打探苏遥的人叫孟万里，孟氏集团总裁，你认识他吗？”

“我工作的鲸鲸海洋馆就是孟氏集团的产业，也见过孟万里。”俞小鲸的回答有所保留，“他为什么要调查苏遥？”

熟悉的不悦感涌上心头，难道是裴游让孟万里调查的吗？

“我不管孟总裁有什么意图，但我有责任保护患者的隐私。”俞沁正色道，“小鲸，我想告诉你，不管是八年前还是现在，你不愿意让人知道你为苏遥做的事，我绝不会让第三个人知道。”

八年……已经过去八年了。

俞小鲸有些恍惚，又陷进回忆中。

那天苏遥并未跟他妈妈回家，后来俞沁告诉她，苏遥的烧一直在反复，就做了进一步检查，诊断是急性白血病，要住院治疗。苏遥急需进行骨髓移植，但亲属里并没有配型成功的骨髓。俞小鲸就偷偷地拜托俞沁去做配型检查，发现她的骨髓是可以移植给苏遥的。

俞沁成了苏遥的主治医师，也是在她手术同意书上签名的家属，代替她父母的临时监护人。当时俞沁并不赞同她捐献骨髓，可苏遥发病太迅猛，没有太多时间等待，她恳求俞沁帮她，做个匿名骨髓捐献者。

当俞沁告知手术成功时，她觉得这是她做过的最勇敢的决定。

苏遥完成骨髓移植手术后，俞小鲸去医院看望他。他看起来很虚弱，但精神状态很好，还会打趣她瘦巴巴看起来比他还像病人：“小鲸，你别来医院抢地盘，这里的病床已经被我承包了，没你的份，乖乖回去上学，连我的份一起上，笔记也要多记一份。”

等待苏遥出院的时间，她每门课的笔记都做了两份。她想天天去医院看苏遥，但苏遥不准，他说：“我不想被你当病人看，一点都不酷。我要突然生龙活虎地出现在你面前，吓你一跳，那样才酷呢。”

为了满足苏遥“要酷”的需求，俞小鲸尽量不去医院探病，但她会时不时地向俞沁询问苏遥的恢复情况，并一再向俞沁强调，要替她保守秘密，别让苏遥发现捐献骨髓给他的人是她。

俞小鲸对苏遥的感觉微妙又复杂，她将他当成最重要的朋友，甚至是唯一的朋友，可她也清楚她不是苏遥最重要的唯一。她想成为苏遥最特别的人，但不想苏遥因她捐给他骨髓的事而对她另眼相待，更不想被苏遥当成恩人。

少女的心，敏感又脆弱，欣喜她对他有用，又害怕她对他只是有用。在他们有了这样的羁绊之后，她想也许时间会给她答案。

“姑姑是想保护我一辈子吗？”俞小鲸回过神来，眼中带上了自嘲。时间告诉她，移植骨髓给苏遥，成了她这辈子最后悔的决定。

“小鲸，你真的很笨。”俞沁叹了口气，“你到现在都觉得苏遥的死是你的责任，未免把自己看得太伟大了。”

俞沁的话像利刃一样直刺俞小鲸的心脏，就像八年前她生日的那天，俞沁打电话给她，并非祝她生日快乐，而是通知她：“苏遥刚刚抢救失败，已经走了。”

苏遥的骨髓移植手术，最终还是失败了。从此，她的生日成了他的忌日。

“如果他移植的不是我的骨髓……”

俞小鲸咬了咬唇，当年的骨髓配型，她和苏遥并非完全匹配，只是半相合而已，手术一开始就存在着风险。

“那他会提前三个月走的。”俞沁作为主治医生，最清楚苏遥的病情，“小鲸，我再一次提醒你，你脑子不好，就别自以为是了。当初的骨髓移植手术并没有失败，他是术后感染引起并发症死亡的，与你无关。”

“姑姑，不要再说过去的事了。”

俞沁的毒舌理智又冷酷，然而无论她说多少次，俞小鲸都无法被说服。她始终认为苏遥的死与自己有关。

“我现在需要做什么吗？”俞小鲸并不希望别人干涉她和苏遥的事，更不希望有人打扰苏遥的安宁。

“小鲸，我建议你去精神科挂个号。”俞沁认为俞小鲸是在怀疑她处理事情的能力，她今天叫俞小鲸来医院不过是为了确认她现在的心态，“不，不用挂号，直接报上我的名字，免费给你治疗。”

习惯将遗憾当作责任背负。这是病，得治！

她这个小侄女，脑子真的不好，八年也转不过一个弯。

第六章

是可爱的粉红色

空旷的鲸展厅里，只有砂纸磨泡沫发出的“沙沙”声。这声音细碎又有节奏感，交织出特别的韵律，钻进裴游的耳朵里，拨弄着他的神经。

心间仿佛有根弦，与之产生共鸣，心跳因此带上震颤。

这种感觉微妙又陌生，令他分心在意，他的目光不由自主地追随着制造出这些声响的人——俞小鲸。她正在心无旁骛地用砂纸打磨泡沫，按照他的要求，一点点地磨平切割留下的棱角痕迹。

明明是单调枯燥的工作，她却做得认真而专注，看起来很享受的样子。

裴游停下在泡沫上雕琢蓝鲸细节的手，望着俞小鲸出了神。熟悉的慌乱感像不知所措的小鹿，在他心中东碰西撞，让他晕头转向，无法安宁。

他“听不见”了，真的“听不见”了。

那时看着孟万里和俞小鲸举止亲近，暧昧的气氛意外激起他“嫉妒”的情绪，心慌意乱之下，他就“听不见”她的心声。裴游以为只是一时被“嫉妒”冲昏头，结果却是“嫉妒”触发了他和她之间特殊的“开关”。

“大哥，我的病变得奇怪了……”那时，他失措地告诉孟万里，“我突然听不见她的心声了，怎么办？”

“可能是错觉？”孟万里安抚他，“也许过两天你又能听见了。”

裴游也希望是错觉，可经过几天的观察和试探，触碰与否都无法打开他“听见她心声的开关”。俞小鲸在他面前，仿佛屏蔽了所有的喧嚣，变成最静谧的深海，无声无息地诱惑着他，可不知不觉又会吞噬他。这种无法捉摸的感觉濒临失控，充满了危险，又让他想冒险、想要靠近她、想要解读她。

日光从鲸展厅偌大的玻璃穹顶倾泻下来，落在俞小鲸身上，像是为她披上光的纱裙。砂纸磨出的泡沫细尘在光亮中飞扬，犹如飘雪围绕着她起舞。

裴游觉得，俞小鲸比光还闪亮，比雪还皎白。她轻轻眨动的睫毛，好似轻柔的羽毛，拂过他的心弦。他听不见她的心声，却听得见他自己的心弦被拨动时的颤音。

“唉……”裴游忍不住伸手捂眼，发出无力的低吟声。

裴游现在不仅耳朵出问题，连眼睛都有毛病了。看到穿着灰蒙蒙工装的俞小鲸居然会觉得她在发光发亮，连她手中砂纸磨出的泡沫细尘，他都觉得可爱。她额间沁出的汗珠在日光下闪耀，像小精灵在她白洁的额头上嬉闹，感觉也很可爱。当然，专心工作的俞小鲸比泡沫细尘和汗珠更可爱，她热得发红的脸颊，粉扑扑的，越看越可爱，她整个人都要变成粉红色的了……

裴游受不了自己的心猿意马，只得双手捂脸，强迫自己不要去看俞小鲸，免得被发现他在“盯”她，被当成变态……他们刚开的“师徒船”也会翻的。

“大哥，怎么办？”这样的变化让裴游无所适从，他下意识地向孟万里求助。

在裴游心里，孟万里是无所不能的。他曾深陷泥淖，是孟万里带他离开，给他一片清明的世界，与鲸遨游在自由的海洋里。或许因为孟万里太强大，所以看见俞小鲸对他展现乖巧和温顺，一副被驯养的样子，裴游才会瞬间心慌意乱，才会嫌孟万里“碍眼”。然而回过神来，其实他也是被孟万里“驯养”的人，他能体会俞小鲸面对孟万里时敬仰的心情，于是他告诉自己这很正常。

“小游，你突然‘听不见’她，又突然看她越发的可爱，为什么？”孟万里却笑着反问，“是什么堵塞了你的耳朵，又是什么蒙蔽了你的眼睛？”

“我不懂。”裴游摇头，“我听力很正常，眼睛也没有近视，果然是脑子出问题了？”

“哈哈。”孟万里大笑起来，“在这方面，比起千里，你可以说是相当迟钝了。”

“比千里迟钝？”裴游不以为然，“大哥，他都意识不到自己有多烦，孟烦烦就是他，他才是最迟钝的。”

“某些方面，千里的神经确实大条，但对于感情，他最为敏感。”孟万里轻叹了一口气，“小游，你问我为什么？当然是因为爱情啊。”

“爱……爱情？”这个答案让裴游结巴了，他的心莫名地又慌张起来。

“爱让人盲目，自然也会让人耳聋。”孟万里颇有兴味地看着晚熟的裴游，“听说爱情来得突然，会像龙卷风一样让人措手不及，看你这样子，这话倒是有几分道理。”

“是吗？”

裴游觉得心跳越来越快，他看俞小鲸越看越可爱，是因为自带名为“爱情”的滤镜吗？

“千里曾经跟我这样形容‘动心’。”孟万里想起恋爱中的孟千里，仿佛成了诗人，“春雷轰鸣，阵阵响声，惊醒的并非万物，而是蛰居在心脏的小怪物。小怪物醒了，心就动了，爱情来了，是可爱的粉红色。”

孟万里当时还打趣孟千里将“春天到了，动物开始发情”描绘得如此清新脱俗，果然是爱情的力量，竟然能让人颠倒对自然的认知。

可爱的粉红色……

裴游一听，有种膝盖中箭的错觉，很想给孟千里跪了，他真会形容那种“感觉”。

原来是动心了。

裴游的手不自觉地放在左胸，心脏的跳动确实变得有些不一样，不是有规律的跳动，而是不安分的躁动，让心变得痒痒的，不知如何是好。

"大哥，你……"裴游深呼吸，试图让自己的心静一静，"你动心过吗？"

"没有。"孟万里体会不到孟千里所说的"小怪物醒了"的感觉，"操的心倒是不少。"

听到孟万里的否定，裴游莫名安心不少。孟万里对俞小鲸的亲切和温柔……不是动心，太好了。

"在大哥面前，我总像个没主见的孩子……"裴游自知对孟万里的依赖，有点赧颜地说道，"以后我会尽量少让大哥操心的。"

"在我面前，小游当一辈子的孩子都没关系。"孟万里向来以裴游的监护人自居，毕竟是他将裴游带离父母的，"不过，在你动心的人面前，我希望你能将两人的关系当孩子一样呵护，直到有一天你们能为彼此负责，在对方面前重新成为孩子。"

孟万里语重心长的话语，裴游并不能完全理解，不过他明白目前和俞小鲸的关系确实很脆弱，需要像呵护孩子一样去维系。

在俞小鲸眼中，裴游是她欣赏的动物雕塑师Orca，是雇她当助手的裴先生，是教她鲸的知识和雕塑技巧的师父，唯独不是让她动心的人。

孟万里告诉他，他对俞小鲸动心了，是爱情。

裴游能雕琢所有想象得出的形状，却未曾研究过爱情的样子，不知该如何下手。

爱情的样子……

裴游又看向忙碌中的俞小鲸，渐渐西斜的日光洒在她身上，是暖黄色的，也是粉红色的。

是她的样子吗？

裴游的视线仿佛灼热的光，投射而来，俞小鲸成了靶心。她像是被捕猎者锁定的猎物，感觉浑身热辣辣的，心里还有些发毛。自从孟万里探访过鲸展厅，裴游就变得古里古怪，开始莫名其妙地对她进行“盯梢”。为了避免“对上眼”的尴尬，她就假装感觉不到他的目光，专注手中的工作。

那天为了跟孟万里撒娇，裴游让她先下班，难道还没有撒娇够吗？所以现在不断地用眼神关注她，暗示她提供撒娇服务？

俞小鲸默默地在心底吐槽，脑海里冷不防地冒出裴游变成小虎鲸蹭着她手掌撒娇的画面。呃，意外地有点可爱呢。

不不不……俞小鲸猛地甩下头，可能是她想太多了。

作为一脚刚踏进雕塑之门的新手，领俞小鲸入门的师父肯定是不放心她的技巧，需要时刻盯着她，以防她一走神就失手毁了他的作品吧？

俞小鲸这样说服自己，磨着砂纸的手停了停。

如此分心去在意裴游的注视，果然是学艺不精。

俞小鲸闭上眼，深吸一口气，提醒自己专心，重新动起手来，细细地磨着泡沫，将棱角磨得光滑。手抚过去，细腻的触感让她的心里升起了满足感。花了近两个小时，磨完这一节的泡沫雕塑，她才停下手，转头看向裴游，想报告进度，顺便向师父邀功。

正在看俞小鲸的裴游，猝不及防地跟她四目相对。他愣了一下，下一瞬像惊弓之鸟似的移开视线，不自在地往后退，却被自己的脚步绊到，一个踉跄，摔在旁边的泡沫废料中。然后，他就趴着不动了，露出后脑勺，两只耳朵渐渐红起来。

俞小鲸呆若木鸡地看着裴游“笨手笨脚”的样子，师父的高大形象也被泡沫废料掩埋了。

裴游在慌什么？

俞小鲸回过神，上前表示关切：“师父，没受伤吧？”

裴游摔了个跤，似乎唤醒了体内的“鸵鸟”，埋头在“泡沫沙”中不打算起来了吗？

“嗯……”红着耳根的裴游动了动，勉强翻过身，望着俞小鲸，脸颊也泛红了。

“我没事……呃，让你见笑了。”

裴游没有受伤，除了为人师表的面子。他在工作中，却频频看着俞小鲸走神，本以为对方没有发现，没料到她会突然转头。瞬间跟她对视，仿佛偷窥被逮了个正着，他立刻心虚得自乱阵脚。

“马有失蹄，人有失足，我不会笑话你的。”俞小鲸端出正经脸，“只是——”

俞小鲸停下手中的活，俯身倾向裴游，探出手。

裴游坐在泡沫碎屑上，俞小鲸倾身而来。这个角度……他的视线不偏不倚地落在她的胸前。虽然穿着工装，但依然看得出起伏，裴游的脸颊变得更红了，他眨了眨眼睛，强迫自己移开视线。

“只是你的头发上有泡沫，徒弟给你扫扫，免得师父被误会没洗头，那会让人笑话的。”

俞小鲸不仅上手在裴游脑袋上拍了拍，还凑上前用嘴吹了吹。裴游不由得屏住呼吸，任由她“上下其手”，根本听不清她在说什么，心脏疯狂地鼓噪着。

微热的气息触及头皮，痒痒的感觉蔓延心脏。心间的小鹿仿佛来到了春天的草原，躺在绿意盎然的草地上，风吹草动，温柔地拂过肌肤，挠痒痒似的，让人心旷神怡。

裴游出神地望着俞小鲸，视线在这一刻定格。她微微嘟着嘴，吹着他发间的泡沫碎屑，他听不见她在想什么，心里却冒出了声音：可爱，原来女孩子会这么可爱……

“师父，徒弟扶你起来吧？”

俞小鲸解决完裴游头发上的泡沫碎屑，见他还是一副神游太虚的样子，就向他伸出手，表示“有事，弟子服其劳”，她乐意之至。

裴游的目光缓缓地在她伸过来的手上聚焦，猛地回过神来，目光闪烁不定，他犹豫了几秒，才搭上俞小鲸的手，顺势起身。

“嗯……谢谢。”裴游清了下喉咙，尽量从容地道谢。感谢天生的冷淡脸，在出糗的时候还能绷住，没显出不自在。

“师父，你太客气啦。”俞小鲸自然而然地放开裴游的手，掌中仍留有一丝丝凉意，他的手有些冰。她看向他的手，手指修长，骨节分明，仿佛精雕细琢过，像艺术品。

“师父的手真好看，不愧是雕塑艺术家的手，本身就是完美的雕塑作品。”

俞小鲸脱口而出，便是对他手的恭维，眼神专注又真诚地在欣赏这件佳品，完全没有意识到她在“撩”人。

闻言，裴游感觉心弦不经意间被无形的手“撩”动，有愉悦的颤动在胸间激荡。俞小鲸似乎很享受“徒弟”的身份，丝毫不掩饰对“师父”的敬仰，总能找到讨“师父”开心的方法。

“你的手也好看。”裴游的嘴角微微扬起，藏不住被俞小鲸“夸”的愉悦感，“小巧白皙，像温润的玉雕。”

“是吗？”俞小鲸认真地摊开手看了看，实事求是道，“小是小，白是白，可这是喂鲨鱼的手，上面有着细碎的疤痕呢，与其说是玉雕，不如说是风化石吧。”

投喂鱼虾时，有时会被鱼刺、虾嘴划破皮，就留下了痕迹。

“呃……”裴游被噎住，没想到礼尚往来地夸俞小鲸也能“翻船”，他没法顺着她认可“风化石”的说法，只能生硬地转移话题，“那个，下班后要不要一起吃饭？”

被孟万里盖章“听不见”是因为“动心”，裴游就请教他“后续怎么操作”……

在孟万里面前，裴游向来不耻下问，他没有这方面的经验，又不想去问有经验的孟千里，毕竟孟千里结婚、离婚都走一拨了，没必要向他学习失败的经验。

“情之所钟，正在我辈啊。”孟万里颇为感慨，“小游，你想要什么后续？”

“更了解，更亲近，更……”涌动的羞耻感令裴游顿住，却无法对孟万里掩饰真实的想法，“更好的……关系。”

俞小鲸之前说和他没有“私人交情”，裴游一想起来就觉得胸口很堵，还特别委屈。他跟人保持距离习惯了，实在不擅长“如何拉近距离”的操作，可又控制不住被俞小鲸吸引，仿佛磁铁的两极忍不住想靠近。原来在这方面，他也是需要“师父”的。

“不管朋友，还是恋人，只要两件事能在一起做，关系自然能开始。”孟万里就是孟万里，简直无所不能，“这两件事做得好，有利于互相了解和亲近，关系也会变得容易维持。”

“哪两件事？”裴游差点学俞小鲸打开手机录音备忘，“大哥，请赐教！”

“这两件事都跟它有关。”孟万里指了指嘴巴，“叫作‘聊得来’和‘吃得来’。”

对于“聊得来”这件事，一不小心就“翻船”的裴游认为，没有天赋还是靠后天慢慢努力吧，“尬聊”真的会灰飞烟灭，他心有余悸。作为“饮食男女”，“吃得来”这件事似乎比较好上手，之前他们一起吃红豆芋圆仙草冻时，还是很和谐的。

“师父，你要请我吃饭吗？”话题太跳跃，俞小鲸小心翼翼地跟裴游确认，“为了奖励我学得又快又好，还是……鸿门宴？”

上次因为苏遥的事，俞小鲸反应过激，向裴游强调两人没有“私人交情”，裴游就很谨慎地跟她保持“师徒关系”。她也很识时务地配合演出，以“徒弟”的身份拉近两人的距离，毕竟端的是他给的饭碗，还是需要些“私人交情”的。

“不是鸿门宴，是……师门福利！”裴游脑中灵光一闪，“我们是师徒，又一起共事，应该需要定期聚餐……吧？”

这理由天衣无缝，简直进可攻退可守，裴游都想为自己的灵机一动鼓掌了。

“我可以挑地方吗？”

确认过眼神，是福利啊。俞小鲸的眼睛开始发亮，在心里打起了她的小算盘。孟烦烦每次搞聚餐，都喜欢去一些奇奇怪怪的餐厅，比如卫生间主题餐厅、全昆虫菜谱餐厅、废弃飞机餐厅……海洋馆的人吃过两次以后，都觉得跟着孟烦烦想吃免费的聚餐实在太折腾，就都不奉陪了，每次都将她推出去当代表陪老板聚餐，谁让她是鲸鲸海洋馆官方认证的吉祥物呢。

“当然，这是师门福利，师父请客，徒弟点菜，没问题。”裴游的钱包也表示，无论在哪里吃，都没问题。

下班后，俞小鲸强烈建议裴游不要开车，跟着她走就好。

“师父喜欢吃什么？”

漫步林荫道，黄昏的光透过枝丫的缝隙，洒下斑驳的光影。穿着淡蓝色连衣裙的俞小鲸，轻盈的步子踩在斑驳的光影上，仿佛步步生莲，有光从她脚下迸裂，洒出了金屑，照亮了她整个人。

裴游眨了眨眼睛，看着依然迎着夕阳余晖在发光的俞小鲸，他看她的目光大概真的自带滤镜了。

“我没有特别喜欢吃的东西，也没有讨厌吃的东西。”裴游对吃的向来不挑剔，在国外生活的七八年，每天基本是牛奶面包或者意面沙拉。

“这么不挑呀。”俞小鲸微微侧首，看着裴游笑着打趣，“听起来很好养的样子。”

眼前的笑靥犹如清水出芙蓉，俞小鲸的身后，片片余霞散成绮。繁花似锦的景象，柔柔地拂过裴游的心头。

“是呀，我很好养的。”裴游顺着俞小鲸的话，眼角眉梢溢出笑意，“以后吃香的喝辣的，还要请你多多关照了。”

“没问题，徒弟一定会好好孝敬师父的。”俞小鲸拍了下胸膛，志得意满，“我这就带你撸串去，尝尝人间烟火的味道。”

嗯，是可爱的粉红色。

裴游又看到了。他不挑食，却觉得俞小鲸是那一缕最吸引他的人间烟火。

裴游跟着俞小鲸来到离鲸鲸海洋馆不到一公里的东棠街，这里是聚集众多风味小吃的美食街。

夕阳西下，洒落一街的暖黄色，也点燃了东棠街的烟火气。

俞小鲸选中了一间带有院子的野火烧烤店，让裴游先入座，她去点菜。坐在露天的位置，身边有些喧嚣的食客，裴游第一次来这种地方，显得有些拘谨。他深吸一口气，便有食物的香气灌入腹中，奇异地缓解了他的拘谨，不由得放松下来。

裴游看向在冰柜前挑选食材的俞小鲸，她一副熟门熟路的样子，脸上的雀跃欢欣说明她对美味有着最大的期待，让他忍不住想象她带来的“人间烟火”究竟有多美味。

“我家的人奉行‘食不言，寝不语’，从不来这种地方，觉得太吵了。”俞小鲸将挑好的烤串交给服务员拿进烧烤间处理，便在裴游面前坐下，吐槽起来，“根本就是偏见，在热闹炎热的夏夜，烤串加可乐，麻辣小龙虾配冰啤，酣畅淋漓，比不食人间烟火的神仙爽多了。”

俞小鲸就是普通人，喜欢普通的东西，这些普通得俯拾皆是的“人间烟火”，有着最鲜活最平实的美好，她一点都不遗憾跟俞家的“神仙们”吃不到一起，聊不到一起。

“你经常来这里吗？”裴游环视四周，那些吃着烤串喝着啤酒的人，脸上有着随性又尽兴的满足感，确实爽快。

“以前常和同学来。”俞小鲸顿了一下，眼中闪过回忆的光彩，“上班以后，一个人就不怎么来了。”

俞小鲸第一次来东棠街是十年前，那时的野火烧烤店还只是个烤肉串的摊子。苏遥周末晚上会在这里打工，她吃的第一串骨肉相连就是苏遥请的。那串骨肉相连的味道，她至今还记得，咬下去还没感受到鸡肉和软骨的滋味，就被浓重的孜然味呛到了，因为苏遥手抖把孜然粉洒多了。苏遥跟东棠街的很多摊主都熟，只要报上他的名字，就能打折。他常拉她去各个摊位尝鲜，吃了很多便宜的美味。她曾暗地里怀疑过苏遥在东棠街打工的内容是做“托”。

“是苏遥同学吗？”裴游不假思索地脱口而出，看到俞小鲸一愣，瞬间反应过来，很想给自己一拳。

周遭的喧嚣似乎消失了，空气也变得安静。

俞小鲸的目光闪烁了两下，定定地望着一脸“祸从口出，完蛋了”的裴游。

苏遥犹如一枚随时投向俞小鲸心湖都会激起波澜的石子，而裴游就像个淘气的孩子，很喜欢拿这枚石子“打水漂”。

上一次掀起的波浪，打翻了“友谊的小船”，而这一次……

裴游心有余悸地看着俞小鲸，见她没说话，小心翼翼地开口：“不好意思，我不是故意……”

“我知道。”俞小鲸打断裴游，她明白他是无心的。或许已经习惯心里的想法会被裴游捕捉到，这次听到“苏遥”的名字，她的情绪虽然仍有波动，但并不想再“小题大做”了。

“嗯，是苏遥同学。”

俞小鲸尽量平静地说出“苏遥”的名字，服务员适时地端上料理好的烤串，各种肉香、麻辣、椒盐、孜然的味道掩盖了空气中的微妙和尴尬。

“师父，我们开吃啦。”

俞小鲸若无其事地招待裴游，烤生蚝、青口、鱼豆腐、芋头块、土豆片、香菇、面筋、培根卷、鱿鱼、鸡翅、五花肉串、秋刀鱼……她不断地给裴游递上烤串，催促着他品尝这些人间烟火的味道。

裴游很配合，略过刚才的不和谐，专心跟着俞小鲸撸串。

两人忙着吃，默契地不再提“苏遥”，师门聚餐进行得很顺利。

一大口可乐下肚，碳酸气涌上来，俞小鲸异常满足，差点打出嗝来：“师父，你还有战斗力吗？”

撸串撸得慢条斯理的裴游，不知道“续航能力”如何？

“试试？”裴游不想被俞小鲸小觑，她看起来像小巧可爱的白鲸，没想到食量却像大蓝鲸。

于是，撸完烤串，俞小鲸又让服务员上了一份麻辣小龙虾。她将一次性手套递给裴游，故作挑衅道：“师父，来战斗吧！”

裴游以前觉得吃饭不过是维持身体机能运转的必要程序，但看到俞小鲸大快朵颐、毫不做作的吃相以及脸上溢于言表的满足感和幸福感，让他也受到了感染。裴游觉得，跟俞小鲸吃东西真是件令人开心的事，吃进嘴里的东西都变得无比美味。

孟万里说的“吃得来”，他大概明白了。

“小鲸，让你瞧瞧师父的厉害之处！”裴游一本正经地接受俞小鲸的挑衅。作为动物雕塑师，他了解各种鲸类的骨头结构，自然对其他动物的结构也不会陌生。虽然是第一次吃小龙虾，但他向俞小鲸展示了华丽的小龙虾去壳法。

俞小鲸瞬间就被裴游的手法吸引了。只见他按了按小龙虾，又将虾身往前挤了挤，挤进虾头。然后按着虾头拔下虾尾，整块虾肉就出现在他的手中，虾尾和虾头放一起，依然是一个完整的小龙虾。

俞小鲸看着自己手边破碎的虾壳，两眼对着裴游放光："师父，可以教我这一招吗？"

"当然。"俞小鲸敬仰的目光让裴游忍不住翘起骄傲的尾巴，"这也是师门福利！"

于是，裴游一步一步地讲解小龙虾完美去壳法，俞小鲸学得飞快，一大盆的麻辣小龙虾在你来我往之间很快就见底了。

"师父这招真厉害，大大地提高了我吃小龙虾的效率，美味指数暴涨啊。"俞小鲸脱下一次性手套，手指还是沾有小龙虾的味道，她意犹未尽地舔了舔手指，又舔了舔唇。

她的嘴唇被辣得通红，像娇艳欲滴的红玫瑰。看到她这样的动作，裴游不由得咽了咽口水，身上莫名涌起一股燥热，他端起铝罐冰啤一口气灌下去，半晌才平静下来。

"那是我喝的……"

俞小鲸提醒，因为裴游还要开车回家，只能用冰可乐代替冰啤配他的小龙虾。

"再给你点一罐？"

裴游放下喝光的铝罐，看着俞小鲸的红唇，想到她刚喝过……他的脸不由自主地红了起来。

"不用了。"俞小鲸摇头，看来裴游没有洁癖，不会介意她喝过的，她自然也没意见，只觉得怪怪的，"吃得好饱，肚子都撑圆了。"她摸着小肚子感慨，"啤酒肚"说来就来。

“要不我们去散步消消食？”裴游抬头看了看半圆的月亮，建议道。夜色不错，他还想和她多待一会儿。

俞小鲸当然没意见。裴游去结账，两人离开野火烧烤店，慢悠悠地走出了东棠街。

“师父，你喝了酒，虽然不多，但还是不要开车了，我打电话叫孟烦烦来接你吧？”

站在车水马龙的街边，看着来来往往的车辆，俞小鲸打起了孟千里的主意，作为徒弟，得为师父谋福利。

“不用，我们打车……”

正说着，突然有辆车在他们前方急停，刺耳的刹车声打断了裴游正在说的话。

副驾驶的车门打开，穿着红色高跟鞋的细腿跨了出来，一身白色缀钻晚礼服的于潇水从车里下来，霸气地伸手拦住裴游和俞小鲸的去路。

路灯的光洒在于潇水身上，她像站在聚光灯下，高傲美丽，这也让她脸上的愤怒更加明显。

“于……”

俞小鲸刚要开口打招呼，猛地被裴游一把拉到身后。她的视线瞬间被挡住，看不到于潇水的脸。

“俞小鲸，你果然出墙了！”于潇水隔着裴游对她喊话，“孟千里那个老男人真满足不了你吗？”

听到“老男人”这三个字，俞小鲸扶额，在于潇水心中，她是个贪得无厌的人吗？她探出头，想面对于潇水，却被裴游硬是按住头，推了回去。

“她的事属于孟家家务，我来处理，你不用出面。”裴游回头看了一眼俞小鲸，严肃地说明立场。

碍于孟氏兄弟的“拜托”，俞小鲸面对于潇水向来“束手无策”，不能怼她也不能刺激她，只能忍辱负重地赔笑脸。她抬头看向裴游的后脑勺，想想也对，于潇水是他的前表嫂，他又是孟氏兄弟的掌中宝，他说话的分量比她这个外人重多了。

既然师父要大包大揽，作为徒弟，她就作壁上观吧。

“我在跟俞小鲸说话。”于潇水不爽地呛裴游，“你别护着她这个缩头乌龟。”

“她是我的人。”裴游冷冷地开口，“我希望这是你最后一次找她麻烦。”

他的人？

俞小鲸惊得眼睛一瞪，赶紧拉了拉裴游的衣摆，提醒他注意用词，免得引起误会。裴游只是拍了拍她的手背，让她少安毋躁。

为了震慑于潇水，裴游临时给她抬身价吗？

俞小鲸只能这样猜测，尽量让自己不要大惊小怪，先静静地看裴游表演吧。于是，她稍稍侧过身，瞥见对面的于潇水，对裴游的声明相当不以为然。

“你的人？呵呵。”于潇水嗤之以鼻，“她是孟千里的女朋友，你这样给你表哥戴绿帽子，还替她出头，也太可笑了吧？”

“她就是我的人。”裴游笃定地反驳，“她不是孟千里的女朋友，以前不是，现在也不是，以后更不可能是。”

等等，裴游的剧本经过孟千里审核了吗？他如此肆无忌惮地跟于潇水摊牌，她和孟千里以后在于潇水面前还要怎么扮演追星情侣？

俞小鲸又想去拉裴游的衣摆，不过，于潇水的反应比她更大。

“你什么意思？”于潇水的声音不自觉地提高，“孟千里说过俞小鲸就是他的小女友，什么时候不是了？”

“什么意思，你去问孟千里。”裴游的语气非常强硬，“既然今天我们又遇到了，我就郑重地提醒你，这个人是我的，你不准碰！

俞小鲸不爱孟千里，也不会爱孟千里，她和孟千里没关系！你有什么仇什么怨，只管找孟千里算账，不要迁怒她，她不是你的出气筒，也不是你用来丢孟千里的沙包。”

裴游的宣告混着路上汽车疾驰的声音，灌入俞小鲸的耳朵，变成轰鸣声。她心间似有震颤，好像被什么东西撼动了。

俞小鲸怔怔地望着裴游挺直而坚实的背部，他仿佛一座固若金汤的城墙挡在她面前，隔绝了金戈铁马，不让任何敌意碰到她。

“她算哪根葱？”于潇水被激怒了，“孟千里哪里对不起她了，她凭什么不爱孟千里？”

“她当然不算葱，她是我的人。”裴游再次强调，“我最后说一次，她从来不是孟千里爱的人，你和孟千里的事不要再扯到她了。”

“她和孟千里到底是什么关系？你给我说清楚……”

“没关系！”

裴游不耐烦地打断于潇水，懒得再废话，直接抓住俞小鲸的手腕，越过于潇水离开了。

俞小鲸完全被裴游强势的节奏带着走，她频频回首去看僵立在路边的于潇水，只见于潇水的表情尴尬，似乎还夹杂着愤怒，带刺的目光直直射向她。直到于潇水愤愤地坐车离开，她觉得自己就像诸葛亮半夜开去曹营的草船，全身被“扎”了个遍。

“师父，你这样得罪于潇水不好吧？”俞小鲸终于拖住了裴游，让他停下来，低头看着被他握住的手腕，“还有，你抓得我有点痛。”

裴游这才松开手，掌中还残留着肌肤相触的灼热感。

“得罪于潇水有什么不好的。”他握了握拳头，又松了松，“她不爽的话，就让孟烦烦兜着。”

“她可是孟烦烦的女神呢。”俞小鲸知道裴游背后有孟万里，有恃无恐，但她恐怕会成为最后背锅的人，“你不怕得罪她，也不用对她说什么‘我和孟烦烦爱不爱，我是你的人’之类的话吧？”

“小鲸，你是我的徒弟，当然是我的人。”裴游理所当然地说道，“我护着我的人有什么不对？”

看来裴游也得到了孟万里真传的护短功力，作为他的徒弟，俞小鲸是沾光了。

“原来你的人……是这个意思啊。”俞小鲸说不上是松口气，还是有点失落，“师父给徒弟保驾护航，当然没什么不对。但是这样激怒于潇水，她只会把账算在我头上，下次见面就有我好看了。”

“小鲸，”裴游凝视着她，声音有些低沉，像在承诺什么，“你是我的人，我不会让任何人欺负你，于潇水不行，孟烦烦不行，就算是大哥也不行。所以，你不需要害怕谁，我就是你的金钟罩，也是你的铁布衫。”

他会成为她的铠甲，让她刀枪不入，就算于潇水是洪水猛兽又怎样？

俞小鲸与裴游四目相对，此刻，她再迟钝也读得出他眼中的保护欲和占有欲。他将她纳入羽翼之下，坚定又霸道地宣告“你是我的人，谁也不能碰”。

夏夜的晚风，徐徐吹来，吹动裴游额前细碎的刘海，丝丝缕缕，像在窃窃私语，你是我的人，你是我的人……

空气中的暧昧慢慢地发酵、弥漫。

心里有了悸动，让俞小鲸有点慌乱，无法正视裴游。

“嗯。”俞小鲸微微垂下视线，回避裴游的目光，故意笑着说，“师门福利真好呢。”

有些东西，俞小鲸从来没有得到过，渐渐变得不敢去要……而现在，她仍然不敢要。

第七章

作为我喜欢的人

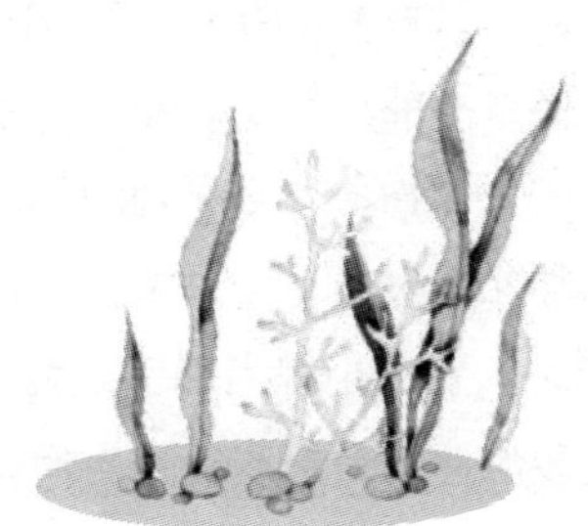

打车将俞小鲸送到家后，裴游就让司机直接开往孟家。

坐在后排，裴游垂眸看了看俞小鲸坐过的位置，视线慢慢上移，落在自己的手上。他想起不久前的事，怅然若失。

向于潇水放完话，裴游就拉着俞小鲸走了。他记得握紧她手腕时掌中充实而灼热的触感，也记得疾步快走时急促而紧张的心跳。

俞小鲸似乎很平静……再次证明，他真的听不见她的心声，感受不到她内心的波动。她究竟在想什么？

裴游只能从俞小鲸的表情反应去猜测，有种不得其门而入的无奈。无法忍受于潇水对她颐指气使，他忍不住宣告“你是我的人”，表面说得淡定霸气，心里却忐忑不安，这样自爆心思，百分之九十九会被说越线吧？

俞小鲸意外的淡定，她仿佛读不懂暧昧，感觉不到裴游欲盖弥彰的占有欲，反而笑着说：“师门福利真好呢。”

那是裴游为自己准备的台阶，俞小鲸用起来相当得心应手。面对她粉饰太平的笑脸，看着她闪烁回避的目光，裴游决定当个“俊杰”，识相地顺着台阶下来。

没有“翻船”，很安全。

裴游暗暗放松了神经，继续发放“师门福利”，送她回家。

俞小鲸自然而然地接受了这样的“师门福利”，一路上跟裴游有说有笑的。下车时，她还认真地恭维他：“我真是三生有幸，拜到了全世界最好的师父，不仅手把手地教我本事，还能给我保驾护航，简直不能更好了。师父，以后还请你继续关照徒弟哦。”

裴游不禁怀疑，他可能收到了传说中的“好人卡”，不，应该是“好师父卡”！

要俞小鲸当助手是为了观察她，收她当徒弟是为了亲近她……裴游并不是想和她只当师徒，现在“师门福利”操作的走向有些微妙。

不过，俞小鲸似乎很安于这样的“师徒关系”。

一想到这里，裴游就心生烦躁。听不见俞小鲸的心声，就摸不准她真实的想法。或许可以找有经验的孟烦烦，打听下解题思路？

裴游来到孟家，已经是晚上九点多了。孟万里还没有回家，孟千里正在厨房捣鼓着什么。

“哥，怎么是你做饭，阿姨呢？”

裴游凑过去一看，就见碗里打了三四个鸡蛋，粘了一堆鸡蛋碎壳。孟千里正在用筷子挑碎壳，他一片一片地挑出来，放在料理台上，弄得料理台上黏糊糊的。

“阿姨这两天回老家看刚出生的孙子，大哥又在加班，没有人帮我煮东西。”孟千里抬头瞥了眼裴游，继续小心翼翼地挑蛋壳，“可我家女神活动结束后想吃消夜，让我做厚蛋烧，我正在努力。”

“你家女神？”裴游看到料理台前方的手机，上面显示着厚蛋烧的菜谱，“于潇水？”

“嗯，你的前表嫂。”孟千里眼中漫出笑意，“小游，你知道吗？这是我们分开五年后，她第一次主动打电话给我，虽然是让我做吃的，但我感觉她心情很不错呢。”

“我真不知道这个前表嫂是怎么回事？你们究竟什么时候结婚，又是什么时候离婚的？”

笨手笨脚的三十岁男人，一看就不像是会下厨的人，于潇水提这种要求是在故意刁难孟千里吧？

“八年前结婚，三年后就离婚了。”孟千里简单地说明，“结婚时她还在上学，所以只领证没办婚礼。那时你刚出国，还在适应新环境，大哥让我别打扰你，就没告诉你。”

“为什么离婚？”看孟千里现在一副被于潇水“招之即来”的享受模样，裴游不用触碰他听取心声也能确定一件事，“你现在还爱着她。”

孟千里停下手中的筷子，神情恍惚，眼中似有万千感慨，他深吸一口气，说道：“小游，爱不爱和离不离婚没关系，我和她……没法在一起的。”

“你能说得直接简单点吗？”裴游无法理解孟千里的意思。

“发生了一些事，我们需要分开冷静一下。”孟千里故作轻松道，“而她现在成了明星，不能暴露隐婚的历史，当然更不能和我这个粉丝在一起了。”

“我还是不懂。”孟烦烦的经验很失败，看来没必要找他问解题思路了，“她是明星，你是粉丝，在一起有问题吗？”

“她开始了新的生活，我不能成为她的阻碍。”孟千里顿了顿，“我只要她开心就好。”

“开心就好？”裴游大概明白了孟千里的心思，他不以为然地哼道，“所以你们拿俞小鲸寻开心，将她当沙包丢来丢去很好玩吗？”

“这话怎么说的？”

“晚上我们又遇到于潇水了，她认定俞小鲸作为你的女朋友给你戴绿帽子了，气势汹汹地要替你教训出轨的人。哥，你俩真入戏。”

“大鱼儿只是当工作配合我而已。”孟千里摆摆手，“你不用这么义愤填膺，我现在已经管不着她了。”

“那你管得到于潇水吗？”裴游反问。

“当然。”孟千里挑眉，“没看到我正在给她做好吃的吗？”

“哥，你还是点外卖吧。”裴游对着碗里的鸡蛋碎片摇头，“免得噎着你家女神，气鼓鼓地变成河豚，见到俞小鲸就要扎两下。”

“河豚气鼓鼓的也漂亮。”孟千里顶回去，“再说大鱼儿皮糙肉厚扎两下又怎样？疼的话我给她算工伤。”

“她哪里皮糙肉厚？”裴游反唇相讥，“我看你的脸皮最厚，有异性没人性，欺负到我家徒弟头上来，当我这个师父是死人吗？”

“小游，说得你好像有了异性还有人性似的。”孟千里“呵呵”笑了两声，“拿什么师父徒弟说事，从你问我要大鱼儿当助手开始，就盯上她了吧？”

“是又怎样？”裴游哼了哼，“反正她现在是我的人，于公于私，我都不准你和于潇水再欺负她。”

“怎么算欺负了？”孟千里坚决不承认，“那是大鱼儿的工作，于公于私，我都没有亏待她，每年给她的年终奖是最多的，她都没意见呢。”

“以前是以前，现在是现在，你不要以为叫她大鱼儿，就当她是鱼没有人权，我有意见！”

“她是我招进来的吉祥物，为我工作，我给她最好的待遇，哪里没人权了？”

“她现在不为你工作，没义务当于潇水的出气筒，你最好看紧于潇水，别让她再作妖！”

“谁作妖了？她不过是个性耿直，并非故意为难大鱼儿，有点小摩擦而已。小游，你太护短了，根本就是无理取闹。”

“你作为前妻脑残粉，才是护短第一人！就是你纵容于潇水仗势欺人……”

……

孟万里一回到家，就听到裴游和孟千里吵嘴的声音，两兄弟你一言我一语，互不相让。

循声来到厨房，孟家老大一边扯下领带，一边看着在互相较劲的裴游和孟千里，“啧啧”地直摇头：“吵什么呢，需要我主持公道吗？”

两个年龄加起来过半百的男人，像三岁小孩一样互相呛声，没了平日里兄友弟恭的模样，真是丢人现眼。

习惯放飞自我的孟千里无论做什么，孟万里都不会意外，反而是向来冷淡少言的裴游，竟然会吵架了，有长进啊。

“大哥，呃，我们在讨论点事。”裴游尴尬地看向孟万里，瞬间冷静下来，觉得刚才跟孟千里一般见识，自己简直是白痴，他只要冷眼看着孟千里做满是蛋壳的厚蛋烧“孝敬”他的女神就好了。

“对，我和小游在讨论事情。”孟千里顺台阶就下，可不敢让孟万里主持公道，他对自己处于孟家食物链底端这件事还是很有自知之明的。

“不吵了？”孟万里又问了一次，等两人乖乖点头，他才说，“千里，你把厨房弄得乱七八糟的，快收拾下，想吃什么，我来做。”

“厚蛋烧，于潇水想吃。”孟千里松了一口气，他搞不定鸡蛋碎壳，只好倒掉，擦干净料理台。

于是，裴游就看着孟万里利落地卷起衣袖，系上围裙，熟练地料理起来。十几分钟后，孟万里就做好了厚蛋烧，装进保鲜盒，让孟千里赶紧给于潇水送去。

“小游，你别因为于潇水跟千里较真。”打发走了孟千里，孟万里才说，“一碰上于潇水的事，千里的脑子就像灌了糨糊。这么多年了，一点长进都没有。”

“没有长进，肯定是大哥太惯着他了。”裴游觉得孟千里不是比孟万里晚出生三分钟，而是三年。

“你在怪我对千里偏心？”孟万里失笑，他解下围裙，示意裴游去客厅聊，“还是你也不想让我省心？”

“我知道大哥很照顾家人。”如何护短，裴游还是从孟万里那里学到的，“我只是不明白，于潇水已经离婚走了，为什么连大哥都在纵容她呢？”

“你是在替小俞委屈吧？”孟万里有些欣慰，终于有人能进入裴游的世界了。

“虽然我只见过于潇水两次，但她每次都有恃无恐地向俞小鲸撒气，我不能接受。”

孟万里说过以后于潇水还会来鲸鲸海洋馆见习，如果她还是针对俞小鲸，裴游是无法对她忍气吞声的，这恐怕会让孟万里很头疼。

“不管是我还是千里，或者我们的父母，都对于潇水心存愧疚。”裴游出国这些年，孟家也发生了很多事，“但我不能因此要求你和小俞也包容于潇水，这是我的问题。”

“你觉得我还是小孩子吗？”裴游皱起眉头，“因为还不懂事，所以什么都不跟我说？”

“小游……”孟万里顿住，他确实一直将裴游当孩子看待。

“大哥，告诉我为什么。”虽然孟万里只大裴游五岁，却是他实际上的监护人，给予他想要的一切，“我也想为大哥分担些。”

孟万里定定地看着裴游，不知从何时起，裴游开始愿意关注外界和他人，让他生出“吾家有子初长成”的感慨。

“八年前，于潇水意外怀孕，千里想结婚，是我说服父母让他们先领证生下孩子。”孟万里缓缓地说起过去，“于潇水生了个女儿，让我这个大伯取名，那是孟家的长孙女，她叫孟长安。小长安特别漂亮，性格乖巧，十分爱笑，非常讨人喜欢。她的爷爷奶奶可宝贝她了，也因为小长安不再介意于潇水的孤儿出身，准备给她和千里补办盛大的婚礼。”

“小长安呢？”裴游感觉很怪异，在孟家看不到任何小孩子的东西，也没有任何小女孩的照片，孟万里口中的小侄女好像从来没有存在过。

“那天千里陪于潇水去试婚纱，小长安的爷爷奶奶带着她来找我，因为一岁多的小长安会走路了，想让我这个大伯看看。”孟万里眼眶不由得泛红，“小长安的爷爷开车带她们来孟氏，小长安一向不喜欢坐安全座椅，她的奶奶常常顺着她，坐车就抱着她，让她的爷爷车开得慢点，不要颠着小长安。可是，肇事司机醉酒开车速度太快，撞上了他们的车。两个老人只受了点轻伤，小长安却被撞出车外，当场身亡。”

这事击垮了孟家，小长安的爷爷奶奶又自责又愧疚，难以面对于潇水，无法待在家里，开始在全世界“旅行”。于潇水则完全崩溃了，只能向孟千里发泄，两人互相折磨，又彼此舔舐伤口，不得安宁……直到孟万里建议他们离婚，让他们分开，才不会因为见到对方就想起孩子而痛苦。

“小游，我们孟家欠于潇水一个孩子。”

孟万里的眼角有了湿意，声音变得干哑。这是孟家最深的伤痛，唯有假装小长安不曾存在，大家才能继续生活，谁都不敢去想小长安还在，会是什么样子？

“大哥……”好像有什么东西刺进裴游的胸膛，扎得他难受。

即使孟万里说得平静又克制，裴游还是感受到了大哥巨大的悲痛，他无法想象失去孩子的孟千里和于潇水又是怎样的感受。

“这事你心里有数就好，在千里和于潇水面前就当作什么都不知道。”孟万里深吸一口气，平复心绪，然后转移话题，“对了，你今天来家里，我猜是因为小俞的事？”

小长安之于孟家意味着什么，裴游已然清楚，也明白了孟氏兄弟为何要纵容于潇水。他说要为孟万里分担，首先便是假装一无所知，将小长安也藏在他的心底。

“嗯。”裴游点头，顺着孟万里的话题说起他的小烦恼，“小鲸似乎只想把我当师父，大哥，师门福利还能发吗，这道题有什么特别的解题方法吗？”

再者，对于重视家人的孟万里来说，最好的礼物，一定是新的家人吧？

裴游对原生家庭毫无留恋，却很庆幸有孟万里，给了他重新选择家人的机会。他，也想要新的家人。

在裴游门下工作，师门福利可以说是相当不错。

空旷的鲸展厅，随着泡沫雕塑工作的展开，渐渐变成了充满泡沫废料碎屑的白色海洋。在日光斜射到的一角，最近被清理得很干净，摆放着原木方桌和靠椅，还有装着各种零食饮料的双开门冰箱，保证随时都有东西填肚子。

下午三点，微光岛酒店的下午茶套餐外卖送到，有祁门红茶和红丝绒蛋糕、蓝莓松饼、抹茶蜜瓜巴菲……俞小鲸顺势进入了休息时间，脱下工装，洗好手在桌边坐好，心安理得地享受起师门福利。

裴游今天出外勤，去考察装配支架材料。为了将鲸雕变成“灯笼”，需要在鲸雕内部安装支架。裴游将鲸雕的内部结构建模，然后去装配公司定制支架，而俞小鲸留在鲸展厅负责挖空鲸雕肚子里的泡沫。

“三点有师门福利，请注意查收。”半小时前，裴游给俞小鲸发了消息，吊足了她的胃口。

俞小鲸此刻喝着下午茶吃着蛋糕，放松下来的胃口很不错。自从在野火烧烤店进行名为“聚餐”的师门福利后，似乎触动了裴游某个奇怪的开关，他居然开始接送她上下班。她表示“不敢麻烦师父大驾”，他又说：“这是师门福利，不麻烦。”

既然是师门福利，俞小鲸就毫无负担地接受了。

鲜花店每天会送花来鲸展厅请俞小鲸签收，时不时还会有各种点心外卖，然后隔三岔五地来个聚餐……裴游都说是师门福利，奖励她学得快做得好，请她堂堂正正地接受。

“这么多福利，还不如奖励我大红包呢。”师门福利来得太频繁，俞小鲸忍不住嘀咕，结果裴游的耳朵太好了，他好像怕唯一的徒弟落跑，拿起手机就给她发红包。

“不好意思，红包有限额，发不了大的，只能多发几个。”

裴游这么诚心诚意地发红包拓展师门福利的内容，俞小鲸也只能配合地当着他的面戳手机屏幕，收下师父的心意。

俞小鲸开始吃冰爽的抹茶蜜瓜巴菲，大热天吃这种水果冰激凌确实爽快，她不介意类似的师门福利多一点。

只是裴游打着“师门福利”的招牌，对她发送糖衣炮弹，殷勤得令人浮想联翩……

突然有只手伸过来，拿走俞小鲸面前的蓝莓松饼，拉回了她的注意力。

“大鱼儿，给我也倒杯茶吧。”孟千里大摇大摆地落座，理所当然地使唤起俞小鲸。

“原来是馆长大人，有失远迎了。”俞小鲸故意用一次性纸杯给孟千里倒茶，“请吧。”

孟千里没有介意纸杯红茶，吃两口蓝莓松饼喝口茶，吃得有滋有味，还冲俞小鲸挤眉弄眼：“啧啧，小游真会假公济私。”

“这是福利，不是假公济私。”俞小鲸凉凉地开口纠正，“馆长大人，你是来蹭福利的？”

“既然是福利，我当然是光明正大地享用。”孟千里不动脑筋也知道，所谓福利掏的肯定是裴游的腰包，“不过，小游求偶的把戏真老套，他该多看些动物纪录片，自然界有各种花样供他参考。”

求偶的把戏？

孟千里的形容让俞小鲸的嘴角抽了抽，她忍住吐槽的冲动，假装听不懂："馆长大人很闲吗，鲸鲸海洋馆运营还正常吗？"

闲得孟烦烦来这里宣传动物纪录片？

"大鱼儿，不准质疑我的经营能力，鲸鲸在我的英明领导下即将步上新台阶，成为地区标志性景点指日可待。"孟千里吃完蓝莓松饼，喝完红茶，毫不客气地吹捧起自己。

"哦——"俞小鲸故意拖长音，"我一直以为鲸鲸能够茁壮成长是因为背后有孟总裁，原来靠的是馆长大人经营有方呀。"

"嗯，鲸鲸有今天也离不开我们孟总裁的支持。"孟千里瞪了眼拍马屁技能不合格的俞小鲸，清了清喉咙，"但我的能力是不容置疑的，就在不久前，我签订了价值一个亿的项目。"

"一个亿？"俞小鲸怀疑，"你问孟总裁要了一个亿？"

"哼，我和孟总裁是孪生兄弟，他的就是我的，问他要一个亿怎样了？"孟千里一脸得意，"哦，不对，什么叫叫我问孟总裁要了一个亿？大鱼儿，你跟小游久了，说话都变得不可爱了，说得好像是我被孟总裁包养了，用钱还得看人脸色……"

俞小鲸无语地看着愤愤不平又念念有词的孟千里，真是"烦烦本烦"了。

"所以，馆长大人的一个亿项目是什么？"

俞小鲸不得不打断孟千里，来鲸展厅是想炫耀他的丰功伟绩吗？

孟千里眼睛一亮，神秘兮兮地问："你猜？"

"不知道。"俞小鲸摇头，她不想猜，静静地看孟烦烦表演，"你说，我听着呢。"

"孟氏集团和鲸鲸海洋馆参与投资的电影项目，我作为投资方代表与如歌公司签订合约，正式启动该项目。"

如果孟千里有尾巴，此刻一定翘到天上去了。

“为于潇水量身打造的电影吗？”俞小鲸想起之前孟万里来鲸展厅的目的。假公济私哪家强，孟烦烦认第二，就没人敢拔头筹。

“聪明！”孟千里赞赏地向她比出大拇指，“这是一部以海洋馆为舞台展开的电影，于潇水扮演从事水下表演的美人鱼，其实假装美人鱼表演者是真正的美人鱼。”

“听起来蛮有意思的。”俞小鲸看着一脸兴奋的孟千里，“不过电影还没有开拍，你就剧透我一脸，馆长大人，你要改行当编剧了？”

“作为投资商，提前看到剧本这点福利还是有的。”孟千里忽而正色，“大鱼儿，明天于潇水会来我们海洋馆见习。”

“恭喜你，可以跟女神近距离接触了。”俞小鲸终于明白孟千里来鲸展厅的用意，孟氏兄弟对于潇水的事都很上心。

“在海洋馆见习的事，于潇水指名要你负责。”孟千里目光闪烁。

“啊？”俞小鲸又开始头疼了，“为什么？”

“你有潜水喂食鲸鲨的表演经验，她想当作水下表演美人鱼的参考。”

“潜水喂食表演和美人鱼表演，两者从装备上看，参考性就不大。”俞小鲸不相信孟千里的理由，“我觉得她更需要水下表演的专业教练。”

“专业教练也有，只是她想熟悉海洋馆，我和她……不适合近距离相处。”孟千里叹了口气，“你就当是工作吧，回头我给你加奖金，好不好？”

“好吧。”

孟千里话都说到这份上了，作为鲸鲸海洋馆的员工，俞小鲸只好接受工作安排，希望于潇水也能当这是工作。

“大鱼儿，今年的优秀员工奖，非你莫属了。”

孟千里伸出手，满意地拍着俞小鲸的肩膀，后面突然传来一道冷冽的声音。

“拿开你的爪子。”不知何时回到鲸展厅的裴游，不客气地拍开孟千里的手，睨他，“不要对我家徒弟动手动脚的，有碍观瞻。”

孟千里看看自己被拍红的手背，再看看嫌他碍眼的裴游，哭笑不得：“小游，别拿防狼的眼光看我，好像我是无良上司利用职权占女下属便宜似的。”

“不是吗？”裴游哼声。

“当然不是。”孟千里否认，伸手拍裴游的肩膀，“这个动作表示的是我的亲切，同时代表着我的认同和鼓励。”

“不必要的肢体接触，都可以称之为骚扰。”裴游再次拍开孟千里的手，给他的行为下定义，“孟馆长，你想麻烦法务部给你处理这类纠纷吗？”

“我投降！”孟千里举起双手，论有异性没人性，裴游真的是后生可畏，他甘拜下风，“以后我会注意跟你家徒弟保持距离，不给法务部添麻烦，行了吧？”

“嗯哼。”裴游勉强表示满意。

作为人家徒弟，俞小鲸哑然地看着裴游变成“护徒狂魔”，强势霸气地怼孟千里。用力明显过猛，他对这个表哥是不是太严格了？

“说骚扰有些严重，馆长大人只是……”

俞小鲸觉得有必要为孟千里说句公道话，却被他打断了。

“不用解释。”孟千里连忙表明立场，“一个亿”有个条件就是要跟俞小鲸撇清关系，“大鱼儿，我们之间只有工作关系，保持一米以上的距离为好，共勉吧。”

“只有工作关系？”俞小鲸觉得孟千里矫枉过正了，“所以不需要‘小女友’陪你追女神了？”

“我们都结束了。”孟千里瞥了眼裴游，郑重其事地点头，“大鱼儿，别惦记哥了，以后咱们男婚女嫁，各不相干。”

“……”

俞小鲸扶着额头翻个了白眼，孟烦烦的戏真多，谁惦记他了？

“哥，你说完了吗？”裴游不耐烦地提醒他，“还有事吗，嗯？”

“历史遗留问题清理完成，我这就走。”

孟千里接了裴游的“逐客令”，当着他的面跟俞小鲸“切割”关系，希望他理解当哥的一片苦心。

“对了，如歌公司给了我两张电影首映票，好像是大鱼儿喜欢的演员的新电影。小游，你们最近工作辛苦了，去看场电影放松下。”

孟千里从西装兜里掏出两张票，塞给裴游，拍拍他的手示意，然后挥挥衣袖离开鲸展厅。

——瞧哥对你多好，别嫌我碍眼，快约会去吧。

听见孟千里的心声，裴游尴尬地看着他的背影。

“那个……”裴游顿了顿，将票直接递给俞小鲸，“孟烦烦给的福利，你看怎么办？”

俞小鲸凑上前一看，两个主演都是她喜欢的演员，他们的新电影即将在七夕上映。这是最近宣传得很火热的奇幻爱情电影，对单身狗来说，似乎不大友好。

“你对电影不感兴趣？”见俞小鲸没应声，裴游自觉找台阶下，“我把票还给孟烦烦吧。”

“我对电影有兴趣。”首映说不定有主演现身，不去有点可惜，“只是，我们去看电影可能会被误会。”

七夕节一起看电影，这是恋人的标准节目，他们……俞小鲸不自在地瞥了眼裴游，虽说是福利，但总觉得怪怪的。

裴游看着俞小鲸一脸的“欲说还休”，不解：“误会什么？”

“你看看电影的首映时间。”俞小鲸戳戳票面，委婉地提醒。

“八月十七日晚上七点零七分。”裴游读出票面时间，“有什么问题吗？”

“农历是七月初七，七夕节。”她忘记裴游在国外待太久了，“中国情人节，懂了吧？”

“中国情人节严格地说是正月十五的元宵节吧？”裴游实事求是道，“七月初七是女孩子向织女星乞求智巧的日子，是乞巧节。”

裴游不是在国外待了很久吗，怎么知道元宵节才是中国古代正宗的情人节？看来他真的在国外待太久了，不知道如今大家都把七夕当情人节过了。

俞小鲸很想吐槽又无从下嘴，只好说：“其实现在除了清明节，所有的节日都能过成情人节的。”

“嗯，商家为了刺激消费，可以营销出很多情人节的概念。”裴游点头，又问，“你说会被误会是什么意思？”

“呃。”既然裴游觉得情人节是营销概念，那就没问题了，“没什么误会，可能我想太多了。”

裴游扬扬票：“那要一起去看电影吗？”

“当然，这可是馆长大人给的福利。”

俞小鲸愉快地接受，毕竟明天还要看于潇水的脸色呢。

“虽说是福利，但孟烦烦献殷勤，只怕……”裴游顿了顿，“是为了于潇水来麻烦你吧？”

“知孟烦烦者，师父也。”裴游现在比她更了解孟千里，“于潇水明天来鲸鲸见习，我要负责接待。”

“如果你觉得为难，拒绝也没有关系。”裴游想起孟万里说的，俞小鲸并没有亏欠于潇水什么，“不用顾忌其他人的想法，我会处理的。”

“师父，为什么你觉得我会为难呢？”俞小鲸请裴游坐下来，给他倒了杯茶，“我认识于潇水三年，知道怎么跟她相处。”

虽然于潇水一见到俞小鲸就要挑她的不是、刺激她，甚至怂恿她去找孟千里“告状”，似乎很想让孟千里出头替她讨公道。不过，她向来谨遵孟万里的教诲，在于潇水面前心如止水，任其挑衅，“逆来顺受”得让于潇水觉得索然无趣，好像她是“烂泥扶不上墙”，成不了刺激孟千里的导火索，现在于潇水都懒得正眼看她了。

又因为裴游的出现，于潇水以为俞小鲸“背叛”了孟千里，恼她践踏了孟千里的感情，才会亲自下场来“撕”她。结果裴游替她出头，估计把于潇水气得够呛吧？

俞小鲸一直认为“担当孟千里小女友”这项工作，她完成得很不错。她和于潇水虽为“现任”和“前任”，但相处得很和谐，都没让孟千里操心过呢。

“小鲸，你说的相处是指单方面地忍耐吗？”裴游不以为然地皱起眉头，“这样的相处方式，我不认为是正常的。”

“我和于潇水不是朋友。”俞小鲸认真地说明，“准确地说，她是我的一项工作，我不能挑剔，也不能逃避，更不能对抗。按照雇主的要求，在她面前扮演好自己的角色，我完成得不错，雇主满意，我也有成就感。所以，我不觉得为难，也没有委屈。”

至于孟千里为何要对俞小鲸“委以重任”，最初的理由是为了掩饰大龄男人追星的窘态。她假装无意透露出知道于潇水是他前妻的事，他才说：“我想让她看到，我有了新的感情，一切都很好。”

为了维护孟千里的面子，她这个“挡箭牌”自然要尽职尽责了。

“唉。”裴游叹了口气，表情无奈，“小鲸，你现在的工作只需对我负责，其他工作敷衍应对也没关系。”

难怪孟烦烦说俞小鲸很“好用”，她还真是恪尽职守，懂得忍耐，也懂得控制情绪。

“师父，你是在教我偷懒吗？”俞小鲸歪着头看向裴游，故意说，“还是担心我被于潇水欺负？”

对上俞小鲸若有所思的目光，裴游心口一窒，有种被看穿的窘迫。他眨了眨眼，有意避开她探究的视线，端起茶来喝，掩饰私心暴露的不自在，脑海里却响起一个声音：“裴游，不要往后退，你对她就是有私心，认了又怎样？”

像这午后红茶，并非师门福利，而是想取悦她又怕被拒绝，就选择了安全的迂回方式。他们在彼此的舒适区内，扮演着最和谐的师徒。

“哈，我懂了。”俞小鲸见裴游低垂着眉眼，迟迟没有回答，仿佛她的话令他为难了，她很识相地找台阶下，“师父是提醒我不要分心兼职，要专心做好本职工作，我懂的。”

俞小鲸真的比他还会找借口来回避两人的暧昧，是不是在她眼中，他们只有工作关系，没有私人交情。

“你……懂什么？”裴游放下茶杯，瞪着越来越会找台阶的俞小鲸，心里莫名地冒起了无名火，点燃了名为“不满足”的情绪。

“呃，好吧，我不懂。”俞小鲸被瞪得缩了下脖子，小心翼翼地回答他，“那就请师父赐教？”

“唉。”

见俞小鲸恭敬的样子，裴游又叹了口气，她并非不懂，只是装不懂罢了。

裴游想起向孟万里请求破解“师徒关系”的思路，孟万里却问他：“你还记得当初为什么决定向我求救吗？”

那是他第二次被送进精神病院，无法逃脱，陷入绝望时，孟万里来探望他。他紧紧地抓着孟万里的手，一言不发地盯着他。

十八岁的孟万里，刚刚成年，却有着远超年龄的成熟和冷静。孟万里没有惊慌也没有挣扎，没有任何过度反应，反而阻止医生过来打镇静剂，只是静静地与他对视，等他开口。

裴游听见孟万里的心声："对不起，小游，我来晚了。"

那样从容不迫的孟万里，似乎对一切了若指掌，并未将他当"有病的人"。父母避他如蛇蝎，视他为祸害，用尽他们的关系将他送进精神病院。孟万里是唯一来看他的人。他和孟氏兄弟并不熟，从小到大因为他的特殊性，父母有意无意地将他与外界隔离，逢年过节，才会带他去孟家"走亲戚"，刷下存在感。

裴游六岁时第一次被父母送进精神病院。从那之后，他的父母就以他身体不好为由，不再带他去孟家，同时警告他不要再"犯病"，让他自觉地跟其他人保持距离。他不了解孟万里，但他别无选择，他必须主动地赌一把。

"我没有精神病。"裴游松开手，凝视着孟万里，尽量让自己的声音不要颤抖，"请你相信我，带我离开这里，但不要送我回裴家。"

裴游清楚地表达了自己的想法，会在心底对他说"对不起"的孟万里，是他的救命稻草，他必须抓住。

孟万里只是抬手摸摸他的脑袋："小游，虽然有些晚，但我会带你走，请你再忍耐一会儿。"

当天，裴游就被孟万里从精神病院带回了孟家。孟万里请医生来为他做了全面检查，确认他的身心状况，然后又以裴游的代理人身份面对他的父母，跟他们谈判，获得他的"监护权"，从此让他远离裴家。

后来裴游问孟万里为什么要不惜代价地"救"他，毕竟他只是亲戚家不熟的表弟而已。

“因为小游向我求救。”孟万里理所当然地说道，“我是不会抛弃任何家人的。”

孟万里让裴游明白了什么是真正的家人。家人，是能坦诚相对的人，也是愿意互相包容的人。他想把俞小鲸也变成这样的人，而不是对他毕恭毕敬的徒弟。

“小游，虽然你有意回避他人，但能进入你世界的人，都是你主动选择的。”孟万里提供了解题思路，“当初是你让我当你真正的家人，就算处在绝境，你还是正面出击了。”

“我要更加主动地发放‘师门福利’吗？”

“师徒只是借口，但别作茧自缚。小游，记住，你不是等待被选择的人。”从一开始，就是裴游选择靠近俞小鲸的。如果藏起真心，换来的只能是假意。

“小鲸，”裴游回过神，正视俞小鲸，“在于潇水的事上，我不想你委屈自己。”

“呃？”

“于潇水背后有孟千里，所以肆无忌惮。”裴游想给的不是师门福利，而是个人特权，“同理，你背后有我，所以无须忌惮。”

裴游笃定的护短宣言灌进俞小鲸的耳朵，她的神经随即亢奋起来，好像瞬间有了对抗全世界的底气。

俞小鲸有点紧张地确认：“师父的意思是，作为你的徒弟，我也可以仗势欺人吗？”

“不是师父，不是徒弟。”裴游的手，轻轻地覆在俞小鲸的手背上，“作为我喜欢的人，你可以为所欲为。”

怦怦怦！

俞小鲸的胸膛中传来巨响。她听见了，是心动的声音。

第八章

无法到达的地方

站在巨大的玻璃展池前，于潇水烦躁地拉开遮住半张脸的渔夫帽，她斜眼看着俞小鲸，再次后悔指名让她负责鲸鲸海洋馆的见习事宜。别说专业性，俞小鲸连正常的工作状态都无法保证，带她参观鲸鲸海洋馆，说着话会突然顿住，神游太虚。

于潇水想挑“刺”，可俞小鲸现在浑身都是“刺”，她反而无从下手。

“魂呢？”于潇水不耐烦地在俞小鲸眼前摆手，“你不想工作的话，就回家发呆好吗？”

俞小鲸猛地回过神，眨了眨眼睛，尴尬地看着动气的于潇水，不自然地笑了笑，继续讲解：“这是鲸鲸海洋馆的主体玻璃展池，浮游的大鱼鲸鲨是鲸鲸的镇馆之宝，也是我潜水进行喂食表演的主角……”

俞小鲸的脑子到现在还不是很清醒，从裴游对她说“作为我喜欢的人，你可以为所欲为”后，她的脑子就无法正常运转了。

她是被表白了吧？

可裴游说这话时表情过于冷静，仿佛在讲“今日天气很好”，不需要她回应什么，也没向她提出什么要求。

俞小鲸的心在瞬间被撩动了，胸膛间“怦怦”作响，脑子随之一片空白。那时的她怔怔地望着裴游，听着自己心动的声音，不知所措。

裴游只是反手握住俞小鲸的手，告知她休息时间结束，将她拉到工作区，又放开她的手，一本正经地说明接下来鲸雕的制作流程。

裴游已经跟装配公司确定了鲸雕内部的支架材料，届时他会指导专业工作人员进行安装，将所有打磨好的鲸雕模块组装黏合，然后他们再进行整体上色并细化，呈现泡沫鲸雕的成品。

师父上课时，俞小鲸强行拉回注意力记下重点，勉强忘记他不久前的“宣言”，稳住心脏的跳动频率。

当天工作结束，裴游表示送俞小鲸回家时，她的心跳又开始不规则地跳动起来。直觉告诉她，继续与他待一起，她会神志不清。恰巧俞沁来电，约她吃晚饭，她就趁机逃了。

俞沁约她吃回转寿司，她心不在焉地看着传送带上的寿司，没有动手取盘子。

“小鲸，春天过去很久了，不要一脸现在才想起来发情的蠢样。”俞沁对俞小鲸“啧啧”地摇头，“来，跟姑姑说，这是谁吹皱了一池春水？”

“呃，没……没有的事。”

俞小鲸有些慌乱，赶紧用吃东西来掩饰。她抓住一块三文鱼寿司往调味碟里一蘸，看也不看直接往嘴里塞，瞬间被辛辣感呛到眼泪飚出来，最后硬生生地吞下去。

刚才蘸的不是醋碟，而是芥末碟。

“脑子不行，就别装模作样地为难自己。”俞沁露出一脸“活该”的表情，看着俞小鲸，“这么蠢，还是单身保平安，你谈恋爱时智商绝对为负，怎么死的都不知道。”

“姑姑……”俞沁的犀利让俞小鲸只想求饶，“都是单身的人，就不要互相伤害了吧！”

“作为资深单身人士，我多的是恋爱候选人，别把我拉进你的阵营。”俞沁嫌弃道，“你就是个恋爱白痴，不过少女时动了下心，自以为是了八年都理不清。他是你的记忆，并非你的桎梏。”

“……”

俞小鲸无言以对，俞沁从来都是不客气地戳她的痛处。

“对了，孟万里好像没有继续调查苏遥的事了。”俞沁这才说出约饭的目的，“当然，可能他已经有了结果，才结束调查的。”

俞沁找俞小鲸果然还是因为苏遥的事，少女时期无所适从的自卑感又冒了出来，她仍然没有足够的自信，自信自己能够被喜爱。当年，她连苏遥的最后一面都没有见到，即使俞沁说不是她的错，她仍然没有勇气和其他同学一起去参加苏遥的葬礼。不去告别，就能假装他还在某处存在着。

“白痴，又在妄自菲薄了吧？”见俞小鲸沉默，俞沁拍拍她的脑袋，故意揉乱她的头发，“要不要我介绍你进医院工作？或许你对生死能看得透彻一些。”

“我很笨的。”俞小鲸只能这样说，有些东西，终其一生，她可能都无法看透。

“承认自己笨还有救。”俞沁笑了下，“生死都是注定的，只是每个人的时间表有差异罢了。先行离开的人，会有他们新的去处，你知道在哪里吗？”

“另一个世界？”俞小鲸不确定那个世界是否存在。

“这里。”俞沁戳了戳左胸口，“他们会留在人的心里，被记着、被爱着，就不枉此生。”

“只要活着的人不忘记，他们就不会消失吗？”俞小鲸的手覆在自己的胸口上，感受着心脏的跳动。藏在里面的苏遥，她不曾忘记……当她心动时，苏遥会感受到吗？

“不管是脑死亡，还是心跳停止，只是生物意义上的死亡。”俞沁正色道，“但这并非真正的死亡，被人完全遗忘，从所有人心里消失，才是。”

“我……”俞小鲸顿了顿，像是提醒自己，“我会一直记得的。”

“小鲸，你真的很笨，我才懒得管你会不会记得苏遥。”俞沁轻叹了一口气，“我要你记住一点，你可以背负过去，但不准让过去成为负担。你有资格去遇见新的人，也有资格去心动，更有资格获得幸福。”

她从来没有得到过的东西，可以有资格去期待吗？

比如被爱……

“俞小鲸，你现在真的越来越膨胀了。”于潇水见俞小鲸没说两句话又走神，嘲讽道，“你以为有裴游当后台，就能目中无人了？”

“抱歉。”俞小鲸自知状态不对，回过神来就道歉，“不好意思，我刚才说到哪里了？”

“有你这样不敬业的员工，我怀疑电影还没有开拍，海洋馆就会先倒闭。”于潇水冷哼，“瞧瞧你得意忘形的样子，不知天高地厚，居然还敢甩了孟千里，到底哪里来的勇气？”

“对于我不敬业的表现，我再次向你道歉。”至于她的借题发挥，俞小鲸只能假装听不懂，调整状态，厚着脸皮继续讲解，“对了，我刚才说到镇馆之宝的鲸鲨，五年前它受伤在海滩搁浅，是孟馆长救了它，给它取名爱丽丝，为它建立鲸鲸海洋馆……”

“五年前……”于潇水喃喃，表情忽然恍惚起来。五年前，她离开了孟千里，爱丽丝来到了他的世界。

“孟馆长非常宝贝爱丽丝，将爱丽丝当女儿养。”俞小鲸看着于潇水沉下来的脸，莫名地有些胆战心惊，“爱丽丝很挑食，只吃鲜活的小磷虾，孟馆长怕它吃一个海域的小磷虾会腻，就找了好几家海产品店，订购来自不同海域的小磷虾……”

俞小鲸没有再走神，于潇水却望着玻璃展池中的鲸鲨发起呆来。她的眼中慢慢氤氲起一层水雾，双唇微微颤动，似乎在忍耐着什么。

咚！

有道小小的身影挤过来，撞到于潇水的腰侧。

是个五六岁的小女孩，戴着红色小帽子，背着小猪佩琪的粉色小挎包，她慌忙地向于潇水道歉："对不起，我太着急，撞到你了。"

稚嫩的嗓音有点奶声奶气，乖巧有礼的模样很讨人喜欢。

于潇水仿佛中邪了，怔怔地望着小女孩，眼睛眨也不眨，氤氲的水雾忽而化作泪珠，涌出眼眶，滑落。

俞小鲸意外又吃惊，"小红帽"更是不知所措，看着对着她流泪的于潇水，小心翼翼地拉起于潇水的手："我撞疼姐姐了吗，哪里疼？我给你呼呼就不疼了。"

泪水涟涟的于潇水蹲下身，握着"小红帽"的手，声音哽咽："我可以抱抱你吗？"

"嗯，抱抱就不疼了。""小红帽"主动抱住于潇水，小手抚拍她的背，"摸摸，不疼，不疼，我们不哭。"

"宝宝……"于潇水低喃着，眼泪并未止住，反倒像决堤似的，一发不可收拾。

如此失控的于潇水，让俞小鲸无所适从。她隐隐觉得不安，眼皮子越跳越厉害。

孟万里曾经嘱咐俞小鲸关照于潇水，他说于潇水经历过一些事，心理很脆弱，是个病人，不宜受到刺激，希望她尽可能地包容、迁就于潇水。至于于潇水经历过什么事，孟万里没说，俞小鲸自然不会追问。既然答应了孟万里，她就不会跟于潇水一般见识，只是现在……于潇水是"犯病"了吗？

俞小鲸心慌起来，偷偷给孟千里发消息，报备突发状况，希望他做好应急措施，说不定于潇水会"水漫"海洋馆。

"小红帽"见于潇水的眼泪停不下来，紧张又为难地望向俞小鲸。

虽然于潇水压抑着自己，无声地哭泣，但周围的游客还是注意到了这边的状况，频频侧目。俞小鲸当机立断，分开了于潇水和小红帽。她拍拍小红帽的肩膀："小妹妹，你去找爸爸妈妈玩，这里交给我吧。"

小红帽皱着小眉头，担忧地看着于潇水，又看了看俞小鲸，见俞小鲸笑着向她颔首示意，她才松开手，从小挎包里掏出一根棒棒糖，塞到于潇水手中："姐姐，我要去找妈妈了，给你糖吃，吃了就不疼，不疼就不哭了。"

于潇水握着棒棒糖，呆呆地看着小红帽挤进了人群，然后消失不见。她突然像受了什么刺激似的，猛地就要追过去。俞小鲸见状，利落地拦腰抱住于潇水。

"你放开我，我要宝宝，别拦着我……"于潇水的声音变得沙哑，她挣扎着，想要掰开俞小鲸的手。

"于潇水，你冷静点，大家都在看着。"俞小鲸提醒她，"不要乱来，那是别人家的孩子。"

于潇水愣了愣，突然意识到什么，无力地趴在俞小鲸身上，抽噎着，哭出了声音，把所有游客的目光都吸引了过来。

俞小鲸的第一反应就是把于潇水往颈窝揽，免得她被看到脸曝光身份，变成新闻头条。

安慰哭泣的女人，并非俞小鲸的强项，但她只能这样无奈地抱着于潇水，不断在心里呼唤着孟千里。

该是他表现的时候，快点出场啊！

裴游正在用树脂制作蓝鲸的眼睛，时不时地分心望向鲸展厅的入口。

今日俞小鲸的主要工作是带于潇水熟悉鲸鲸海洋馆，不知道有没有被刁难？

"小游，大鱼儿做事有分寸，你不要杞人忧天了。"孟千里在一旁说着风凉话，他用手机刷着内部网络，进入鲸鲸海洋馆的监控系统，查看各个监控画面，寻找于潇水和俞小鲸的身影。

“我家徒弟做事靠谱，自然不用担心。”裴游瞥了眼孟千里，“你还是看紧某人，别让她整出什么幺蛾子。”

“我家女神知书达理，而且爱岗敬业。”孟千里找到她们在玻璃展池前的画面，目不转睛地看着无声的“直播”，“工作时，她绝对公事公办，才不会乱来。”

“哥，这么好的机会你不去献殷勤，在我这里秀什么恩爱？”裴游冷哼。

“我也想啊。”孟千里巴不得亲自上阵，“跟女神零距离接触，这种机会给大鱼儿简直暴殄天物，你看，她一点都不敬业，又在发呆了。”

孟千里递过手机来，裴游看到监控画面中的俞小鲸，她像被按了暂停键，一动不动地对着于潇水两眼放空，呆若木鸡。

裴游忍俊不禁，他家徒弟发呆的样子，有点可爱。

“啧啧，你还笑？她在工作中梦游呢。”孟千里拿回手机，直摇头，“大鱼儿以为有了师父就可以得意忘形吗？不行，作为馆长，我必须敲打她。”

“你敢？”裴游眯起眼睛，“有我在，她可以为所欲为，得意忘形又怎样？”

看着瞬间上线的“护徒狂魔”，孟千里只能说：“没怎样，你开心就好。”

裴游虽然姓裴，但也是如假包换的孟氏出品，跟他一样深得孟万里亲传的护短精髓。

看着手机监控中的画面，孟千里的脸色忽然变了。

“哥，怎么了？”裴游见孟千里紧紧地握着手机，眼中有惶然。

手机响起提示音，是俞小鲸发来的消息："于潇水突然哭得停不下来，你快想办法，我可能应付不来。"

孟千里整个人从椅子上弹起来，他来不及向裴游解释，拔腿就冲出鲸展厅。裴游满头雾水，越想越觉得不对劲，能让孟千里如此失控的只有于潇水，于潇水如果出状况，俞小鲸恐怕也会有麻烦。

这么一想，裴游立刻放下手头的工作，决定跟去看看情况。他刚走出鲸展厅，就被入口走廊处的状况绊住了。有个戴红色帽子的小女孩在转悠，一脸的慌张无措，像是迷路了。

"你……"裴游第一次跟小女孩"搭讪"，有点不自在，"小朋友，你怎么在这里？"

"大哥哥，我找不到妈妈了。""小红帽"怯生生地仰头看他，小声地问，"你可以帮我找吗？"

原来是走失的"小红帽"。

"可以。"裴游没法置之不理，他怕自己的冷淡脸让"小红帽"紧张，于是尽量放柔声音，"你叫什么名字，你记得妈妈的电话吗？"

"小遥。""小红帽"认真地回答，打开随身的小挎包，翻出小小的零钱包，里面夹着两张照片，指着其中的一张照片说，"这是小遥和爸爸妈妈，这里有电话。"

小女孩抽出跟爸爸妈妈的合照，翻开背面给裴游看，那里写着电话号码。

裴游的注意力却被另一张照片吸引了。照片里是穿着高中校服的男生独照，那身校服、那张笑脸，他在孟万里抓拍的照片中见过。

"我帮你打电话给妈妈，让她过来接你吧。"裴游在手机上输入照片背后的号码，忍不住好奇地问小红帽，"小遥，那张照片上的大哥哥是谁？"

"小遥的哥哥哦。"小红帽轻轻地摸着照片说，"因为哥哥叫苏遥，所以我才叫苏小遥。”

“苏遥是你的哥哥？”裴游有点意外，突然想见现在的苏遥，“要不我联系哥哥来接你？”

“不行的。”苏小遥为难地摇头，“其实我从来没见过哥哥。”

“为什么？”裴游不明所以，兄妹怎么会没见过呢？

“妈妈说哥哥去了很远的天堂，我来到妈妈身边时从没见过哥哥。”苏小遥有点不解又有点难过，“可妈妈一提起哥哥就会哭，让我带着哥哥的照片，多看看他，不要忘记他，不然哥哥一个人在天堂会寂寞的。我说想去天堂看哥哥，妈妈就会哭得更厉害。刚才有个姐姐也哭得很厉害，我都不知道该怎么办。”

裴游拨号的动作顿住，他不自觉地攥紧手机，压制心底不期而至的狂风骤雨。

眼前的苏小遥大概五六岁的样子，她对“天堂”的意义还不甚了解，却又感受到“天堂”带来的悲伤。在她出生之前，哥哥就离开了……照片中的苏遥是他最后的模样吗？

心脏忽然被什么刺中，传来尖锐的疼痛，裴游似乎窥见了藏在俞小鲸内心最深处的秘密。

当他拿着照片第一次向俞小鲸提起苏遥，仿佛惊动她心底的暗涌，掀起了波澜。

裴游现在终于明白为什么俞小鲸当时一脸极力忍住想哭的表情，也明白了曾经听见的心声——在她生日那天，她没有任何庆生举动，却去了宝岳山。那里有墓园，她是去见苏遥吧？

原来俞小鲸的心里有座坟，他在不经意间成了掘墓人。

俞小鲸把“烫手山芋”交给孟千里，才松了口气。不过想到于潇水一哭就停不下来的架势，她仍然心有余悸，只想回鲸展厅静一静。

穿过鲨鱼厅和环形隧道，进入“游客止步”的区域，就是通往鲸展厅的走廊，俞小鲸却在入口处看见怅然若失的裴游。他跟失了魂似的，背靠扶栏，陷入自己的世界，似乎感受不到外界的动静。

俞小鲸走到裴游面前站定，他依旧两眼放空，对她视若无睹。

“师父？”对不上眼神，她就对着他挥手招魂，“快看看你的徒弟，变成透明人了吗？”

裴游的目光慢慢聚焦，与俞小鲸对视，被她眼中的揶揄拉回了注意力：“呃，小鲸，你回来了。”

“嗯，跟师父确认了眼神，我不是透明人，可喜可贺呢。”俞小鲸故意睁大眼睛看裴游，只要跟他保持师徒相处的模式，她也能从容不迫。

“你呀。”俞小鲸故作诧异的模样令裴游忍俊不禁，顿了顿，才问，“于潇水出状况了吗？”

“师父真是神机妙算。”

谈到其他的话题，俞小鲸在裴游面前就特别淡定。她站在他身边，像他一样背靠扶栏。走廊的穿堂风吹着，丝丝凉意掠过，带走了夏日的闷热。

“于潇水刚才很奇怪，我向她介绍爱丽丝时，有个小女孩撞了她一下……不，严格来说，是挤到她腰间，不痛也不痒，她却对着小女孩打开了水龙头，哭得停不下来，差点淹死祖国的小花朵。”

“难怪孟烦烦那么着急。”裴游了然，小女孩让于潇水想起小长安了吧，“现在孟烦烦和她在一起？”

“对，我们馆长大人今天的表现，让我刮目相看。”俞小鲸比起大拇指给孟千里点赞，“这是我第一次见到于潇水哭，有点不知所措，应付不来。孟烦烦一出现，就来了个公主抱，在众目睽睽下把于潇水抱走，霸道又强势，简直男友力爆棚！”

“我以为在于潇水面前，他很弱。”

“当然，一进馆长办公室，孟烦烦就漏气了，任由于潇水捶打，一副陪她疯陪她闹也无怨无悔的样子。”

那样对着孟千里歇斯底里的于潇水，俞小鲸也是第一次见到。

孟千里似乎已经习惯面对这样的状况，他紧紧地抱着于潇水，低声安抚她。

俞小鲸见状，默默地离开，走出办公室时顺便把门关紧，算是维护馆长大人的形象。

“他们……”裴游想起孟万里说的过去，“他们在互相折磨吗？”

“不。”俞小鲸摇头，“我觉得是于潇水单方面在折磨孟烦烦。”

“也许孟烦烦的存在，对于潇水来说，就是个折磨。”裴游突然理解了孟万里当初让他们离婚的用心，小长安是横亘在他们之间一辈子都无法消失的刺，时不时就会刺痛彼此。

“孟烦烦虽然确实有点烦，但他对于潇水予取予求，根本舍不得伤害于潇水。”俞小鲸不解地歪头看裴游，“我以为你会站在孟烦烦这边，为他鸣不平。”

“他们为什么结婚、离婚，大哥都告诉我了。”裴游叹了口气，“孟烦烦比任何人都清楚，最痛苦的人是于潇水，他愿意忍受于潇水带来的一切，我根本不需要为他不平。”

“原来孟大哥跟你谈过于潇水的事。”俞小鲸恍然大悟，难怪裴游对于潇水的观感变得不一样了，“也对，你们都是一家人，没什么好计较的。”

作为局外人的俞小鲸，自然也不需要去计较。她只要顺从孟氏兄弟的意思，对于潇水睁只眼闭只眼就好，至于他们为何结婚、离婚乃至现在纠缠不清，与她无关，她也没必要追根究底。

“小鲸。”裴游转过身，定定地望着俞小鲸，他也想和她成为一家人，有些事就不会去计较了。

刚才，裴游联系到苏小遥的妈妈，苏妈妈很快就过来接苏小遥。当时他犹豫着是否要问苏遥的事，苏妈妈却握住他的手，激动地表达感谢，他听见了她的心声。

——谢天谢地，小遥没事，一定是阿遥在保佑着，不再让老天爷带走我的孩子。

母亲失去孩子的痛苦，直接而尖锐地传递给裴游，那种丧子之痛不会随着时间减弱，反而会不断地被加深，深刻于骨髓。

裴游目送苏小遥母女离开，内心久久无法平静。

苏遥离开的时候，俞小鲸又是怎样的心情？对她来说，那是一种怎样的痛？

裴游想象着俞小鲸的感受，陷入沉思。如今的她，对苏遥又有着怎样的感情？

俞小鲸在这时出现了，挥手召回他，她在他面前，眼角眉梢带着笑意。在她对外示人的面容上，看不到一丝丝苏遥的影子。然而，裴游很清楚，苏遥就藏在她内心的最深处。

那可能是他无法到达的地方。

“师父？”俞小鲸又歪头看裴游，他叫了她的名字，却看着她沉默不语，让她莫名地紧张起来。

他该不会又想“语不惊人死不休”吧？比如“作为我喜欢的人，你可以为所欲为”，她到现在还没消化，光是想起这话，当时心悸的感觉就苏醒，心跳也跟着加速了。

作为他喜欢的人……她真不知道该如何为所欲为，可以请教他吗？

“小鲸，”裴游回过神，放低声音，再次唤她的名字，“孟烦烦刚才离开时，我也想跟过去看看发生了什么事。”

“嗯？”俞小鲸挑了下眉，故意戏谑道，“师父是担心我被于潇水欺负吗？”

“是的。”裴游点头承认，“我会担心，怕你受委屈。”

像一记直拳，迎面而来，不偏不倚地落在俞小鲸心上，心跳瞬间乱了。裴游看她的目光，温柔而坦然，这种不回避她戏谑的认真，令她的双颊倏然发红。她想要避开他的注视，又怕如此扭捏输了气势，硬是绷住了被撩动的心弦。

“那……为什么你没有跟着孟烦烦出现呢？”

俞小鲸想用挑刺来掩饰内心的心旌摇曳，出口却是嗔怪的语气，像极了撒娇。她好想掩面而逃，在裴游面前，意识到她是他喜欢的人，就不自觉地恃宠而骄了。

“我刚走到这里，就被人绊住了，一时无法脱身。”裴游不由得攥了攥手，有点犹豫，还有点忐忑。

“谁这么厉害，敢挡了师父的路？”

俞小鲸好奇地环视下四周。鲸展厅是鲸鲸海洋馆未开放的区域，虽然走廊的尽头连接着鲨鱼厅所在的玻璃展池和环形隧道，但那里隔着一道门，门边有“游客止步”的牌子，非工作人员是不允许进来的。当然，就算是海洋馆的工作人员，没有裴游的允许，也不能随意来鲸展厅。他不喜欢无关人士来他的地盘，会影响他创作的心情。

“迷路的小红帽。”裴游的语气很平和，“我帮她找妈妈。”

“小红帽？”俞小鲸眼睛一亮，“戴着小红帽的小女孩，还背着小猪佩琪的小挎包，是她吧？”

“对，就是她，你认识她？”裴游有点意外俞小鲸见过“小红帽”，但想到那是苏遥的妹妹，也不觉得意外了。

“不算认识。”俞小鲸解释，“她就是我说的撞到于潇水的小女孩，原来她找妈妈找到了这里，现在她人呢？”

“她已经跟她妈妈回家了。”裴游想确认，“你真的不认识她吗？”

“于潇水当时吓到我，也吓到了小红帽，我就让小红帽先走，忘记问她的名字了。”俞小鲸有点遗憾，“小红帽长得可爱，性格也乖巧，看起来很讨人喜欢。”

“小遥，她叫苏小遥。”裴游的手不由得攥紧，缓缓地补充道，“苏遥的苏，小鲸的小，苏遥的遥。”

苏小遥……

名字像迷你版的苏遥。

俞小鲸愣住，心底涌起熟悉的酸涩，鼻子跟着发酸，湿意漫上了眼眶。

“为什么？”俞小鲸表情复杂地望着裴游，“为什么要这样介绍她的名字？”

裴游明知道她对苏遥的事讳莫如深，为何要刻意将苏小遥的名字跟苏遥还有她联系在一起？

“因为她的哥哥叫苏遥，所以她叫苏小遥。”裴游没想到俞小鲸对苏小遥一无所知，“你真的不知道吗？”

苏遥的妹妹？

俞小鲸整个人都僵住了，有什么东西在心里炸开，裴游想试探她什么？

“我不知道。”俞小鲸看向裴游的目光充满了怀疑，“你都知道什么，你想知道什么？”

苏遥离开后，俞小鲸自责愧疚，想去见他父母，希望他们责怪她，怪她不该捐赠半相合的骨髓给苏遥，这样或许能减轻她的负罪感。

“笨蛋，你清醒点。”俞沁用一个巴掌阻止了她，“你最大的错误，就是认为他的生死是你的责任，这一点，该打。”

俞沁逼俞小鲸承诺，不准跟苏遥的父母联系，必须跟他们保持距离，否则就将这事告诉她的父母，并建议他们将她送出国留学，甚至让她在外国定居，将她和苏遥的父母强制隔离。

“失去至亲的人可能会失去理智，过于痛苦可能迁怒他人来发泄。”俞沁抱着她说，“小鲸，听姑姑的话，别去刺激他们。”

俞小鲸答应了俞沁，这八年完全没有跟苏遥的父母接触过，也不知道他们什么时候又有了孩子。苏小遥，这个名字似乎在告诉她，他们时时刻刻都怀念着苏遥。

苏遥像是她的过敏源，一提及，她就有过敏反应。

“小鲸，”裴游感觉自己的掌心开始冒汗，“苏遥的事，我也是刚知道的。”

——孟万里好像没有继续调查苏遥的事了……可能他已经有了结果，才结束调查的。

俞沁的话冷不防地在俞小鲸脑海里响起，似乎在为裴游提供佐证。

“孟万里都告诉你了？”在心里炸开的东西，是她的过去，是她的隐疾，是她不愿意示人的伤……为什么他们要去挖掘？

“大哥？”裴游听得满头雾水，却见俞小鲸露出一脸防备的表情，好像暴风雨即将来临，她在蓄力应对。

“裴游，”俞小鲸直视他，连名带姓地叫他，“作为你喜欢的人，我到底算什么？”

脑中有阵阵的昏眩感，仿佛在嘲笑她曾因这样的宣告而心慌意乱，现在被窥视被试探的冒犯感变得强烈，像是尘封的秘密被公之于众，令她无所适从，更令她恼怒。

“我喜欢的人算什么？”裴游不懂她的意思，“我喜欢的人是你……”

“不是！”俞小鲸打断裴游，“你说作为你喜欢的人，可以为所欲为，根本就不是这样的。”

“小鲸，”见她激动起来，裴游慌了，“我知道提苏遥让你不高兴，但我……”

“你怎样？”俞小鲸再次打断他，声音不自觉地扬高，“你觉得你喜欢我，就可以为所欲为，对吧？所以肆无忌惮地调查我和苏遥的过去？裴游，你根本就不是喜欢我，你只是把我当稀罕物，想要占有我，控制我，才会挖掘我的过去，再把我雕琢成你想要的样子，毕竟你是雕塑家，这样会很有趣吧？”

苏遥是她碰不得的逆鳞。

看着再次因苏遥而尖锐起来的俞小鲸攻击他，否定他……

裴游顿时觉得心脏有锤子在狂击，阵阵钝痛，还有无法纾解的抑郁。

“小鲸，”裴游伸手试着握住俞小鲸的手，不知如何解释，“如果你听得见我的心声，就不会这样认为了。”

“我说过我不记得了。”俞小鲸抽回自己的手，深深地吸了口气，稳住紊乱而激动的心绪，“如果你听得见我的心声，就不会这样试探我。”

谁都有不愿意被触及的东西，因为喜欢就能放肆地去试探吗？

“我只是突然知道苏遥的事，有点意外……对不起，我不该问的。”裴游无法否认自己的私心，如果他现在还听得见俞小鲸的心声，可能就不会在刺激她的边缘试探，想要确认苏遥在她心中的重要性。

“裴游，你没有资格跟我谈苏遥。”俞小鲸努力平静下来，不想再因为苏遥跟裴游翻脸，只能提醒他，“我和苏遥的事跟你无关，希望你不要随意越线。”

作为师徒，俞小鲸有信心跟裴游和谐相处，但其他关系，她没有自信处理好。

他没有资格？

俞小鲸的话像是在冰面砸了个窟窿，裴游只觉得脚下一空，身体直坠而下，寒意包裹着他，让他从慌乱无措中冷静了下来。

昨日因他的宣告而脸红的她，今天因苏遥再次跟他划清界线。

俞小鲸是他喜欢的人，她所有的事他都想知道，她所有的感受他都想了解，但她说他没有资格。

喜欢是什么？大概是将伤害自己的武器交给了对方。

这是他喜欢的人，心里有道他不能触碰的白月光。

这道光是她的痛，也是伤他的利器。

“嗯。”裴游轻轻地点头，是他给了俞小鲸“为所欲为”的权利，“以后我会注意的。”

鲸鲸海洋馆开馆前一小时，俞小鲸就喂饱了玻璃展池中大大小小的鱼，然后为于潇水穿戴好潜水装配，陪她下水体验。

于潇水对鲸鲨爱丽丝好奇又忌惮，想靠近又畏首畏尾。俞小鲸不得不拖着她来到爱丽丝身边，手把手地教她如何跟爱丽丝互动。每天半小时的水下体验，三天后，于潇水终于敢像她一样将手伸进爱丽丝的嘴巴，也敢跟她一起躺在爱丽丝宽大的背上，随它在水池中游动，还能勉强跟爱丽丝做些互动。

海洋馆九点开馆时，俞小鲸带着意犹未尽的于潇水来到休息室，换下了潜水服。

这几天装配公司的工作人员来鲸展厅安装鲸雕内部的支架，裴游在现场指导。他知道俞小鲸需要提前上班陪于潇水下水体验，让她结束后就去休息，下午再去鲸展厅上班就可以。他说这是“师门福利”。

俞小鲸觉得受之有愧。她再次因苏遥的事跟裴游闹得不愉快，虽然她最后忍住没彻底翻脸，但还是放话要划清界线。裴游在那瞬间受伤的表情，她看见了，却仍然无法接受他窥探她隐私的事实。面对裴游，她倍感尴尬。

裴游却当什么事都没有发生过，一如既往地给她发放“师门福利”。在鲸展厅的那半天，他依旧是倾囊相授的好师父。

俞小鲸想要保持师徒关系的距离，他就注意言行举止，照顾她的感受。

裴游这样如她所愿，反而让她觉得自己得了便宜还卖乖，根本就是仗着他喜欢她。

“肩膀好酸。”于潇水突然出声，懒懒地靠着椅子，她瞥了眼恍惚的俞小鲸，“你给我捏捏吧。”

俞小鲸回过神，甩开脑中的裴游，立刻站到于潇水身后，直接上手：“力道还可以吗？”

“还好。”于潇水闭上眼睛，“明天我要去游泳馆，公司安排了专业教练，我要开始水下表演的训练。”

“嗯。”俞小鲸揉着她肩膀上发硬的肌肉，“爱丽丝已经熟悉你，也不抗拒跟你互动，它看起来很喜欢你，和你一起拍电影应该没问题。”

“爱丽丝喜欢我，是吗？”于潇水反问，“你应该是讨厌我吧？”

“爱丽丝其实非常敏感，像小孩子一样，愿意亲近温柔的人。”俞小鲸答非所问，“毕竟她是孟千里精心呵护的宝贝。”

“嗯？”于潇水睁开眼，转头看她，“什么意思？”

“爱丽丝喜欢的人，我没理由会讨厌。”俞小鲸笑了笑，“于小姐，你不把我当假想敌的时候，虽然有点傲娇，但还是很可爱的。”

“就算你这么说……”于潇水顿了下，摇头失笑，眼神柔和了很多，“你都不好奇吗？”

“好奇什么？”俞小鲸揉按着她的肩膀，明显感觉到她放松了下来。

“那天我在‘小红帽’面前哭泣的事。”于潇水主动提起来。

“每个人都有自己的软肋。”俞小鲸理所当然道，“不能因为好奇就去戳吧。”

“你不知道我和孟千里为什么离婚吗？”

“跟我没关系，我为什么要知道？”

“我以为你什么都知道，才会一直容忍我的无理取闹。”

“我是受人所托，忠人之事罢了。”俞小鲸露出一脸原来她也有自知之明的表情。

“当初孟千里将你带到我的面前，告诉我，这是他的小女友时，我的内心是崩溃的。”

于潇水拍拍俞小鲸的手，示意她可以了，比着旁边的位置，请她坐下来休息。

这是要跟她谈心的节奏吗？

看着一副敞开心扉要跟她促膝长谈的于潇水，俞小鲸觉得相当意外。

第九章

我和你什么关系

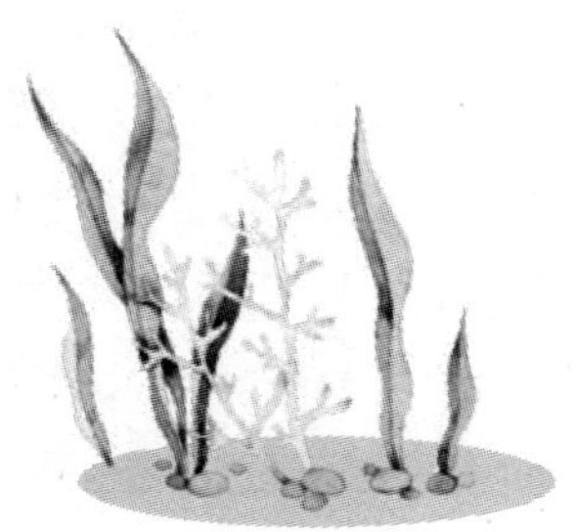

“孟千里要我扮演他的小女友时，我的内心也是崩溃的。”对俞小鲸放下敌意的于潇水，眼神都变得很温柔，她便肆无忌惮地说大实话了，“我不同意，他就要扣我工资，同意就每月给我加特殊津贴，我只能屈服于资本家的威逼利诱之下。”

“我不知道你是假的小女友，但你看他的眼神告诉我，你根本不爱他，所以我讨厌你。”于潇水坦白，“我在想，你不爱他，为什么要跟他在一起，因为他有钱吗？为了钱，你总有一天会伤害他，这是我不能容忍的。”

“就是因为他有钱，我才容忍他的为所欲为。”俞小鲸不客气地吐槽，“你不知道，他每次为了见你有多折腾？我要担当他的形象顾问，还要陪他彩排演练，免得在你面前露馅。哎，我不懂你们为什么要这样？他那么爱你，却找我在你面前演戏，太奇怪了。”

“因为我们不可能继续在一起，他有新恋情是想告诉我，他已经重新开始，让我也放心地开始新生活。”

“不好意思，可能是我太笨了，还是无法理解你的意思。”

“我和他是奉子成婚的。”或许在俞小鲸面前哭过，于潇水就卸下了心里的包袱，“如果宝宝还在，跟‘小红帽’差不多大了吧。”

“还在？”这两个字让俞小鲸感觉很不舒服。

“她已经走了。”于潇水的眼眶红起来，“五年多了，我还是无法接受宝宝离开我的事实。我一看到孟千里就会怪他，甚至恨他。可我更恨我自己，宝宝才会走路，我为什么没有照顾好她呢？我无法原谅自己，作为母亲我太失职……因此，我和孟千里在一起只会互相折磨，分开才能给彼此活路。”

俞小鲸仿佛看见了明月背后的乌云，随时都要遮挡明月的光。孟万里告诉她，于潇水有严重的创伤后应激障碍，希望能够迁就、包容对方。孟千里也会偶尔“犯病”，开车像寻死。现在，她总算知道为什么了。

原来，他们心里有一座坟。

“我懂。”俞小鲸握住于潇水的手，“就算别人告诉我，那不是我的错，我也无法原谅自己。这种感觉，我懂的。”

“我真的恨自己，我真的希望孟千里他们能责怪我……”

俞小鲸什么都没有再说，只是轻轻地拍着于潇水的手背，她感同身受。

当孟万里跟着孟千里来休息室找俞小鲸时，就看到她和于潇水促膝而坐手拉手却无语凝噎的画面。

“大鱼儿，你在干吗？”孟千里紧张兮兮地上前将俞小鲸拉开，“怎么又把她弄哭了？”

怎么叫“又”？

俞小鲸瞥了眼孟万里，向他颔首表示招呼，在心底对孟千里翻了个白眼。

“我和大鱼儿在聊女生话题，你来做什么？”于潇水不以为然地推开挡在身前的孟千里。

“大鱼儿？”孟千里一脸惊诧，“你这么亲切地叫她，是认同她吉祥物的身份了吗？”

“什么吉祥物？”于潇水不解地看向俞小鲸。

俞小鲸只能露出一个尴尬又不失礼貌的微笑。

哼，什么吉祥物？孟烦烦见她和于潇水关系变好，就迫不及待地想破坏她在于潇水面前的形象吧？

“鲸鲸海洋馆的吉祥物。”孟千里愉快地解释，“人形鲸鱼，转转就能开运，我让她给你表演下？”

见于潇水眼中出现了期待，俞小鲸无语地望向孟千里，真的很想翻脸了。

“小俞，你陪我去看看鱼吧。”孟万里适时出声，理所当然地带走了俞小鲸，回头给孟千里一个眼神，让他自己体会。

距离休息室最近的是水母厅，因为开馆不久，还没有游客逛到这里来。水母厅内竖立着五六座玻璃圆柱缸，浮游的水母随着变幻的灯光呈现出浪漫梦幻的景象，它们成群地随波逐流，自由浮沉。

孟万里望着玻璃缸内浮游的水母，光色在他的脸上变幻，忽明忽暗，模糊了他棱角分明的五官，多了一抹温暖的柔软。虽然跟孟千里的脸一模一样，但俞小鲸看着孟万里就觉得顺眼许多，心情变得无比平和。

不过，日理万机的孟总裁，应该不会只是闲得来海洋馆看鱼吧？

“小俞。”孟万里微微侧首，好奇地问，“这种长着小白点的水母叫什么名字？”

“巴布亚硝水母，俗称珍珠水母，可以说是水母界的颜值担当。”俞小鲸见他兴致颇浓，认真地说明，“珍珠水母是大型水母，一般体长可达三十五厘米，不过在美国发现了一只长达七十二厘米的珍珠水母，应该是有记录的最大水母。”

“这么好看的水母，也有毒吗？”

“珍珠水母长得美丽温婉，毒性也比较低，不过性格十分凶猛，会猎食鱼虾。”俞小鲸说，“珍珠水母唯一的温柔大概给了小牧鱼，在海洋中，珍珠水母会与这种六七厘米长的小牧鱼共生，为其提供保护伞，躲避敌人的攻击。而小牧鱼会清理珍珠水母上栖息的小生物，还会将大鱼引诱到它的狩猎范围供它猎食，小牧鱼也能吃到一些残渣。”

“美丽危险的生物，也有它们温柔的地方，有点意思。”孟万里点头，走到镶嵌在墙内的玻璃箱前，这里养了只看起来有点方还很透明的水母，“其他缸里的水母都是成群的，难道这只水母在关禁闭？”

“猛兽总是独行，牛羊才成群结队。”俞小鲸煞有其事地介绍，“这话同样适用于水母，这只水母可是惹不得的大佬，也是水母厅的镇厅之宝。”

“大佬有什么过人之处？”

“《世界野生生物》杂志列举出全球最毒十大生物，榜首就是它，来自澳大利亚的箱水母。”俞小鲸愉快地为大佬呐喊助威，“箱水母有剧毒，习惯独居，跟其他随波逐流的水母不同，它会主动游动，猎食鱼蟹。我们这只箱水母还比较小，成年箱水母有足球那么大，毒素足够放倒六十个成年人，如果被它蛰了，五分钟内不救治就必死无疑。”

孟千里花了许多心思才弄到这只箱水母，让它坐镇水母厅，时不时还要亲自喂食，俞小鲸觉得他有点活腻了。

孟万里听得津津有味，又让俞小鲸介绍其他水母。海月水母、霞水母、太平洋海荨麻水母、黄金咖啡水母等等，俞小鲸如数家珍。

“看来不了解水母的鲨鱼饲养员不是合格的鲸鲸海洋馆吉祥物。”

“我在鲸鲸三年，天天见它们，自然就熟了。”俞小鲸忍不住翘起骄傲的小尾巴，“再者，我可是拿孟氏集团总裁特别奖的人，在总裁面前更要好好表现。”

“总裁表示，这样的员工很优秀。”

孟万里给俞小鲸竖起大拇指，然后往水母厅外走，来到隔壁色彩斑斓的热带鱼展厅。他在一个玻璃缸前站定，里面是一群金黄色的大肚子海马，有的在珊瑚上攀爬，有的在海藻间游动。

“这是大腹海马，也叫膨腹海马，是世界上已知的最大的海马。”俞小鲸解说员适时上线，“大腹海马与其他海马不同，它们非常擅长游泳，习惯夜间活动，喜欢吃各种小型甲壳类，是个小嘴巴的食肉动物。海马跟其他生物最大的不同是它们由雄性生育后代，因为雄性有育儿袋，雌性将卵产在育儿袋中，雄性就会受精进入妊娠期，一个月后产出数千幼仔，之后幼仔可以离开育儿袋生活。这些大腹海马的肚子圆滚滚的，看起来好像都是有育儿袋的雄性海马，其实雌性大腹海马身上的黑斑比较少，虽然肚子也大，但并没有育儿袋。”

孟万里目不转睛地看着大腹便便的海马，意味深长道：“像小游。”

“呃？”俞小鲸盯着大腹海马，无法理解，“哪里像？”

难道裴游有隐形育儿袋吗？

“像满肚子委屈的小游。”孟万里转头看俞小鲸，“又不得不挺直脊梁面对误解的样子。”

俞小鲸一愣，能让日理万机的孟总裁光临鲸鲸海洋馆，无一例外，都是为了亲爱的弟弟。转了一大圈，他才借着海马说起裴游，耐心真好。

“孟大哥，你想说什么？ ”孟万里的言外之意是她让裴游受委屈了吗？

“我今天是来向你道歉的。”孟万里直说，“我擅自调查你和苏遥的事，给你造成了不少的困扰，我郑重地向你道歉。小俞，我侵犯了你的隐私，对不起，我愿意承担所有的后果。”

孟万里的真挚和诚恳，向来是俞小鲸最欣赏的品质，也是她无法拒绝为他做事的原因。

“为什么？”

现在，孟万里依然这样真挚而诚恳地道歉，俞小鲸却不懂为什么他那么做，因为是裴游要求的吗？

“因为我的私心。”孟万里毫不避讳地承认，“我想给家人提供全方位的保护，就要了解跟他们相关的人和事，我不希望有任何我不知道的不稳定因素存在。”

俞小鲸没料到孟万里的控制欲如此之强，不以为然地反问：“即使侵犯他人隐私，你也要事无巨细地掌控一切？”

“不管你相信与否，侵犯他人隐私并非我本意。”孟万里对他人隐私也没有兴趣，“在我家人，尤其是千里和小游身边出现的人，我都会进行基本征信调查，确认这些人是可信的，这是我获得安全感的方式，这样我就可以在能力范围内给家人最大的空间，让他们选择想要的生活。”

孟万里有孟总裁和孟大哥两副面孔，俞小鲸都见识过。她知道他极度爱护家人，但护短到这种程度是她想象不到的，难怪同龄的孟千里被惯得那么幼稚。

“可是，苏遥并非出现在你家人身边的人。”

孟万里太坦诚了，让俞小鲸无法生气，但也无法认同他的一些做法。

“之前我给小游看过一张他高中开学时的抓拍照，因为很巧，那张照片背景中有你，还有另一个男生。”孟万里看着俞小鲸的表情变化，确定裴游给她看过照片，“小游不记得高中跟你同校，却记得那个男生，让我有点在意。”

“所以，他让你去调查苏遥？”

“不，小游并不知道我会去调查苏遥，我调查苏遥也不是因为小游。”

“为什么？”俞小鲸糊涂了，裴游真的没有让孟万里调查苏遥吗？

“小俞，你也是叫我孟大哥的人。”孟万里抬手摸摸俞小鲸的头，“我自然会想了解出现在你身边的人。”

虽然他们认识三年了，除了确认俞小鲸是值得信任的，孟万里对她并不了解，所以借着照片的契机，他才去调查跟她谈笑风生的男生。再者，俞小鲸是裴游在意的人，直觉告诉孟万里，苏遥的存在不仅会影响俞小鲸，同样也会影响裴游。

“你……因为我才去调查苏遥？”俞小鲸一脸愕然，头顶温柔的力量似乎在告诉她，她被孟万里当成家人，纳入他的保护伞下。

“收集跟家人相关的情报，是我的个人兴趣。”孟万里收回手，看着她微微笑道，“小俞，当你像小游一样叫我大哥时，我感觉多了一个家人，却对你做出失礼的事，我再次向你道歉。”

裴游来家里，问他是否调查了苏遥，他就意识到出问题了。

“小游，你知道苏遥现在的情况吗？”当时孟万里反问裴游。

“我下午遇见一个小女孩，她是苏遥的妹妹。”裴游说，“我才意外得知苏遥已经不在了。”

“然后你向小俞提起这事？”

“嗯，我可能在害怕，也可能是在嫉妒，所以又去触碰她的逆鳞，让她对我很失望。”

“小俞认为你私下调查苏遥的事？”

“这些都不重要了。”裴游郑重地请求，“大哥，你说过你相信俞小鲸，那么，我希望你别再调查她和苏遥的事了。那是她的过去，谁也没资格窥探。”

看着裴游懊恼的模样，孟万里有些欣慰他懂得维护在意的人，又有些不舍他被误解受委屈。

“孟大哥……”

俞小鲸的心情有点复杂，她想指责孟万里侵犯她的隐私，可他特地来跟她道歉，说明缘由后再次道歉……这让她什么气都生不出来了。

虽然知道孟万里这么做是舍不得裴游背锅受委屈，但俞小鲸心里仍然憋屈，不想原谅他的“恶趣味”。可想到他是把她当家人在意，才会想去了解她身边的人和事，初心并非恶意，她又无法太较真。

“小俞，我道歉是因为我伤害到你，并不是为了获得你的原谅。”孟万里看出俞小鲸的小纠结，“不过，我并不后悔用这样的方式保护家人，我最后悔的是当初没有早点介入小游的事，让他遭了很多罪。”

孟万里表情凝重起来，瞬间转移了俞小鲸的注意力，令她不由得在意：“当初……怎么了？”

“小游六岁和十三岁的时候，两次被父母送进精神病院。”孟万里的眼神瞬间凌厉，“小游第一次被送进去时，我其实感觉到有些不对劲，但我没有去追究，毕竟小游很少来孟家，跟我和千里都不熟，我们就相信了他父母对外宣称的说辞。小游第二次被送进精神病院时，我不对劲的感觉更加强烈，才意识到自己错得一塌糊涂，我不应该不去求证不确定的事，姑息只会纵容更大的伤害。”

“为什么？”

俞小鲸感觉掌心在冒汗。虽然孟万里说得轻描淡写，但莫名的寒意在她的四肢百骸间泛起，她不敢去想象什么样的父母会将孩子两次送进精神病院。

“并非所有的父母都是合格的。”孟万里冷冷地勾起嘴角，“如果小游六岁时，我就带他离开裴家，他便能早七年感受到亲情，多喊我‘大哥’七年，我也能多保护他七年。”

俞小鲸突然想起有次裴游在鲸展厅睡着，呓语着“不要回家”，那时他颤抖着，好像要被梦魇吞噬。

俞小鲸的胸口开始犯堵，隐隐作痛，为他心疼。

她忽然理解了孟万里的“个人兴趣”，他对家人的极度爱护，是因为见过家人受伤的样子吧。

“他没有问题，对吧？”

裴游只是看起来冷淡，但他心思细腻，观察力敏锐，才能创造出那么多令人震撼的鲸雕作品。

“小游是特别的。”孟万里若有所思道，“小俞，如果你愿意了解小游，我想他会愿意告诉你关于他的过去。”

“他的过去……”俞小鲸低声重复着，她不愿意让裴游看见她的过去，有资格去过问他的过去吗？

“孟大哥，为什么要跟我说这些？”

“小游是我见过的最坚强的孩子，我舍不得他再受委屈。”孟万里丝毫不掩饰对裴游的偏爱，“而他现在愿意为你受委屈，即使被误解也不辩解，我这个做大哥的就心疼了。”

“你在怪我吗？”俞小鲸有点不自在，她确实因为苏遥太敏感了。

“不，我没有怪你。”孟万里摇头，“小俞，每个人都有过去，想要了解一个人的过去，是因为在意这个人，才想知道这个人的一切，并非为了伤害。”

俞小鲸心里柔软的地方被触动了。

她想起当时对裴游说过的话，她不过是仗着他喜欢她，才敢那样放狠话跟他划清界线。他包容了她，轻轻地点头允诺她：“以后我会注意的。”

他的初心并非为了伤害她，她的话却刺伤他的心。

俞小鲸望着玻璃缸中的大腹海马，孟万里说的对，真像裴游，满肚子委屈，还不得不挺直脊梁当她的好师父。

下午上班时间到了，俞小鲸并没有准时出现在鲸展厅。

这是她第一次迟到。

裴游望着鲸展厅的入口，翻开手机联系人，刚想打电话给俞小鲸，手指又从拨号键上缩回。

再等等吧，应付于潇水并不是一件轻松的事。

鲸展厅内巨大的泡沫蓝鲸雕塑已经组装黏合完成，安放在支架上，等待上色。

装配公司的工作人员工作暂时告一段落，已经离开鲸展厅了。

裴游将打磨好的树脂鲸眼安进鲸雕眼睛的位置，拳头大小的眼睛跟蓝鲸巨大的身躯比起来，变成长在咧开大嘴边的“小酒窝”。远望着蓝鲸的“小眼睛酒窝”，仿佛在微笑着……有点像歪头看他时笑意浅浅的俞小鲸。

裴游心间荡起微微的波澜，脑海里浮现出俞小鲸的笑脸，不由得看着鲸眼发呆。

自从上次的苏遥事件，俞小鲸就再没对着他笑过了。

裴游看不懂俞小鲸眼中变幻的光色，琢磨不透她静谧如深海的心思，没了“听见”这个“作弊神器”，恋爱这道题对他来说，真的太难了。

裴游拍了拍发闷的胸口，又开始后悔去触碰她的逆鳞。然而，他无法控制自己不去在意苏遥的事，即使他不断提醒自己，苏遥已经离开，不要揪着过去的人不放。

在他的记忆中，苏遥是过于闪耀的存在，那个少年爽朗帅气，有着亲和的笑容和讨喜的性格，优秀得无可挑剔，理所当然地受万众瞩目。

他与苏遥截然不同。苏遥在所有人的眼中都是发光体，而他选择了回避与所有人产生关系，自动边缘化成宇宙中最暗淡的那粒尘埃。

在受人欢迎、讨人喜欢这方面，苏遥是佼佼者，他以前不可能赢，现在依然不可能。

何况，逝去的苏遥成了遥不可及的白月光，时间和距离为他镀上忧伤唯美的光芒，他被妥善收藏，安放在俞小鲸的心间。

而俞小鲸眼前的他，并非她的心上人。

裴游自嘲地笑了笑，在俞小鲸眼中，眼前的人只是教她手艺的师父罢了。于是，他拍了张鲸雕的全身照，发给俞小鲸，告知她下午的工作安排：“鲸雕的组装已经完成，接下来要进入上色流程。”

消息刚刚发送出去，裴游就听到微信新消息的提示音从鲸展厅入口传来。

俞小鲸一只手提着白色食品袋，一只手拿起手机看了下，然后直直地朝他走来。裴游莫名地觉得紧张，双手悄悄握紧，目不转睛地迎视着她。

俞小鲸没有回避裴游的注视，反而一扫近日面对他时紧绷的微妙表情，整个人仿佛放松了下来，眼角眉梢竟然带上了淡淡的笑意。高高扎起的马尾，随着她轻快的步伐在脑后左右晃动，像在昭示她的好心情。

摇晃的发尾，好似俏皮的小手，偷偷伸进裴游的胸膛，撩拨着他的心弦，他的心湖间再次荡起微波。

“师父，辛苦了。”俞小鲸在裴游面前站定，将手中的食品袋递向他，“这是慰问品，请师父务必收下，这是徒弟的一片孝心哦。”

女孩眉眼间的笑意仿佛随着调皮的话语在跳跃着，他收到了名为“示好”的讯号。

“谢谢。”裴游有点欣喜地接过食品袋，打开一看，里面装着两盒章鱼烧，“我们一起吃吧。”

“嗯。”俞小鲸和裴游来到方桌旁，她打开冰箱，取出密封玻璃罐，里面是她用蜂蜜腌制的柠檬，她从家里带过来的，“师父等我两分钟，蜂蜜柠檬水和章鱼烧很配哦。”

裴游看着俞小鲸动作熟练地取出适量蜂蜜柠檬，放进玻璃杯，兑好纯净水，再加入冰块，两杯冰爽的蜂蜜柠檬水就端上桌了。

“师父，你快点吃，章鱼烧凉了会不好吃的。”俞小鲸催促着裴游，直接用竹签叉了一只章鱼烧往他嘴边送，“这是X大学生街网红店的人气小吃，每个章鱼烧都有一只完整的章鱼，我排了半小时的队才买到的。”

俞小鲸突然对他这么亲切，令裴游有些受宠若惊。面对她笑意盈盈的眼睛，他张嘴咬住了章鱼烧。外焦里嫩的丸子和鲜美有嚼劲的章鱼，佐以照烧酱，鲜嫩咸甜的滋味，确实好吃。

“来，吃完章鱼烧喝口蜂蜜柠檬水。”俞小鲸又端起玻璃杯递给裴游。

酸甜冰爽的蜂蜜柠檬水入口，沁人心脾，化解了章鱼烧饱满充实的些微腻味，味蕾得到极大的满足。

“嗯，好吃。”裴游给出客观的评价，见俞小鲸没有动作，“你怎么不吃？”

“我想看着师父吃。”俞小鲸喝了口柠檬蜂蜜水，清了清嗓子，正色道，“我最近表现不好，让师父受委屈了，我得反省。”

“我受委屈了？”裴游不明白她的意思，不跟他一起吃章鱼烧是反省？

“孟大哥今天来找我道歉。”俞小鲸也不绕弯，“他说将我当家人，所以去调查了出现在我身边的人，对此引起的任何后果，他都愿意承担。”

孟万里亲自示范了什么叫“敢作敢当”，作为每年拿孟氏集团总裁特别奖的人，俞小鲸觉得自己也得有担当，既然知道让人背锅背错了，就得自己把这个锅拿回来。

跟孟万里谈完话，俞小鲸回到以前住的X大教职工公寓。工作后，她租了离鲸鲸海洋馆比较近的房子，很少回X大那边的家。毕竟父母忙着各自的工作，经常住在研究所，没空管她是否回家。

“他的过去……”孟万里说起裴游的过去，确实让俞小鲸心生好奇，但是，“我不觉得我有资格过问。”

她对自己的过去讳莫如深，当然不能双重标准，肆无忌惮地探听他人的过去。

“我认为你有资格。”孟万里却笃定地说，“小俞，小游的过去有你的存在，你的过去肯定也藏着小游的痕迹。毕竟你们从小学到高中都是同校，如此巧合，你不觉得很有意思吗？”

俞小鲸就这样被孟万里蛊惑了，鬼使神差地回到以前的家，找出那些压底箱的相册。过去仿佛一张巨大的蜘蛛网，这些照片像是被黏住的小虫子，通过它们，她窥见了一些过去的片段，寻找裴游存在过的蛛丝马迹。

她小学二年级时，恰逢X大附小五十周年校庆，她和小一岁的堂弟同班，而大她三岁的堂姐已经六年级了。因为俞家小辈都在X大附小就读，难得有空的俞沁就来参加校庆，给他们三个小孩拍了很多照片。当时的她很别扭，不愿意跟太优秀的堂姐堂弟同框拍照，但俞沁不放过她，于是照片中的她总皱着眉头苦着脸，扭扭捏捏不愿意跟堂姐堂弟靠太近。

她翻到一张在校门口大花篮前拍的合照，背景里人来人往，照片右上角有个跟周围格格不入的身影，仿佛有结界隔绝了他与别人的接触。镜头抓拍到一张完全不属于七八岁小孩的冷漠脸。高眉深目，挺鼻薄唇，线条过于利落的五官，即使是照片中的人肉背景，也清晰地反映出他的模样。

俞小鲸在看到的瞬间就认出来，那是小学时的裴游，五官是成人裴游同比例缩小的样子。原来在那么小的时候，他就跟人保持距离，独来独往了。

进入中学以后，俞小鲸基本没在学校拍过照片，唯一保留的照片是初三学校运动会，她是后勤人员，给参加长跑的苏遥送水时被抓拍到的照片。再次看到这张照片，她才发现背景的看台上居然有裴游。他站在最上面最远的位置，依然远离人群，冷漠地看着周遭的一切。

俞小鲸翻阅了所有过去的照片，虽然只在两张照片中发现了裴游的痕迹，但已经足够令她震惊了。过去那么长的时间里，她和他可能擦肩而过无数次，却从未意识到对方的存在。

俞小鲸忽然明白，当裴游发现孟万里抓拍他的照片中有她和苏遥，为什么那么好奇地想探知，她以前知道他吗，她记得苏遥吗？

直到这一刻，俞小鲸才确定裴游从来不是有意要冒犯她，也不是为了侵犯她的隐私，更不是为了伤害她控制她。正如孟万里所说，他只是想了解她。

俞小鲸的手指抚过照片上的裴游，仿佛能感受他周遭无人靠近的冷冽空气。这样从小习惯与人保持距离的裴游，现在却小心翼翼地靠近她，以师门福利为名献殷勤，不过是因为喜欢她。

“作为我喜欢的人，你可以为所欲为。”

藏在他清冷面容下的是一颗极度包容她的心，即使被她冤枉、被她伤害，他都接受了。

面对这样的裴游，她还在害怕什么？被人喜欢这件事，她想试着接受，试着回应。

“大哥都跟你说了？”裴游很意外孟万里的行动力，更意外他对俞小鲸的坦诚。

“该说的孟大哥都说了。”俞小鲸点头，“孟大哥不愧是做大哥的，真诚又可靠，方方面面考虑周到，被他纳入保护伞下，我有点受宠若惊。”

提起孟万里，她的眼睛就在发亮，眼里有着不加掩饰的赞赏，嘴角翘起愉悦满足的弧度。

裴游的心底有点泛酸：“大哥说什么，你都觉得是对的？”

“孟大哥那么厉害，他说什么就是什么。”孟万里都能认错道歉，她自然也能弯腰示好，“师父，我也要向你道歉，关于苏遥的事，我误会你了，对不起。”

孟万里虽然向她道歉，但也给她上了一课，道歉是意识到自己错了，而不是为了获得原谅才低头的。所以，有错，她就认了。

“没关系，不用道歉。”裴游轻轻摇头，“我明知他是你的逆鳞，还要去触碰是我的问题。小鲸，你说得对，我没有资格跟你谈苏遥。”

“没有资格”四个字才是最扎心的，却也是事实。裴游再次提醒自己，俞小鲸愿意示好，并不代表他可以越线。

“裴游，你没有资格跟我谈苏遥。”俞小鲸重复这句话，又看到裴游眼中闪过的受伤之色，她接着说，“我可以撤回这句话吗？”

裴游不需要她的道歉，他耿耿于怀的是这句话。

俞小鲸知道这句话最伤人，这代表着她的拒绝，也代表着她的防备，在话说出口的瞬间仿佛将她和裴游的关系归零，让他无法再亲近她。

裴游的表情变得有些微妙，他定定地望着俞小鲸，没有马上回答她。

俞小鲸不由得忐忑起来，回鲸展厅之前做好的放松姿态又紧绷了起来，她又仗着他喜欢她，理所当然地要求他的包容了。

“超过两分钟，不能撤回了吧？”见裴游不语，她讪讪一笑，“那……我为这句话，再次向你道歉，师父，对不起。”

“你没有错，不需要道歉。”裴游再次摇头，直视着她的眼睛，语气认真，“作为你的师父，我确实没有资格过问你的私事。”

“呃？”

俞小鲸怔住，没料到裴游不肯顺着台阶下，反而揪着“没有资格”四个字跟她较真。

她的剧本不是这么写的。

她以为她低下头弯下腰，摆出好姿态说些好话，以四两拨千斤之势就能将这事翻篇。

该配合演出的时候，裴游显然改剧本了。

“师父，我知道我说了过分的话。”俞小鲸挠了挠脑袋，她对苏遥的事确实容易有应激反应，“看在我孝敬的章鱼烧份上，你大人有大量，别跟我一般见识吧。”

“我没有跟你一般见识。”裴游端起柠檬蜂蜜水喝了口，淡淡道，“我们是师徒关系，你说的话我都理解，所以没关系。”

他这是顺着“师徒”的杆子往上爬了，嘴里说着没关系，心里却较着劲。

俞小鲸有些头疼了，她没有“哄人”的经验，裴游这样较真，让她感觉有点慌了。

“师父……”

不知道说什么，俞小鲸叉了颗章鱼烧往嘴里送，想掩饰此刻不知所措的尴尬，结果吃得太急，没有嚼碎就咽下去，被呛到了，猛咳起来。

裴游见状，忙不迭地递上蜂蜜柠檬水，伸出手来拍着她的背，给她顺气：“怎么样？”

“咳、咳！”

俞小鲸用咳嗽声回答了裴游，她感觉到背后抚拍的力量，温厚而坚实，掌中的热量透过轻薄的布料传递过来，肌肤上便有阵阵的灼热感。

她的心瞬间跳得有点快。

“别着急，慢慢来。”

裴游的手顺抚着她的背，跟着他抚背的节奏，她努力地调整呼吸，慢慢地停止了咳嗽，深呼吸再深呼吸，终于顺了气。

“好点了吗？”裴游停止了抚背的动作，再次送上蜂蜜柠檬水，看着她因咳嗽而发红的脸，“要不要去医院看看？”

俞小鲸点头，又摇头，不需要去医院的。她喝下冰爽的蜂蜜柠檬水，发红的脸颊似乎降了温，红色渐渐褪去，随之褪去的还有刚刚的慌乱无措。

裴游是在意她的，让他受委屈确实是她的不对。

“孟大哥说得对。”俞小鲸对上裴游关切的眼睛，想起孟万里的比喻，“真的像满肚子委屈的大腹海马。”

“又是大哥说的？”裴游皱起眉，对她三句话话不离孟万里表示有意见，“大哥有资格说你的事，对吧？”

俞小鲸终于确认，裴游是杠在一棵名为“资格”的树上了。

“裴游，对不起。”俞小鲸认真地再一次道歉，“我承认我容易因苏遥的事激动，不是你的错，是我的问题。说你没有资格谈苏遥，是我的傲慢，你不是和我没有关系的人，我不该把你的关心当作冒犯。说了伤害你的话，让你受了委屈，是我的错。”

“哎。”裴游叹了口气，为自己的幼稚汗颜，明明很高兴俞小鲸愿意示好，主动道歉化解两人的僵局。他却小心眼起来，因为她被孟万里顺了毛而不痛快，便揪着“资格”问题不撒手，看着她为他不肯下台阶而慌乱，他却暗自欣喜，便得寸进尺了。

“小鲸，我和你是什么关系？”俞小鲸对裴游示弱，露出明显的破绽，他不愿放过，想要一个确切的回应。

裴游直直地凝视着俞小鲸，幽暗的双眼闪烁着奇异的光芒，仿佛来自宇宙的黑洞，会将万物吸进去，包括俞小鲸。

俞小鲸无法转移视线，只能与裴游四目相对。他不是陌生人，是和她有关系的人，至于什么关系——

“师父和徒弟，上司和下属，雕塑大神 Orca 和追随者？”

裴游的眼色变得更暗了，他显然不满意这些答案。

“来自过去的……校友？”

他的眼神顿了下，问：“还有呢？”

“喜欢我的人。”俞小鲸终于不再回避，正视他对自己的在意，“裴游，你是第一个说喜欢我的人。”

被人喜欢这件事，俞小鲸早就放弃了。父母不喜欢她，对她没有期待，她从小就知道。让她感觉到“他可能喜欢我”的苏遥，自始至终都将她当朋友，渐渐地让她觉得“他可能喜欢我”只是她的错觉。

“作为我喜欢的人，你可以为所欲为。”

唯有裴游很肯定地将她当成“喜欢的人”，不是下属，不是徒弟，不是校友，而是喜欢的人。

第十章

真正需要你的人

午后的阳光，热烈灿烂，透过玻璃穹顶，倾泻而下。阳光落在裴游的嘴角，变成跳跃的笑意："我们先用聚氨酯面漆给泡沫鲸雕上一层表面硬化涂层，然后再用水溶性丙烯颜料着色，晾干之后就是鲸雕成品了。"

站在门式脚手架上，裴游手持漆刷，教俞小鲸如何给泡沫鲸雕上漆着色，完成最后的程序。明明在教学中，裴游却摆不出往常一本正经的师父样，只要想到俞小鲸不久前说的话，天生的冷淡脸也会被上扬的嘴角拉出笑的弧度，整个人都飘飘然的。

"裴游，你是第一个说喜欢我的人。"

这话刹那间就击中了裴游，意识到过去二十多年，眼瞎的人那么多，他倍感欣慰。

"因为你是喜欢我的人。"四眼相对，俞小鲸确认他们有着因果关系，"所以你有资格过问我的事。"

划清界线的人，亲自抹去那道线，拆掉无形中砌起的那道不可逾越的墙，对他敞开心扉，仿佛向他发出邀请，欢迎他进入她的世界。

"你……"裴游指了指她，又指了指自己，"我……不是外人？"

"不是。"俞小鲸肯定地点头，莞尔一笑，"你是自己人。"

乌云散去，阳光明媚。

空气里漂浮的泡沫尘屑仿佛下在心头的雪，随着阳光融化，变成温暖的水流淌在心间，名为满足的情绪浮上水面。

春暖花开，心旷神怡。

被她正视、被她接纳、被她认可、被她当作自己人、被她赋予过问她人生的资格……裴游仿佛看见了爱情被雕琢出来的雏形。他听不见俞小鲸的心声，却能感受到她心跳的频率，那与他心动的频率是一样的。

裴游手里握有雕琢的工具，对这样向他靠近的俞小鲸，他生出一丝笃定，但不会着急地追问她："喜欢你的人是我，我是你喜欢的人吗？"

"身为自己人，我很荣幸。"裴游只是对俞小鲸微笑，端起蜂蜜柠檬水，"来，为自己人干杯！"

俞小鲸有很多可爱的地方，其一便是她不仅懂得如何搭台阶，还会笑着在台阶的另一端迎接他，云淡风轻地翻篇过去。即使苏遥仍然是她的逆鳞，即使有天他还可能触碰她的逆鳞，但裴游现在感觉到心安，因为俞小鲸说他是自己人。

他们闹了些不愉快，她亲自搭了台阶，对他释放出前所未有的善意，仿佛在以行动诠释什么叫"自己人"。她这般示好，给他想要的"资格"，好像苏遥不再是禁忌，不过他不想再试探了。

毕竟，第一个说喜欢她的人是他，而不是苏遥。在这方面，他已经赢了苏遥，若再揪着故人，吃着过去的醋，就是得了便宜还卖乖。

"小鲸，表面硬化涂层是为了着色打底，不需要太精细，刷得均匀即可。所以，你就随心所欲地刷，不用太在意细节。"

裴游一边教俞小鲸放开手大胆上漆，一边不由自主地哼着小调，他眉间有春风，眼里有阳光。裴游的心情非常好，眼角眉梢荡漾着笑意，藏也藏不住。

俞小鲸在心里唱着"我是一名粉刷匠，粉刷本领强"，学着裴游的样子，给泡沫鲸雕刷表面硬化涂层。听着他哼小调，她时不时地瞥向他，无法专心工作。

俞小鲸是第一次见到这样喜形于色的裴游，满面春风，得意扬扬。自从她说他是第一个说喜欢她的人之后，他像是翘起了骄傲的小尾巴，昂首阔步地进入了春天，有些东西就蠢蠢欲动起来，在他眉眼间展露无遗。

原来他是这样的裴游，看起来无情的冷淡脸真的妨碍了她对他的认知。

“Orca 大师！”俞小鲸停下手中的动作，认真地看着裴游，“你现在看起来怪怪的。”

“哪里怪？”俞小鲸突然用英文名尊称，裴游正色，硬生生地绷住上扬的嘴角，“是我笑起来很奇怪吗？”

“不。”俞小鲸一本正经地对他摆摆手，“我算是明白 Orca 大师为什么不在网上露脸，因为，你笑起来……怪好看的。”

空气突然安静。

裴游怔怔地看着俞小鲸，表情很意外。

呃，俞小鲸见裴游呆若木鸡的样子，空气安静得很尴尬，果然……土味情话什么的，对裴游来说，太失礼了吧？毕竟他可是很正经的动物雕塑师 Orca。

很正经的 Orca 大师超长的反射弧终于反应过来，双颊倏然红起来：“是，是吗？”裴游感觉满脸热腾腾的，仿佛有什么在燃烧，“我笑得不奇怪就好。”

俞小鲸惊奇地看着裴游发红的脸颊，还有他闪动着像无处安放的睫毛，他的眼神飘了，有点慌。他这是不经夸，还是不经撩？

俞小鲸决定调皮下，再走一波土味情话，毕竟他们刚刚和好，两人间的气氛还不够和谐。

“师父。”俞小鲸突然凑近裴游，仔细地打量他，“你的脸上有点东西。”

“沾到油漆了吗？”俞小鲸凑得太近，对上她闪耀着兴味的眼睛，裴游有点紧张。

“没有。”俞小鲸站直身，歪头看着他笑，“你的脸上有点帅气。”

裴游觉得要心肌梗塞了，原来她是这样的俞小鲸，今天不但主动示好，现在嘴巴又甜得不像话。这样直白地夸他，无事献殷勤，只怕……

“你是认真的，”俞小鲸的笑中带着揶揄，裴游忍不住问出了口，“还是逗我的？”

“你猜？”俞小鲸给裴游一个眼神，让他自行体会，她似乎找到“正确打开裴游”的方式了。

“我猜……”裴游顿了顿，眉头一挑，“你是在认真地逗我？”

“应该说……”俞小鲸笑眯眯地纠正，“我是在认真地夸你，师父盛世美颜，徒弟与有荣焉。”

虽然不是很明白俞小鲸说的什么盛世美颜，但她如此明显地恭维他，裴游还是听懂了。他的心痒痒的，反问：“所以，对于我的样子，你很满意？”

在俞小鲸眼中，他笑起来怪好看的，脸上还有点帅气，应该算是满意吧？

咦？

俞小鲸的心跳突然漏了一拍，好像被反撩了一道。

“有个明明可以靠脸吃饭却偏偏要靠才华的师父，徒弟当然满意了。”俞小鲸努力地保持镇定，对上他忍俊不禁的笑脸，故意说，“师父看起来秀色可餐，很适合下饭。”

末了，俞小鲸很配合地舔舔唇，抿抿嘴，好像在品味什么。

“你啊……”

裴游终于意识到，从刚才开始，俞小鲸就一直在“调戏”他。他的脸颊红得更厉害了，不再跟他划界线的俞小鲸，对他表现亲近的方式，让他有点防不胜防，好像不开窍则已，一开窍，简直就能牵着他的鼻子走了。

“那……你什么时候想尝尝？”自己喜欢的人，再调皮也认了，不过作为师父，可不能被徒弟难住，“需要我沐浴焚香，恭候大驾吗？”

俞小鲸的脑海中瞬间出现了泡在浴缸中的裴游，旁边还点着熏香，微笑地看向她。

那个画面太刺激，让俞小鲸的脸颊随即爆红，她忍不住捂脸，对裴游表示："师父，你赢了。中场休息结束，我们干活吧！"

俞小鲸说完赶紧拿起刷子，专心地刷起来。她决定，在脸上的红晕消下去之前，绝对不要去看裴游。

工作时间，不准分心！

裴游好笑地看着"落荒而逃"的俞小鲸，她变成了认真工作的粉刷匠，目不斜视地刷着漆，脸颊红得像落日西斜渐渐晕红的天空，是一片可爱的粉色。

不知是俞小鲸发出了粉色的光芒，还是他的眼睛有着粉色的滤镜？虽然已是入秋时节，他却觉得春天就在眼前。

夕阳余晖，透过穹顶玻璃，洒落俞小鲸的身上，仿佛为她镀上一层光。

裴游想起第一次看见巨鲸翻跃出海面时的情景，散落迸射的水滴反射着阳光，在空中形成了彩虹，像是为巨鲸戴上光环。从此，巨鲸成了他心中的光，引领着他，追逐着巨鲸，在四海流浪。

当他遇见她，意外、惊诧、好奇、在意、亲近、心动、喜欢……这些感觉，都是第一次。

现在，裴游心中的巨鲸照亮了他的目光，他的目光聚焦在俞小鲸身上。她成了他眼中最闪耀的光，他想把他人生所有的第一次，都给她。

晚上九点多，俞小鲸翻看从父母家带回来的相册，翻到小学校庆时俞沁拍的那张照片，就没再翻动，目光落在背景乱入的小学生裴游身上。他穿着蓝白色运动款校服，背着蓝色书包，额前的头发有些长，遮住大半的额头，但挡不住他脸上冷漠的表情。他仿佛是背负种种重担的小大人，不得开心颜。

那时俞小鲸八岁，烦恼是比她小的堂弟却跟她同班，害她被衬托成俞家的学渣。还烦恼比她大的堂姐，不仅成绩比她优秀，长得也比她好看，在堂姐面前她好像是俞家干杂活的丫头。她真的不愿和堂姐堂弟同框拍照，满脸的别扭和忍耐，可又无法反抗俞沁的安排，只得乖乖地任其摆布。

面对堂姐堂弟，俞小鲸的自尊就会受挫，滋生出令她无措的自卑，她总觉得自己是俞家的异类，显得格格不入。

照片中的裴游，与周围的环境相比，也显得格格不入，那时他也八岁。俞小鲸冷不防地想起孟万里说的事，裴游六岁时曾被父母送进精神病院，八岁的他还记得六岁时的事吧。虽然孟万里说如果她愿意了解裴游，裴游会愿意告诉她过去的事。然而，俞小鲸直觉他的过去很沉重，问他过去无遗是在戳他的伤口，她不想因为好奇让他回忆不愉快的事。

在过去的照片发现裴游的身影，就当是意外的惊喜吧。

俞小鲸正想着要不要翻拍照片发给裴游分享“惊喜”时，手机铃声响了起来。

“小鲸，”是俞沁的来电，“我现在在上夜班，消夜我想吃炭烤生蚝和麻辣小龙虾，你送过来。”

“呃。”俞小鲸想着明天还要上班，小声地提议，“姑姑，我给你点外卖吧？”

“我不会点外卖吗？”俞沁哼道，“只是有些事需要当面告诉送外卖的人，你来不来？”

她……敢不去吗？

于是，从小到大都没成功反抗过俞沁的俞小鲸，带着炭烤生蚝和麻辣小龙虾的外卖，来到梅利综合医院的血液科值班室。

俞沁将桌上的东西收一边，让俞小鲸把外卖摆好。

“哟，还有冰镇过的乌梅汁。”俞沁表示赞赏地点头，“不错，坐下来一起吃。”

“我不饿，我就给你剥龙虾壳吧。”俞小鲸从裴游那边获得过小龙虾剥壳技能的真传，主动请缨为俞沁提供服务。

“小鲸变聪明了，懂得体贴姑姑，让我可以少洗一遍手。”

俞沁拆开一次性筷子，夹着生蚝和剥好壳的小龙虾吃，就着冰镇乌梅汁，表情十分惬意。

“姑姑是医生，我以为会特别讲究健康饮食，不会大晚上吃这种重口味的东西。”

俞小鲸戴着一次性手套，熟练地剥着小龙虾的壳，想起上次她带裴游去野火烧烤店吃麻辣小龙虾的情景，被他华丽的剥壳技能折服了。她跟着他学如何剥壳，吃起小龙虾感觉特别酣畅淋漓，辣得她嘴唇都肿肿的，想喝一口冰啤解辣，却见裴游拿过她的铝罐啤酒直接喝了，完全不介意是她喝过的。现在想起来这种举动似乎很亲密，像是间接接吻……

俞小鲸剥着小龙虾壳的手一顿，被突然冒出的想法惊到，双颊不由自主地烧起来。

“在医院看惯了生老病死，及时行乐才是最重要的。”俞沁看俞小鲸剥壳，剥着剥着就可疑地红了脸，眼中多了抹娇羞，像个怀春少女，“小鲸，你恋爱了？”

“呃。”俞小鲸握住小龙虾，不自在地回避俞沁的目光，干笑两声，“哈，什么恋爱？没有的事。”

俞小鲸只是正视了裴游喜欢她的这件事，至于她对裴游究竟是什么感觉？她还不确定，他们现在的状态在别人眼中，大概就是暧昧吧。

“母胎单身的人，就别矜持了。”俞沁不以为然道，“感觉不错的人，就要抓紧了，懂吗？”

“懂，我懂，可以了吧？”面对俞沁的犀利，俞小鲸只想求饶，“姑姑，你不是有话要跟我说吗？”

“好吧，先说正事。”俞沁顺着俞小鲸的意，转移话题，开门见山道，“我最近托人调查了孟万里，发现一些有意思的事。”

“你怎么可以……”俞小鲸有点意外俞沁的做法，“其实，关于调查苏遥的事，孟万里向我道歉了，也说明了原因，这事就过去了。”

“我向来是人不犯我，我不犯人，既然孟万里把手伸到我这里，我当然要以其人之道还治其人之身。”俞沁霸气地喝了口乌梅汁、，“小鲸，正因为他是你认识的人，却做那样的事，我才更要弄清楚他的底细，否则我怎么放心把你放在他的眼皮子底下工作呢？”

俞沁自有一套她的处事方式，俞小鲸根本说不过她，但也承认她说的有一定的道理，这算是她和孟万里之间的特殊较量。

“好吧，你有抓到孟万里什么把柄吗？”俞小鲸提醒自己放松，相信俞沁做事会有分寸的。

“孟万里本身无可指摘，各方面都表现得很优秀。”俞沁中肯地评价道，“唯一的缺点大概是过于护短，追求事事周全，就容易草木皆兵，惹到我了。”

“他调查姑姑的病人，确实是他不对。”俞小鲸理解俞沁作为医生对病人维护的心情。

“不，他调查你才让我不爽的。”俞沁直说，“所以，我调查他，自然也要调查他身边的情况。”

俞小鲸有点讶异：“你还调查了他的家人？”

“稍作了解而已。”俞沁表示她没有很过分，“孟万里做得最有意思的一件事就是十二年前，从他姑姑、姑丈那里获得了表弟裴游的监护权，将裴游带回孟家。小鲸，这个裴游你不陌生吧？就是现在和你一起工作的动物雕塑师 Orca。”

“当然不陌生，他还教我雕塑呢。”

居然连 Orca 都知道，俞沁的调查可以说是相当深入了，根本就不是“稍作了解而已”，俞小鲸怀疑她和裴游的暧昧，俞沁也了如指掌吧？

“裴游可有意思了。”俞沁突然兴致勃勃起来，“原来他从小学到高中，就一直和你是同校，你们早就认识了吧？”

“姑姑，你想说什么？”仿佛全身赤裸裸地站在俞沁面前，俞小鲸非常不自在，“我最近才知道和裴游是校友，之前不认识的。”

“二哥之前认识裴游。”俞沁提起的二哥，是俞小鲸的父亲俞洋。

“怎么可能？”俞小鲸被绕糊涂了，“姑姑，你知道我笨，就直接告诉我吧。”

“你上小学时，二哥带你去注册报到，遇见了他的大学同学孟秋，就是孟万里的姑姑，裴游的妈妈。”俞沁对着一脸意外的俞小鲸，说起了过去，“有次我找二哥喝酒，他酒量差很容易喝醉，一醉就特别唠叨，说什么女儿不像他，跟他也不亲，他都不知道父女该如何相处。然后他就顺势说起孟秋母子，说他这个大学同学向来高傲，跟大家的关系都不是很好，做了母亲好像也处理不好母子关系。二哥说他们母子很奇怪，孟秋仿佛将儿子当病毒，时刻在确认跟儿子之间的距离，唯恐儿子碰到她，显得有些神经兮兮。二哥还说虽然他和女儿也不是很亲密，但在人群中，他还是会牵着女儿的手，以免走失。可是孟秋对儿子却是唯恐避之不及的样子，相比起来，他算是比较合格的家长了。”

俞沁一段话说下来，其中的信息量大得让俞小鲸目瞪口呆，不知该惊讶于她父亲和裴游母亲是大学同学，还是意外于父亲会烦恼跟她相处的问题，或者震惊于裴游被他母亲当病毒排斥的事。

“小学开学那天，我和父亲遇到裴游他们，真的有这事吗？”俞小鲸有些茫然，“我一点印象都没有。”

“你没有印象很正常，因为你并没有遇到他们。”俞沁打电话让俞小鲸送外卖前，先打电话向俞洋求证了一些事，“二哥说当时你在洗手间，他在走廊等你时遇到路过的孟秋母子，寒暄了两句而已。”

俞沁这么一提醒，俞小鲸就想起来了。

那天俞洋牵着俞小鲸的手去注册报到，很快他掌心流汗就放开她，还说：“小鲜在你这么大时是读二年级，如果她愿意可以跳级去读五年级的。小鲸，你没她聪明，我也不指望你跳级，随便读吧。”

小鲜就是大她三岁的堂姐俞小鲜，有能力随意跳级，但只跳了一年意思一下，所以俞小鲸入学时，俞小鲜是五年级生，成了她无法逾越的高山。

父亲的“不指望”发言，再次盖章俞小鲸的“不聪明”，伤了她小小的自尊心，她就借口去洗手间，躲了很久才出来。

“姑姑，为什么要跟我说这些过去？”

俞小鲸不愿回忆被俞家学霸碾压的时光，就算那时有裴游的存在又怎样？在过去，她和裴游只是擦肩而过的陌路人，她父亲和他母亲是大学同学又怎样？

“有些人就像喷嚏，不管你再怎么努力去维系关系，但喷嚏总会打出去，注定跟你是没有关系的。”俞沁意有所指，“有些人却像你生命里的癌症，躲也躲不掉，只等你发现，注定会跟你纠缠到死的。”

谁是喷嚏，谁又是癌症？

俞小鲸垂下眼睑，似有动容。

一盘麻辣小龙虾已经剥完了，俞小鲸缓缓取下沾有麻辣味的一次性手套，深呼吸，想压住心底涌起的波澜，反而吸进了麻辣味被呛到，猛地打了个喷嚏。

有的人是喷嚏，不经意间受到刺激，打出喷嚏，就想起来了。

“姑姑，喷嚏不是打出去就没有关系的。”俞小鲸吸了吸鼻子，喷嚏打得太猛，刺激到泪腺，眼眶有点湿润，“你看，被呛到会打喷嚏，感冒了也会打喷嚏。人生那么长，喷嚏想打总会有的。”

“小鲸，你不笨，你明白我的意思。”俞沁解决完麻辣小龙虾，继续挑着炭烤生蚝吃，“你想偶尔打喷嚏没关系，但是，青春里的小感冒，你也该免疫了。我希望你能专心地跟生命里的癌症相处，毕竟这个癌症与你息息相关，生死相随呢。”

“你怎么那么确认有人是我生命里的癌症呢？”俞小鲸并不是故意唱反调。

“直觉。”俞沁一脸的笃定，“我们将所有偶然的必然的联系，称之为缘分。有人在你生命里兜兜转转那么久，像是绕了一圈画了一个圆，终于站到你面前，这种缘分不值得抓紧吗？就像潜伏多年再暴露出来的癌症病毒，注定是你无法逃开的，不如与之共存。这种生命里的癌症，我们可以称之为冥冥之中注定的缘分。”

俞沁委托调查的人，拍到一张俞小鲸和裴游在鲸展厅一起工作的照片，她一眼就看出两人之间欲盖弥彰的暧昧。她第一次见到在人前那么放松甚至调皮的俞小鲸，也看到裴游一脸柔软纵容的表情，他的目光所及之处便是心上之人。

跟其他俞家人相比，她这个小侄女真是出奇的笨，越是渴望的东西越不敢去争取，还要体贴地装出善解人意的样子，以为“不争”是种美德。

俞沁作为正宗的俞家人，从来不在意他人的目光，想要就去得到，争取就是捷径，如此而已。显然，俞小鲸并不懂，她需要他人的目光来确认自己的存在。

俞沁一直担心俞小鲸会将自己架在名为“有愧于苏遥”的道德高地上，不敢正视自己的渴望，也无法俯下身去接受真正来自过去的羁绊。所以，就算是用脚踹，俞沁也想将她从自以为是的道德高地上踢下去，面对现实。

“当初我觉得能够移植骨髓给苏遥，这种骨血相连的关系会是维系我们一生的羁绊。”

俞小鲸心里清楚，她还是不敢放任自己。

“结果，老天爷只是一时手抖了，安排错了，就把苏遥带走了。姑姑，你说苏遥是我青春里的小感冒，像喷嚏一样打出去就跟我没有关系。可我心里记得，这是个会让我一直感冒的喷嚏，我无法免疫。”

“我用喷嚏做个比喻，你就顺着杆子往上爬了？”见俞小鲸矫情起来，俞沁毫不客气地毒舌，“在我这个医生面前说什么无法免疫，真是笑死人了！小鲸，你是不是觉得我也该反省，反省没有让苏遥多活几年？”

“姑姑……”俞小鲸有点难堪，“我没有怪你的意思，我只是放不下……”

“哼！”俞沁冷哼，打断俞小鲸，“所以这么多年，你持续不断地给苏遥父母匿名汇款，是代替苏遥在尽孝吗？还是彰显你的伟大，或者在为自己赎罪？”

俞小鲸哑口无言，在俞沁面前，她真的毫无秘密可言，被戳到满身的痛点也无法反驳。

“小鲸，你要自我感动到什么时候？”俞沁终于戳破她最自以为是的一面，“苏遥死了，这是不管你做什么都无法改变的现实。”

这话犹如重棒，毫不留情地敲在俞小鲸心上，不是心碎，而是心虚。

俞小鲸不自觉地咬紧发颤的嘴唇，好像被孩子指出“国王的新衣”不存在，无论她怎么包装自己都是笑话。

作壁上观的俞沁看得太清楚了，俞小鲸仿佛跳梁小丑，抱着青春里的小悸动，带着自责的愧疚感，做着自以为是的事，将苏遥埋进她心底的坟，又给自己上了一层又一层的枷锁。

俞小鲸以这样的方式，强调她和苏遥的羁绊，让苏遥成为她最特别的存在。她不过是在害怕，害怕失去这些枷锁，就会忘记曾经被苏遥那样“需要”。曾经她对苏遥那样“重要”，曾经她的存在对苏遥意味着“全部”，就算一切随着苏遥的陨落灰飞烟灭，她也不肯放手，想要抓住这些，证明自己是被“需要”的。

俞小鲸穿着“国王的新衣”，站在俞沁面前，真是太可笑了。

“姑姑。”俞小鲸突然笑了，笑容有点惨淡，“其实，苏遥不需要我，对不对？”

俞小鲸并不是苏遥的救世主，也无法改变苏遥的命运，她只是路过苏遥灿如烟火的生命，见证了他的陨落而已。

“对，他早就不需要你了。”俞沁不给俞小鲸一丝侥幸的安慰，“小鲸，爱你的人因为爱你才需要你，而不是因为需要你才爱你的。所以，真正需要你的人，你看清楚了，抓紧了。”

俞沁看得见她心底的坟，抡起锄头就刨土掘墓，无所顾忌。

俞小鲸捂着胸口，感觉心被挖空了，怅然若失，又无所适从。

苏遥不需要她，也不爱她，她紧抓不放的只是她的自我感动，跟苏遥早就没有关系了。

灯光如昼的城市，看不出深夜的晦暗，不再喧嚣的道路此刻才有夜深时的清冷。

俞小鲸神情恍惚地走出医院，明明只是来送个外卖，剥下小龙虾的壳，她却像被俞沁剥了一层皮似的。夜风吹在裸露的胳膊上，有些凉，她忍不住双手环抱胳膊，轻轻摩擦，驱赶着凉意。然而，心底的凉意，却久久无法散去。

俞小鲸无法否认俞沁的话，并非苏遥需要她，而是她需要苏遥来确认自己是被“需要”的。或许俞沁知道，她的不安全感的根源来自俞家，过于优秀的家人让她在俞家没有存在感，不被期待，也就不被需要了。这么多年，她对苏遥念念不忘，大概不是对他深情不寿，而是怀念被他“需要”的自己。俞沁说得对，她只是自我感动罢了。

俞小鲸自嘲地笑了笑，难怪老天爷会“手抖”，断了她和苏遥的羁绊。

她抬头仰望遥远的夜空，城市的灯火太亮了，已经看不到星星，只有一轮弯弯如钩的新月。新月两头尖尖的小钩，仿佛挑破她心底的荒凉，冷意在她四肢百骸间泛滥。如果说其他俞家人是完美的满月，她就是亏损的残月，学会了用最圆滑的弧面伪装自己，希望被当作满月需要，不希望被发现背后那一大片凹陷的黑暗。没有光，是不被需要的。

俞沁预约的专车来了，俞小鲸跟司机确认了下信息，就上车坐在副驾驶座，系好安全带。俞小鲸抓着安全带，手停在心脏的位置，脑海里还在回响着俞沁那些犀利的话语，心里百味杂陈。

她早该承认自己是不被期待的，也是不被需要的，更不是被爱着的。

手机突然响起微信提示音，打断了俞小鲸凌乱的思绪。打开手机一看，是裴游发来的消息。

“我哭了。”

俞小鲸眨了眨眼睛，确认对话框里的文字，只有“我哭了”三个字，再加一个句号。她实在无法想象高冷的裴游是如何打出这三个字发给她的，没头没尾，像在客观叙述一个状态，可这个状态原本应该是很情绪化的。

为什么哭了？

为什么他会哭？

为什么大半夜哭了要特地告诉她？

……

俞小鲸觉得自己的脑子慢慢地被“为什么”灌满了。

这两天她跟着裴游在鲸展厅给泡沫蓝鲸上漆着色。她负责上底色，裴游进行颜色层次变化和细节修饰完善，两人配合得非常愉快，工作氛围也很和谐。她自认这两天表现不错，应该没有让裴游受委屈到半夜忍不住哭吧？

“怎么了？”

俞小鲸谨慎地回复，难道裴游是想起过去的事，触景伤情了，还是做噩梦了？不过，裴游怎么看都不像是会哭的人，他从小就是一副小大人模样，不是那种“为了喝奶就哭的孩子”。

“刚才切了洋葱。”

俞小鲸傻傻地盯着手机里的回复，无厘头的原因，让人无力又哭笑不得。她好想放下手机，静一静，他在玩什么套路吗？

“你在逗我吗？”大半夜不睡觉，切什么洋葱啊？

“孟烦烦现在在我家，喊饿要吃消夜，他不肯点外卖，非要自己做。”裴游解释，“我怕他把厨房烧了，就拿冰箱里的材料，给他炸洋葱帕可拉。”

“孟烦烦的花样就是多啊。”

俞小鲸想起同样不要点外卖，要她亲自跑腿送外卖的俞沁，任性方面可以跟孟烦烦一较高下了。

“洋葱帕可拉是什么东西？”

“一种炸蔬菜的小吃。”

俞小鲸无语了，只能给他回个表情，请他自行体会。

大半夜做这么重油、高热量的消夜，还煞有其事地跟她说“我哭了”，裴游是被孟烦烦带偏了吗，还是太闲了？

“小鲸，你睡了吗？”裴游又问，“我把你吵醒了吗？”

“没有，我刚离开医院，现在在回家的车上。”

俞小鲸有些疲惫地揉着太阳穴，她还以为裴游出什么事了，原来只是“虚惊一场”。

下一秒，手机响起来。

裴游的电话打过来了，他的声音有点紧张：“你这么晚去医院，哪里不舒服吗？”

“姑姑在医院上夜班，我给她送消夜过来。”俞小鲸吐槽，“也是个不肯直接点外卖的人。”

“现在已经十一点了，最近新闻上总有报道说单身女性深夜打车被骚扰遇害什么的。”裴游顿了下，“小鲸，你可以叫……不，我可以去接你回家。”

手机贴在耳边，耳朵变得热热的，似有暖流随着裴游的话，淌进她的心里，滋润着荒凉的心底。温暖的感觉充盈着胸膛，不久前在四肢百骸间泛滥的冷意，不知不觉都消失了。

裴游对她的在意、担忧、关心，通过语言清晰地传达给她。

她忍不住问：“为什么？”

“太晚了。”裴游的声音很轻，“我不放心。”

“裴游，我不是问这个。”俞小鲸深吸一口气，“我想问你，在半夜，你切洋葱哭了，为什么发消息告诉我？如果我睡了，就看不到了。如果我没睡，我会以为你出什么事。如果真的出事了，直接打电话不是更及时吗？”

俞小鲸不懂，这种没有原因，突然冒出来的“我哭了”的信息，在发给她时，他在想什么，想要表达什么意思？

“我切洋葱的时候，孟烦烦打电话给于潇水，像个小孩子一样炫耀我给他做消夜。”裴游说起他那边的事，“我觉得他很幼稚，鸡毛蒜皮的事都要跟于潇水报告，说话的语气还特别弱智，只差在脑门写上‘我是宝宝’四个字了。”

俞小鲸失笑，她想象得出孟千里讲电话时的样子：“孟烦烦在于潇水面前，真的什么都做得出来。”

“你猜，孟烦烦怎么回我？”

“他乐意？”

“孟烦烦说因为他想于潇水了，想知道她在做什么，也想让她知道他在做什么。最重要的是，两个人唠叨鸡毛蒜皮的事不叫幼稚，而是生活情趣。”裴游无法理解孟千里的逻辑，“他说无论多小的事都想告诉她，也只想告诉她，其实就是想跟她说说话。”

“生活情趣啊。”俞小鲸忽然有点明白了，难怪孟千里甘愿在于潇水面前“伏低做小”，这也是所谓的情趣吧。

“他说得有点道理。”裴游表示认可，“小鲸，我切洋葱，呛出眼泪，这事很小，也很寻常，但那瞬间，我就想让你知道。”

“我现在知道了。”俞小鲸知道裴游是受到孟烦烦的影响，“你下次切洋葱时戴护目镜吧。”

“小鲸，你不知道。”裴游笃定的声音传来，“我想说的其实不是‘我哭了’，而是‘我想你了’，我想跟你说说话。”

仿佛幽暗的夜空有烟花炸开，俞小鲸的眼前似有光亮闪过，一片绚烂。她顿时感觉面红耳赤，浑身也燥热起来。

也许是通话太久手机发热把耳朵脸颊烫红了吧？

也许是裴游清冽却温柔的声音有神奇的力量，能通过电话无形中传递热量给她吧？

俞小鲸紧紧地握着手机，心底的羞赧和躁动不停地叫嚣着。

第一个说喜欢她的人，也是第一个说想她的人……在诉说着对她的喜欢，在表达着对她的想念，似乎在告诉她，他需要她的存在。对她越发坦诚的裴游，不再掩饰对她的在意，让她有点不知所措，没想到他的“糖衣炮弹”威力这么猛。

“小鲸？”裴游见俞小鲸没有回应，低低地唤她的名字，“我这样说，让你不自在了吗？”

“不是。”俞小鲸的脸越发滚烫，“作为师父，这样说，太不正经了。”

“不是作为师父说的，”裴游一本正经地说明，“是作为喜欢你的人说的。”

糖衣炮弹第二波，定点攻击，一击即中。俞小鲸捂着随之震颤的胸口，被击中了，就心动了。

“这样说，太狡猾了。”俞小鲸不自觉地嗔怪，不想再隔着手机被撩，赶紧转移话题，“对了，姑姑帮我预约的是女司机的专车，所以你放心，我已经到小区了，马上就下车。”

“嗯，回家后早点休息。”裴游笑着说，“晚安，明天见。”

“明天见，晚安。”

俞小鲸看着依旧显示通话中的手机，嘴角微微扬起来，裴游在等着她先挂电话呢。

刚刚被俞沁掘墓挖空的心，似乎填进了新的东西，充实而温暖。

第十一章

你还缺女朋友吗

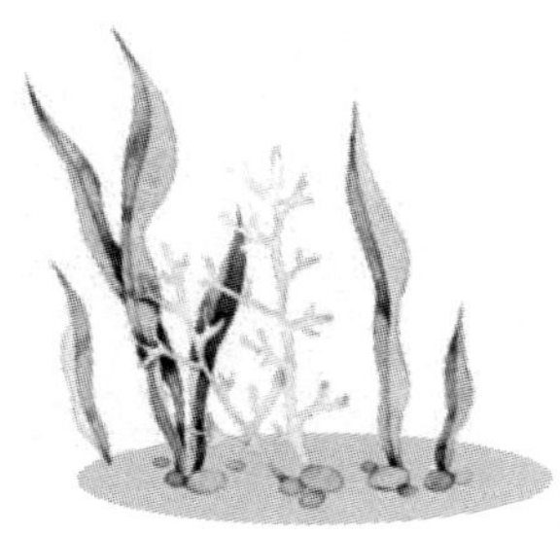

鲸展厅的第一座泡沫鲸雕，也是最大的鲸雕，从最初的选材到最后的上色，历时两个月，终于完工了。白色泡沫鲸雕通过颜色施加的“魔法”，呈现出蓝鲸最真实的模样，这个灰蓝色的海中巨兽，犹如一座狭长宏伟的岛屿，浮现在鲸展厅。

俞小鲸看着裴游按下升降遥控器，蓝鲸雕塑缓缓地上升，悬挂于玻璃穹顶下方，犹如天空之岛，漂浮天地间。她抬头仰望，玻璃穹顶外的蓝天成了海洋，她仿佛置身海底，看见巨鲸遨游在晴空碧海，脑海里隐隐间似有声音——

北冥有鱼，其名为鲲。鲲之大，不知其几千里也；化而为鸟，其名为鹏。鹏之背，不知其几千里也。怒而飞，其翼若垂天之云……

迎着日光，巨兽像在发光，微微垂落的双鳍像张开的翅膀，仿佛随时要振翅高飞。

俞小鲸的目光渐渐迷离，一时竟分不清这是“鲲”还是“鹏”。这只仿佛来自远古神话的巨兽，是通过她和裴游的手创造出来的。思及此，她的心间激荡起阵阵涟漪，一种震撼感和骄傲感难以自抑。

“这不是鲲，也不是鹏。”看着不自觉念起《逍遥游》的俞小鲸，裴游忍俊不禁，“当然，它不是鱼，也不是鸟。”

“是什么？”俞小鲸依然无法移开仰望的目光，“神兽吗？”

“是鲸。”裴游抬手摸摸俞小鲸的脑袋，“不是小鲸，是大鲸，是我们星球有史以来最大的动物蓝鲸，可以说是神兽了。”

“师父，你在歧视小鲸吗？”俞小鲸的注意力终于从蓝鲸转向裴游，她故意挑衅，“小鲸也是鲸，个头小归小，但也是可爱的大鱼儿，你不喜欢吗？”

她这只小鲸可是获得过他的“喜欢”认证的，言犹在耳，怎么可以沦为大鲸的陪衬呢？

“小鲸，你知道我喜不喜欢的。”裴游又揉揉俞小鲸的发顶，即使触碰她依然听不见她的心声，但看着她发亮的眼睛和不服气的表情，他似乎也能“看见”她的心声，明白她此时的想法。他们之间，仿佛生出了某种默契。

“我知道只要是鲸，你都喜欢。”俞小鲸鸡蛋里挑骨头，“不仅是眼前的鲸，还有海里游着的千千万万的鲸。”

“你说的没错。”裴游喜欢在他面前越来越放松的俞小鲸，她好像不再顾忌，也不再掩饰，仗着他的喜欢，越来越会找碴儿，越来越会为所欲为了，“不过，还有一个地方有鲸。”

“在哪里？”俞小鲸想了想，“难道是海洋博物馆里的骨架鲸和标本鲸吗？”

“这里。”裴游指着自己的左胸口，“最可爱的那只鲸，个头小小的，养在心海刚刚好。”

裴游一本正经地看着俞小鲸，脸上带着浅浅的笑意。微扬的嘴角泄露了他的言外之意，仿佛在说，她被他安放在心里，仔细看护，为她遮风挡雨。

海里的鲸不需要停泊的港湾，它们乘风破浪，海天之间自然有它们的归宿；心里的鲸无须漂泊，无惧风雨，翻云覆雨，始终有宽容温暖的天地包容。

与裴游四目相对，俞小鲸的左胸口传来阵阵悸动，她似乎看见了通往他心海的路。

“原来你的心是一片海呀。”被人喜欢，像是被赋予了肆无忌惮的权利，“难怪大鲸小鲸都不放过，真是贪得无厌。”

“大鲸，我所欲也；小鲸，亦我所欲也。”裴游大方承认他的“贪得无厌”，“我觉得大鲸与小鲸是可兼得的，小鲸，你怎么看？”

此小鲸是彼小鲸，彼小鲸也是此小鲸，俞小鲸还能怎么看？

“当然是选择用两只眼睛看了。”俞小鲸见裴游一句两句都不离“小鲸”，越来越会制造糖衣炮弹，她被他撩得心痒痒的，只能硬是把目光转回悬浮着的蓝鲸，说起别的事，“师父，你看，五十二赫兹的爱丽丝来了，和我们在一起，不会再觉得孤独了吧？”

“嗯。”裴游点头，“希望海中的爱丽丝也能如此。”

“那么，师父，接下来我们要给爱丽丝带来哪个同伴呢？”俞小鲸想起裴游画的鲸展厅效果图，最大的蓝鲸已经“赴约”参加“海神的盛宴”，不知道接下来会是谁持着“邀请函”出现？

“我想想正在排队的都有哪些同伴？”裴游煞有其事地点名，“有喜欢挑战传说中的大王乌贼的潜水高手抹香鲸，喜欢路见不平一声吼兼职海上城管的歌唱家座头鲸，喜欢成群结队一路玩一路唱换着花样表演的海上金丝雀白鲸，喜欢优哉游哉地冲破北极冰层慢悠悠地活了几百岁的大胖子弓头鲸，喜欢用长牙互相较量脾气有点暴躁的海洋独角兽一角鲸……”

裴游说起“鲸事”来如数家珍，俞小鲸一听就入迷，大开眼界，忍不住感慨：“原来都是有故事的鲸呀，那个潜水高手抹香鲸我知道，它非常厉害，传说中的龙涎香就是它的排泄物，可以用来做香水，对吧？”

“龙涎香不是抹香鲸的排泄物，而是它消化系统的肠梗阻所产生的分泌物。”裴游稍作纠正，“龙涎香可以做香水的定香剂，也可以当中药。”

“我想起来了，蓝鲸是最大的须鲸，抹香鲸是最大的齿鲸，既然须鲸的老大出场了，齿鲸的大个头也得亮相了。”俞小鲸兴致勃勃地建议，“师父，我们接下来做抹香鲸吧。”

“徒弟，你选择的解题角度不错，爱丽丝的第一个同伴就这么定了。”裴游欣然地接受建议，“不过，今天的工作到此为止，可以提前下班了。”

“师父，我们不应该趁热打铁吗？”俞小鲸迫不及待地想和裴游进行新的鲸雕创作，她好想快点看到“海神的盛宴”开幕，大鲸小鲸纷纷前来共襄盛举的壮大场面让她无比期待。

“你对工作如此热情，我很欣慰。”裴游不得不提醒，“小鲸，你知道今天什么日子吗？”

“星期五，哦，周末了。”俞小鲸热情不减，“师父，为了爱丽丝的同伴，我不介意加班。”

“你呀，放心，今年的孟氏集团总裁特别奖我会帮你申报的。”裴游啼笑皆非地摇头，掏出两张票，塞进她手里，“来，帮你恢复下记忆。”

俞小鲸摊开手一看，是两张电影票，之前孟烦烦给裴游的电影首映票。

“今天是电影《似你非你》的首映。”俞小鲸终于想起来了，“孟烦烦给的福利可不能浪费了。”

“然后呢？”裴游觉得俞小鲸故意忽略了票面上的重要信息。

“然后……”俞小鲸瞥了眼票面特别标注的日期，对上裴游期待的目光，她笑眯眯地歪头，“这位小哥，七夕，约吗？”

裴游莞尔失笑，瞧她一脸的促狭和眼中露出的揶揄之色，他仿佛听见她不加掩饰的心声：中国的情人节，商家不会错过的营销和炒作，暧昧和误会也不会缺席，这种热闹，要不要配合演出？

“约。”裴游乐意之至。

七夕，恰逢周末。这一天，仿佛全世界的情侣都倾巢而出，市中心的道路上车来人往，晚高峰堵车堵得孟万里差点患上“路怒症”。

“哥，我预约到最近火爆的‘红厝 77 号’私厨，今晚我在这里等你，不见不散。”

因为孟千里的一通电话，孟万里只好一下班就驱车前往赴约。

他花了近两个小时的时间，终于到达“红厝77号”。

寸土寸金的市中心，一座充满地方特色的传统红砖房院落，坐落在绿意掩映的湖边。

特殊的日子，特殊的氛围，环顾四周，都是成双成对的客人。孟万里哭笑不得地在孟千里对面坐下：“千里，你约我过七夕，受什么刺激了？”

“这种日子让哥一个人过，有点残忍。”孟千里示意服务员上今日特供的七夕套餐，“小游都知道提前下班和大鱼儿约会，我不能让哥落单。”

“哥谢谢你。”孟万里看着孟千里一本正经地胡说八道，“不过，小游都懂的事，没道理你不懂，坐在我位置的人应该是于潇水吧？”

近来裴游和俞小鲸相处甚好，孟万里倍感欣慰。下午孟万里还收到裴游发来的照片，照片里，他和俞小鲸站在一起，背景是已经完工的蓝鲸雕塑。两人眼角眉梢含着笑，有着藏不住的暧昧，一副青春期小儿女的纯情模样，看得孟万里露出一脸“老母亲的笑”，直感慨吾家孩儿长大了。

虽然都是不让他省心的弟弟，但裴游比孟千里有魄力，一旦有了决心，锁定了目标，就会主动进攻。反观孟千里，跟他长一样的脸却有一颗恋爱脑，看似经验丰富懂套路，实际操作却毫无章法，一直跟碰上了鬼打墙似的，在原地踏步。

“哥……”一提于潇水，孟千里就不好了，他耷拉下脑袋，“大过节的，别在我伤口撒盐了。”

“什么大过节的？”孟万里啼笑皆非，“既然把哥叫来当备胎，看来你很委屈。说吧，她为什么放你鸽子？哥洗耳恭听。”

“她没有放我鸽子。”孟千里讪笑，“我擅自在七夕之夜预约这里，跟她无关。”

服务员送上了七夕套餐：冰镇红酒鹅肝、豆酱焗小青龙、凤梨杧果鳕鱼、黄金百味豆腐……品相都很不错，孟万里尝了块鹅肝，肥而不腻，入口即化；他又品了口红酒，淡淡的酒香很快溢满口腔。

“你想告诉我，你在唱独角戏？”孟万里瞥了眼明显没胃口的孟千里，他的食欲也被影响了。

“她说我们……不可能回到过去，也无法走向未来。”孟千里清楚他和于潇水之间的问题，“哥，你的要求，我做不到。”

让于潇水再次成为孟家人，他无能为力。他以电影投资人的身份靠近于潇水，谈点情说些爱可以，一旦认真起来想要未来，便会被他们之间无法逾越的鸿沟阻碍。

“孟老板，”于潇水刻意提醒他，“人在名利场，我懂陪投资人吃饭逗乐是必要的应酬，但逢场作戏也有规矩，请你不要犯规，我会很为难的。”

孟千里不想为难于潇水，可隐隐中的期待让他无法与她逢场作戏，远观还能克制对她的渴望，一旦靠近就放肆地想拥有了。

“谁也无法回到过去，谁也无法预知未来。”孟万里眉头微皱，“千里，你不是活在过去，也不是活在未来，你就活在当下，你应该把握的是现在。”

“现在……我只能和你过七夕了。”道理孟千里都懂，只是面对于潇水，他心有余而力不足，煎熬和折磨令他倍感挫败。

“千里，我知道你求而不得很痛苦，也知道你放不下更痛苦。”孟万里叹了口气，正色道，“可是，再次靠近于潇水是你决定的，用这样的方式补偿她也是你决定的，我提出的条件同样是你决定接受的。那么，你心里早该有数，更该有觉悟去承受。我允许你偶尔矫情，但你必须去面对，逃避来我这里撒娇，并不能改变现实。”

“现在，就让我逃避下吧。”孟千里不想再听“心灵鸡汤”了，他生硬地转移话题，“哥，你知道吗？小游和大鱼儿晚上去看的电影《似你非你》，就是如歌公司制作发行的。”

如歌公司是于潇水签约的影视公司，也是孟氏集团电影项目的合作公司。

“如歌公司的电影？”孟万里从善如流地配合孟千里的新话题。

“对，《似你非你》的女主角郝如菲就是如歌总裁耿放歌的妻子，所以如歌对这部电影的宣传特别上心，以后这些宣传资源和渠道也会用到于潇水的新电影上。”孟千里已经为他参与投资的电影打起了小算盘，“我之前去如歌签约时，耿总裁给了我两张电影首映票，我给小游和大鱼儿当福利。哥，我这样的助攻不错吧？”

“有点兄友弟恭的样子。”孟万里点头，“我记得郝如菲是金翎电影节影后，出演了不少卖座的电影，有一定的票房号召力。不过，这部电影的故事如何？虽然七夕的档期不错，今天票房也不会差，但如果电影质量不行，没有口碑，后续会崩盘的，宣传成本就浪费了。”

“我看过电影介绍，故事很有意思。”孟千里打开手机，搜索《似你非你》相关信息，向孟总裁报告，“《似你非你》是部为七夕量身打造的奇幻爱情电影，讲的是人工智能工程师夏小鱼以逝去的恋人舒曜为原型，制作出仿真机器人苏遥当替身恋人。苏遥却不甘心当替身，疯狂升级完善人类感情程序，引发了一系列事故，面临被销毁的命运，于是夏小鱼带着苏遥逃离实验室，假装人类一起生活时，她发现了苏遥的秘密，他并非机器人，而是真正的人类。哥，这种反转有趣吧，为什么苏遥会变成人类呢？小游和大鱼儿正在看电影，要不要回头找他们解惑？”

“夏小鱼、舒曜、苏遥……”孟万里拿过孟千里的手机确认，这种巧合让他开始头疼，“千里，你不知道苏遥是谁吗？”

“我一开始觉得苏遥是机器人。”孟千里说，“但故事突然急转弯，我就不知道苏遥是谁了。不过，等小游和大鱼儿看完电影，我就能确定苏遥是谁了。”

“千里，”孟万里揉揉太阳穴，不得不提醒他，“以后你给小游当助攻时，最好先知会我一声，不要轻举妄动。”

“呃？”孟千里一脸茫然，“我做错了什么？”

“你居然不知道苏遥是谁？！”孟万里想起裴游生日时，孟千里还心大到要让裴游和他的父母见面，真是裴游的亲表哥，专门戳裴游的痛点，毫无自知之明。

看着孟万里一脸痛心疾首的表情，孟千里无辜地挠挠后脑勺，完全无法理解哪里出错了。

苏遥是谁很重要吗？

电影字幕上出现“苏遥”两个字时，裴游刹那间有种想掐死孟烦烦的冲动，他太会挑电影了！

俞小鲸却表现得很淡定。她从电影一开始就被吸引了，仿佛对“苏遥”两个字免疫，全身心地投入电影中，都顾不上喝可乐吃爆米花了。

无法忘怀的已故恋人和定制的替身机器人恋人，正如电影的名字《似你非你》——像是你回到身边依然陪着我，却又不是真正的你在陪着我。到最后，我也迷惑了，究竟陪在我身边的人是谁，我眼中看见的人又是谁，我心里住着的人变成了谁？

裴游难以专注于电影，他一直在关注着俞小鲸的表情，十分紧张，心里隐隐有些不安。幽暗之中，只见屏幕反射出的光影在她脸上闪烁，她的面容忽明忽暗，眼眸反映着亮光，专注的表情并无太大的变化。

她在想什么，看到“苏遥”会想起那个人吗？

裴游垂下眼睑，看见俞小鲸垂在腿边的手，就在扶手之下。他鬼使神差地伸出手，慢慢地探过去，想要抓住她，将她的注意力从电影中，甚至把她从可能已经陷进去的回忆里拉回来，让她眼中只有他的存在。

心中的渴望在叫嚣着，名为嫉妒的情绪又涌了上来。裴游伸出去手，又硬生生地放在扶手下。俞小鲸的手近在咫尺，他却踌躇不定。她在专心看电影，他不能由着情绪去影响她，干涉她的心情。

生与死向来是各种创作探索的主题，更是爱情故事长久不衰的表现方式，逝去的人和活着的人，从来就不是对等的存在。

定格的时间仿佛成了厚重的滤镜，逝去的人通过滤镜变成了心中的白月光，变成了胸口的朱砂痣，变成了不再改变的永恒存在；活着的人却要接受时间的审视，慢慢地就成了粘在衣服上的米饭粒，成了涂在墙壁上的蚊子血，随时会变得面目可憎。

裴游一再深呼吸，调整自己一时受刺激的心态。嫉妒与豁达，在一念之间。拥有现在的人是他，拥有未来无限可能的人也是他，患得患失的人不该是他。

裴游循着俞小鲸的目光看去，此苏遥非彼苏遥，不是她的逆鳞，也不该是他的心魔。

裴游的手缓缓地往回收，却突然被按住了。他惊讶地转头望向俞小鲸，她仍旧面不改色，目不转睛地看着电影，只是若无其事地翻过他的手，握住。裴游的心脏“扑通扑通”地狂跳起来，肾上腺素瞬间飙升，脸颊迅速地发烫。

直到电影结束，周围的观众带着各种感慨和思绪陆续散去，俞小鲸仍然握着裴游的手。她安静地坐在座位上，专注的目光仍然停留在屏幕上，似乎在向滚动着的工作人员名字致敬。

电影播放结束，影院内的灯光全部亮起来。裴游的掌心全是汗，但他舍不得松开手，俞小鲸没说什么，直接拉着他走出影院。

电影院外的商业广场，有音乐喷泉在舞动着，有装饰灯搭建的鹊桥在进行着“鹊桥相会”的活动，一对对参与的情侣，热情高涨，场面颇为热闹。

“我们在这里看看吧。”走到广场边的长椅，俞小鲸建议坐下休息，借着七夕的灯光，看看鹊桥的风光。

“好。”裴游一手牵着俞小鲸的手，一手抱着从影院里带出来的可乐和爆米花，有些不方便。

俞小鲸主动松开手，接过他手中的可乐，笑着说：“终于有空喝可乐吃爆米花了。”

“嗯。”裴游盯着汗湿的手，空荡荡的，夜风吹过有些凉，他心里生出了点失落，看向淡定依旧的俞小鲸，忍不住说，“那个，手……”

“看了场不错的电影。”俞小鲸喝着可乐，打断他的话，“像做梦似的。”

“怎么说？”裴游握了握蠢蠢欲动的手，“电影不真实吗？”

“我一开始是当科幻电影看的，实在好奇人工智能机器人有多仿真。”俞小鲸感慨，“结果竟是个假的机器人，看了场假的科幻电影，原来一切都是镜花水月，迷失其中的人太可悲了。”

俞小鲸很喜欢演员郝如菲，电影一开场就被她扮演的人工智能工程师夏小鱼吸引了。夏小鱼智商够高，思维够理性，信念够坚定，才能遵循心中所想，制造出她想要的机器人，祭奠逝去的恋人，当其是替身来陪伴她，维系她和过去的羁绊。

俞小鲸真的很佩服夏小鱼能够如此掌控自己的人生，然而剧情突然反转，机器人其实是真正的人类，只是配合夏小鱼的需要扮演机器人而已。因为夏小鱼病了，她无法接受自己爱上舒曜以外的人，认为爱上同一实验室的苏遥是一种背叛，硬是将自己逼出病来。她幻想苏遥只是舒曜的替身机器人，不断地自我洗脑，自欺欺人，说服自己从未背叛逝去的人。

俞小鲸看得越投入，就越觉得夏小鱼可悲。她不敢承认爱上苏遥，只敢催眠自己，将苏遥当替身，才敢和苏遥在一起。这样做，不管对舒曜，还是苏遥，都是一种伤害。

逝去的人和活着的人，谁更重要，这不是一目了然的问题吗，还需要选择？

俞小鲸被自己潜意识里的答案惊到了。站在旁观者的位置，她瞬间发现了夏小鱼的问题，就像俞沁闭眼都能指出她的毛病一样。原来人都是这样做着蠢事而不自知。

当时俞小鲸意识到裴游的手在伸向她，却停住了，想要退缩。她的手突然有了自己的意识，果断按住裴游的手，握住了，仿佛在向电影里的夏小鱼挑衅，逃避这种蠢事，现在的她不想做了。

“你说迷失的人是谁？”

不管是男主还是女主，在裴游看来，都是为了爱的人迷失自我，甚至为了成全对方牺牲自我。他并不觉得他们可悲，而是觉得他们可怜。

“夏小鱼，”俞小鲸借用俞沁的话说，“她做的一切只是自我满足，沉湎过去的人，又在现在迷失了，根本看不到未来，真是太可悲了。”更可悲的是，俞小鲸在夏小鱼身上看见了自己。她终于体会到俞沁“怒其不争”的心情，她不想画地为牢，再沉湎于过去，变得更可悲。

“可是，她最后清醒了。”裴游想起最后的镜头，夏小鱼抱着苏遥号啕大哭，犹如初生的婴孩，啼哭着宣告着她的重生。

“裴游，”俞小鲸突然放下可乐，直视他，正色道，“现实不是电影，迷失的人可能根本不知道自己迷失了，会一直活在自己的幻想中。”

“只要有人愿意陪她演戏，我觉得没关系。”裴游似乎捕捉到俞小鲸话中的深意，“小鲸，每个人心里都有一个世界，也许那才是最真实的世界。沉湎其中，在外人看来可能是迷失，对本人来说，或许是归属。”

他听得见真实的内心世界，才选择跟人保持距离，因为眼见的世界是最虚幻的。

“内心的世界才是真实的吗？”俞小鲸若有所思，“那么，你告诉我，当电影中出现苏遥的名字时，你的内心世界受到影响了吗？”

“呃？”裴游很意外她会这样提起苏遥。

“这是个意外，也是个巧合。”俞小鲸定定地看着他，“裴游，你介意吗？”

以前，俞小鲸心里藏着座苏遥的坟，是她无法触碰的伤口，所以她才对苏遥的事反应特别敏感，介意裴游说起苏遥。然而，当她给了裴游资格，他却不再过问苏遥的事，好像变成她心底坟的守墓人似的。

今天，看着电影中男主苏遥的做法，俞小鲸忽然明白裴游为何会回避苏遥的存在，陪她一起将苏遥当成不可言说的秘密。他在意她的感受，不愿意让她为难，更舍不得她因此受伤。

“小鲸，”裴游轻轻地握住俞小鲸的手，“我不是介意，我是害怕，害怕你会看不见我。”

在过去漫长的岁月中，即使同处在一个空间，他们都没有看见彼此。彼此背着身，沿着弧线去经历各不同的人生际遇，直到双弧合拢成圆，他们才得以遇见。

当俞小鲸安静地看着来自海洋巨兽的骨架，他的声音闯进她的世界，她看见他的到来，有点莽撞、有点慌乱，但很坚定地表示，要在他的世界占有一席之地。

“裴游，”俞小鲸现在的眼中有他，“今天是七夕，我们把程序走了吧。”

俞小鲸看见裴游向她走来，也听见他说喜欢她，一直都能感受到他就在身边，手把手带她进入他的世界，已经足够了。她仗着他的喜欢为所欲为，一边享受暧昧的悸动，一边令他患得患失，实在太狡猾了。

“什么程序？”裴游一时把握不住俞小鲸跳跃的话题。

“裴先生，”俞小鲸一本正经地问他，“你还缺女朋友吗？”

“缺女朋友，”裴游终于明白俞小鲸的意思，握紧她的手不放，“更缺你。”

“来。”俞小鲸笑眯眯地看着他，“我们确认下眼神，走完程序。”

“嗯。”四目相对，裴游笑了，“确认过眼神，是我的女朋友。”

七夕确实是恋人的节日，从此刻起，也是他们的节日。

第一次有女朋友，是一种怎样的体验呢？

看了场七夕的电影，收获一枚女朋友的裴游，终于可以光明正大地开车送女朋友回家了。一想到彼此的身份发生了变化，有了新的羁绊，他的嘴角就无法控制地上扬。

当然，开着车的裴游也无法控制自己的眼睛不去看坐在副驾驶座的女朋友。在等候红灯时，换挡的手控制不住地越过去，握住俞小鲸的手，掌心的充实感让他胸口胀胀的，有种特别的满足感。裴游握着她的手，听不见她的心声，但感受得到她的温度。俞小鲸的手像是在为他发热，令他的眼睛弯了弯，笑意在眼角眉梢荡漾开。夜空上的弯月和亮星闪闪发光，都不及他的笑靥耀眼。

裴游的心情十分愉悦，笑靥中还带着蜜意，仿佛空气都跟着变甜了。深吸一口气，俞小鲸感觉有甜意从鼻端钻进了口腔，一路甜到心间，呼出来的气，似乎也染上了糖分，空气变得更甜了。原来和恋人同处一个空间，浑身都感觉到惬意。

俞小鲸想笑，又莫名地感到羞赧，有点情不自禁地看向裴游。冷峻清冽的面容似乎被他情不自禁的笑意融化了，在摩纳哥初见时的冷漠阴郁的气息早已消失殆尽，取而代之的是仿佛海纳百川的包容和温柔。在裴游面前，俞小鲸是被纵容的存在，她终于不再害怕，敢去“要”了。

“司机先生，”俞小鲸清清嗓子，郑重其事道，“我希望你注意表情管理，不然对乘客来说，太危险了。”

“乘客小姐，”裴游瞥了眼俞小鲸，她认真的模样很可爱，“怎么危险了？”

“你笑得太开心，开车就会不专心。”俞小鲸提起被他握住的手，“你看，挂挡的手都放错地方了。”

“嗯，你说的有道理。”绿灯亮了，裴游非常配合地收回手去挂挡，自动挡起步后就无须换挡，他的手又越过去，再次握住她的手，嘴角依然开心地翘起。

“司机先生，看来你很喜欢在危险的边缘试探。”俞小鲸好笑地看着裴游舍不得放开的手，“这是犯规，我要报警了。”

“乘客小姐，不可以报警。”裴游声音中充满了愉悦的笑意，“但是，你可以抱我。”

心弦在瞬间被撩到了，俞小鲸又听见心动的声音。原来变成男朋友的裴游，嘴巴会这么甜，她喜欢。

“司机先生，很遗憾，行车中不可以抱你。”俞小鲸绷不住了，笑容满面，翻过手，与他十指相扣，“就这样吧，我不报警了。”

十指密密实实地交缠在一起，像是两人之间亲密得没了缝隙。合掌间不断升高的温度，源源不断地传来，渗入裴游的心，是温暖，并非他从小排斥的来自他人内心的躁动，而是深海的静谧。

二十五年来，裴游第一次体会到所谓的归属感，仿佛他所有的寻觅，都是为了来到此处。

十二年前，裴游被孟万里接到孟家开始新的生活。虽然是他选择了向孟万里求救，也得到了孟万里的帮助，然而，孟万里和孟家对他来说都是陌生的，维系他们的只有身体中那一点相似的血液。血缘关系是天生注定的，无法选择，也无法摆脱。

“小游，裴家不是你的归宿，我也不确定孟家能否成为你的归宿。”孟万里看得出他的迷茫，“但我可以保证，我所在的孟家会是你的避风港，我会是你信赖依靠的家人。”

“什么是归宿？”当时裴游问孟万里，“回归的地方吗？从哪里来到哪里去吗？”

“小游，终其一生，人追求的是心灵的平静。”刚满十八岁的孟万里，有着超越他年龄的成熟和通透，“有的人追求财富，有的人追求名望，有的人追求极乐，有的人追求自由，有的人追求伴侣……不同的追求会满足不同的内心欲望，欲望得到安抚，内心不再躁动，心灵变得平静，那人就有了归宿。”

“我还是不懂什么是归宿。”

孟万里的说法太抽象，十三岁的裴游刚被带出精神病院，无法理解，只知道他跟人接触，就会听到各种躁动，心灵永远不会平静。

“让你愿意停留并且不想离开的地方，或者人，或者物。”孟万里说，“小游，人生还很长，未来充满无限可能，有一天当你产生了归属感，你就会知道什么是归宿。”

所以，当裴游迷恋上海中的鲸，孟万里让他漂洋过海去追逐；当他被俞小鲸吸引，孟万里就鼓励他去靠近。直到现在，他与俞小鲸十指相扣，他的手被她紧紧地抓住，没有束缚，没有躁动，让他如此愉悦。裴游忽然觉得天地之大，这方寸之间，就足够他安身立命了。

第一个让他没有碰触就感觉到恐慌的人，也是第一个让他碰触后感觉平静的人。

这样的她，会是他的归宿吗，他也能成为她的归宿吗？

思及此，裴游忽然一阵心慌，不由得握紧俞小鲸的手。

手机铃声突然响起来。

俞小鲸示意裴游放手，他反而握得更紧，摆明不想松手。她摇头失笑，单手从包里取出手机一看，有些意外，是于潇水的来电。

“大鱼儿，”一接通，手机那头就传来于潇水有气无力的声音，“救我。”

“于潇水，你怎么了？”俞小鲸紧张起来，“你在哪里？”

裴游见状，紧急靠边停车。

“在家里。”于潇水的意识似乎很清楚，“我受伤了。”

“告诉我你家的地址，我马上过去。”俞小鲸打开免提，裴游也能听见。

于潇水报了家庭地址，请求道：“不要告诉孟千里，我不想让他看到我现在的样子。”

俞小鲸有点为难地看向裴游，于潇水的事即使不告诉孟千里，也得知会下孟万里，但听到于潇水的声音，能感觉到她现在的状态非常不对，现在不宜刺激她。

“我陪你去。”裴游当即决定，启动车，调头就往于潇水家开，“我们先见到于潇水，再考虑是否告诉表哥他们。”

大概因为于潇水向俞小鲸展示了过去的伤口，就将她当成可以信任的人，所以才会向她“求救”，俞小鲸自然要慎重对待。

晚上十一点多，俞小鲸在裴游的陪同下来到于潇水家，用于潇水给的电子密码开了门。进门后，目光所及之处的情景有些骇人。

地上有很多摔碎的碗碟，于潇水置身其中，她周围都是碎瓷片，握着手机的手有很多血，身上穿着的白色真丝家居裙上，也浸染了一片片的红色，触目惊心。

于潇水仿佛灵魂出窍，呆呆地坐在地上。听到声音，她的目光慢慢地聚焦到俞小鲸身上，突然“呵呵”地笑起来：“大鱼儿，你来啦，哦，还有你啊。”

她的目光扫过裴游，又无力地垂下眼睑。

“你这是在做什么？”俞小鲸傻眼了，赶紧上前查看，发现于潇水的手并没有受伤，而是大腿上的几个伤口在流血，看样子，像是故意划伤的。

裴游没有说什么，直接去屋里找急救箱。

“我这里痛。”于潇水指着心口，“我还没有受够惩罚，怎么敢妄想幸福呢？”

“你什么都不要说了，我们先处理伤口吧。”听到“惩罚”二字，俞小鲸瞬间明白这些还在流血的伤口都不是意外，而是她缓解心痛的方式。

“我们需要去医院。”裴游找来了急救箱，但里面没有足够清理伤口的药品。

“不行！”于潇水忽然清醒过来，“我是个女演员。”

俞小鲸和裴游面面相觑。七夕之夜，女演员带着奇怪的伤就诊，估计会空降微博热搜榜首，成为明天的娱乐头条。

但这些伤不能放着不管，不然可能会感染、发炎，会让于潇水依赖上这种疼痛的。

俞小鲸打开手机联系人，拨通了俞沁的号码。

第十二章

抱抱你的女朋友

俞小鲸和裴游安静地待在一旁，看着俞沁给于潇水处理伤口。

“七夕之夜，两女一男，同处一室，还玩出血了。”俞沁瞥了眼大半夜求她出外诊的人，“小鲸，长出息了啊。”

“姑姑，我们没有在玩。”俞小鲸当然看得出俞沁现在的心情很糟糕，她刚完成一台大型手术，还来不及休息，就被侄女叫出来秘密外诊，“她是我的朋友，意外受伤而已。”

“意外吗？”俞沁正在给于潇水大腿上的划伤做清创，“确实意外，划出这样一排整齐伤口的碎瓷片，看来是成精了，建议它下次往手腕处划吧。”

闻言，于潇水的目光落在了左手腕上，俞小鲸看得心里有点发毛，恳求俞沁：“姑姑，你快包扎吧，不要在意这种细节了。”

“嗯哼。”

俞沁冷哼，她认得出于潇水，也知道陪在俞小鲸身边的男人是谁。既然不是狗血的三角恋，她也就没再说什么废话，动作利落地处理伤口，该缝合的缝合，该包扎的包扎。

十几分钟后，俞沁处理好伤口，交代了相关的注意事项，掏出名片递给一直沉默的于潇水，建议她：“只要报上我的名字，不用挂号就能让我们医院最优秀的精神科医生陪你聊聊，欢迎光临。”

“姑姑。”

俞小鲸偷偷扯了扯俞沁的衣袖，怕她的话刺激到于潇水。作为医生的俞沁自然看得出于潇水的精神状态不佳，但这样明示她有精神病就过分了。

于潇水默然地接过名片，向俞沁颔首，表示感谢。

“至于你……”俞沁终于把注意力转向裴游，“大半夜的，你一个大男人在这里做什么？”

“姑姑，他是和我……”

俞小鲸见俞沁一副要找碴儿的样子，赶紧解释，被她一记斜眼打断。

“小鲸，没问你，别开口。”俞沁若有所思地盯着裴游，“我家小侄女有点笨，不懂得拒绝，很容易被人利用的。”

俞小鲸尴尬地冲着裴游笑了笑，男朋友刚刚上任，还来不及向他说明俞家她最不敢反抗的人就是俞沁。

“您好，我叫裴游，鲸鲸海洋馆的动物雕塑师。”被点名应对的裴游，感觉到俞小鲸的为难，主动自我介绍，“我出现在这里，因为我是小鲸的男朋友，我想陪着她。”

俞小鲸的脸颊倏地一红，对上俞沁了然的眼神，只觉得双颊烧得更厉害了。

“哦，我家笨侄女的男朋友。”俞沁意味深长地朝俞小鲸挑了下眉，然后向裴游伸出手，“我是你女朋友的姑姑俞沁，梅利综合医院血液科主任医师。当然，不欢迎你光临。”

裴游垂眸看着俞沁伸过来的手，有点犹豫，但还是礼貌地与她握手，瞬间就听见了她的心声。

——小鲸终于不跟“喷嚏”纠缠了，懂得与“癌症”相亲相爱，傻子开窍了，真是可喜可贺。

裴游感觉得到俞沁的心声是雀跃的，却无法理解她的心声是什么意思，他只能若无其事地收回手，礼貌地打招呼：“俞姑姑……”

“别，别急着叫我姑姑。”俞沁抬手喊停，“你和小鲸交往这事，我现在是反对的。”

“呃？”

俞小鲸傻眼，不懂俞沁在唱哪出戏，裴游也尴尬地顿住了。

“姑姑，你在说什么？”

“表明我的立场。”俞沁收起急诊箱，没有理会俞小鲸的满头雾水，“私人出诊，记得把医疗费打到我账上，没事别再找我。”

说完，俞沁就背着急诊箱离开了于潇水家，留下俞小鲸和裴游面面相觑。

“你姑姑……”裴游有点紧张地开口，“小鲸，你会听她的吗？”

俞小鲸看着裴游的眉头皱起来，他很在意俞沁的态度。俞小鲸也很在意。俞沁调查过孟万里，因此也知道了裴游的事，之前明明用“喷嚏和癌症”给她洗脑，怂恿她“抓紧”裴游，说那是“冥冥之中的缘分”，怎么见到裴游反而给他下马威呢？

“姑姑表明她的立场，我尊重她。”俞小鲸想了想，又强调，“但我也有我的立场，我的选择并不是心血来潮决定的，我知道自己在做什么。”

“我……不是你心血来潮的选择？”俞小鲸认真的表情就是答案，裴游却还是想亲自确认，“是吗？”

“不是心血来潮，是心潮澎湃。”俞小鲸好笑地看着患得患失的裴游，“这个答案，裴先生，满意吗？”

“心满意足。”裴游抬手摸摸俞小鲸的头，她心口如一的表现，令他心花怒放。

“大鱼儿，我还在呢。”看着旁若无人秀起恩爱的俞小鲸和裴游，于潇水不得不出声刷存在感。于潇水是向俞小鲸求助的，并不是让她来喂狗粮的。

“于潇水……”俞小鲸尴尬地讪笑，眼神示意裴游正经点，“你现在感觉怎么样了？”

“我……”于潇水瞥了眼裴游，想起之前和裴游的不对付，有口难开。

“地上还有碎瓷片，我去收拾干净。”裴游向俞小鲸颔首示意，他并不想干涉她们的谈话，就自觉找事做去。

“抱歉，打扰你们约会了。”于潇水缩起腿，整个人疲惫地陷在沙发里。

“大半夜接到你的电话，吓了我一跳。”俞小鲸在于潇水旁边坐下，注意着她腿上刚刚包扎好的伤口，“但是能够这样被你信任，是我的荣幸，所以没关系，不用道歉。”

“现在的你，和以前很不一样，因为他吧。”俞小鲸作为孟千里的小女友时，总是一副对孟千里忍无可忍又不得不忍耐的样子，于潇水那时才看她不顺眼，因为根本感觉不到她对孟千里的爱。所以，第一次偶遇她和裴游在一起时，于潇水忍不住就想扒掉她清新白莲花的伪装。

“嗯。”俞小鲸的目光望向裴游，他在各个角落仔细地确认有无碎瓷片遗落，“在他面前，我可以任性地做自己，能被完全包容，感觉特别放松。”

“孟家男人都很护短，他也不例外，虽然他姓裴。”于潇水听孟千里说过一些裴游的事，“有时就是太护短了，才让人受不了。”

“所以，你今天受不了了？”俞小鲸小心翼翼地问。作为旁观者，孟千里对于潇水的感情，她看得很清楚，就算离婚了，于潇水对他来说还是必须护着的自己人。

“七夕是牛郎织女一年一会的日子，孟千里说我们分开五年了，也该重新会一会。”折腾过后的于潇水，终于能平静地说起事来，“他约我过七夕，他想要我重新成为他的家人，但是，我拒绝了。”

“还是因为孩子吗？”于潇水这么痛苦，孟千里那边也不好过。

“我不是个称职的母亲，也不是个合格的妻子。”于潇水露出一个苦笑，“他值得更好的，没必要跟我在一起互相折磨，我早就没有幸福的资格了。”

“你真的想要他和别人在一起吗？”俞小鲸看见她的手攥起来，

微微颤抖着，“你知道的，孟千里不可能和别人在一起，他也没办法和别人在一起。而你也一样，根本无法和其他人在一起，你们在一起并不是互相折磨，你们是互相需要的。”

“我不值得。”于潇水红了眼眶，泪水慢慢地涌出来，“我没有保护好我们的孩子，作为母亲，我是不能被原谅的。”

俞小鲸只能抱住于潇水，轻轻地拍抚着她的背，她无法消除她的痛苦，只能安慰说：“那是意外，不是你的错，谁也不能怪你。”

“我希望他们怪我，责骂我……”于潇水抽泣着说，“不要再对我好了，不要再管我了。我让所有孟家人都不好过，我不应该被温柔对待的。”

这样妄自菲薄的于潇水，让俞小鲸心疼，但她也无法顺于潇水的意去“责骂”她，只能抱着她，让她哭个够，将心底的压抑都发泄出来。有时候，万人唾骂反而是种解脱，自我折磨却成了泥沼，只会越陷越深。是不是直至被污泥吞噬，毁了自己，她才会忘记痛苦？

折腾了大半夜，于潇水终于哭累睡着了。俞小鲸无法独自将于潇水弄上床，只好向裴游求助，让他将于潇水抱到床上。

“就让她在沙发上睡一晚吧。”裴游双手环抱在胸前，居高临下地看着沙发上窝在俞小鲸怀里睡着的于潇水，她的眼睛肿肿的，脸上还有泪渍。

“她腿上有伤，在沙发上伸展不开会蹭到伤口，而且明天醒来全身也会痛的。”俞小鲸就事论事，“我想今晚留下来照顾她。”

“我觉得让孟烦烦过来照顾她，是最好的选择。”裴游皱起眉头，小女友对于潇水太上心了。

“不行。”俞小鲸摇头，“你也知道，于潇水不想让孟烦烦见到她现在的样子，不能再刺激她了。”

“她是孟烦烦的人。”裴游脸上出现抗拒的表情，“我不想抱女朋友以外的人。”

“呃？”裴游打算袖手旁观的理由让俞小鲸啼笑皆非，“特殊情况，特殊处理，我不会介意的。”

“我希望你介意一点。”裴游有点委屈地瞪她，“就算你是第一天当我女朋友，也不能这么大方吧？”

“你……在吃醋？”他的抱怨让俞小鲸目瞪口呆，这醋吃得太莫名其妙了吧？

“不行吗？”两人定情的时光被于潇水打断，裴游本来心情就不好，“我都没抱过自己的女朋友，就要先抱别人的女朋友，这像话吗？”

一本正经地抱怨着的裴游，让俞小鲸越看越觉得可爱。她敬仰的动物雕塑师 Orca 一变成男朋友，怎么幼稚得这么可爱呢？

俞小鲸放开于潇水，从沙发上起身，向他张开双臂，忍住笑，大方道：“那么，来吧，就先抱抱你的女朋友吧！”

所谓欲取之，必先予之，这样裴游就没有借口“作壁上观”了吧？

裴游定定地看着向他敞开怀抱的俞小鲸，她眼中带笑，好像在安抚别扭的孩子，又像在包容他的小情绪。

“嗯。”

裴游缓缓地上前，伸出手抱住俞小鲸，低头埋在她的颈窝，无法告诉她不愿意“抱”于潇水的真正原因，只想在她的“抱抱”中汲取能量。

人在清醒和沉睡时，对心声的掌控力是截然不同的。清醒的人会有意识地控制自己的内心，伪装它的存在，不会放任心声随意涌动。而沉睡的人仿佛对外界失去了防备，内心的声音不需要再伪装，是自由而放纵的存在。心声会化成具体的形象以梦境呈现，在睡梦中喧嚣，在潜意识里狂轰滥炸。

裴游听过沉睡之人的心声，见识到赤裸裸的人性阴暗，没有掩饰的私心和恶意，挡也挡不住。这种经历，一次就足以令他却步。

此刻，裴游抱着俞小鲸，仿佛潜入深海，内心感受到的只有平静和安静，无须担心会受到“赤裸心声”的攻击。

“抱着你的女朋友，满意了吗？”俞小鲸像给炸毛的小猫顺毛似的，轻抚着裴游的背，语气中带着揶揄。

“想一直抱着，不要放开。”裴游双手环在她背后，“小鲸，我不会靠近别的女人，也不想靠近别的女人。”

“原来我的男朋友这么爱撒娇呀。”这样诉衷情表忠诚的裴游，令俞小鲸动容。他仿佛不愿意让她有一丝丝的不安，迫不及待地给她保证和承诺。

“你讨厌吗？”裴游在她耳边问。

“当然不讨厌。”俞小鲸笑了笑，“如果是只对我撒娇的男朋友。”

“嗯。”裴游轻轻地应声，一再深呼吸，做好心理建设才放开她，“只此一次，小鲸，以后不可以再让我碰其他女人了。”

“好，下不为例。”俞小鲸想到裴游本来就习惯跟人保持距离，这样让他跟人直接发生肢体接触，确实是为难他了。俞小鲸也不乐意男朋友碰触其他女人，不过因为是于潇水，她才不介意的。

裴游站在沙发前，手握紧了再松开，重复了两三次，才弯下身抱起于潇水，前往她的卧室。

短短的一段路，裴游像踩着随时都会崩塌的冰面在前进。

于潇水的内心是一片断壁残垣，毫无生机，充满了荒凉和绝望。呼呼作响的冷风便是她的心声，在梦境中化作风刃，将心割得支离破碎，鲜血淋淋。

呼啸的风声中，还有个泣血的声音在呼唤：“小长安，你在哪里？

对不起，小长安……对不起……”

失去后再也不得安宁的痛苦，直接而尖锐地传递给裴游。他承受不住于潇水崩塌的内心，将她抱到床上放下后，整个人仿佛虚脱了。他自动退后好几步，远离于潇水。

俞小鲸给于潇水调整睡姿，安顿好了她，回头却见裴游一副筋疲力尽的模样，脸色还有点发白。

“裴游，你还好吧？”俞小鲸感觉到了不对劲，“于潇水很重，让你很吃力吗？”

“小鲸，”裴游疲惫地靠在她身上，埋首在她颈窝，“嗯，她太重了。”

于潇水的心声太沉重了，她崩塌的内心世界，仿佛是能吞噬一切的荒芜，他需要抱紧俞小鲸来恢复元气。

听着裴游委屈的声音，俞小鲸瞥了眼沉睡的于潇水，笑着提醒：“嘘，小声点，别让她听见了。”

第一次有男朋友是什么感觉呢？好像有了守护者，好像又变成了守护者。原来她的男朋友这么爱撒娇，而她也喜欢被他这样撒娇、依赖。

清晨七点多，孟万里一边喝着咖啡，一边跟远在美国的父母视频，聊到裴游终于开窍懂得追女孩子时，裴游就来家里了。裴游跟视频里的舅舅、舅妈打过招呼后，孟万里就结束了视频聊天。

“小游，看你的样子好像没睡好，怎么一大早就来这里？”

孟万里示意家政阿姨再做一份早餐，裴游表示给他一杯咖啡就好。

“我确实没有睡好，千里表哥还在睡吗？”裴游揉揉太阳穴，眼中有红血丝，一想到俞小鲸还被于潇水“霸占”着，不知道还会怎么折腾，他就睡意全无。

依于潇水的心理状态，她那么信赖俞小鲸，以后“需要”俞小鲸的时候会越来越多。而俞小鲸显然也很享受于潇水对她的“依赖”。以前俞小鲸就习惯顺着于潇水，现在两人的关系变好了，于潇水因孩子的事对俞小鲸只会更加予取予求。

裴游想不到，他刚刚谈起恋爱，于潇水竟然变成了最大的障碍。他直觉认为不能让于潇水太过依赖俞小鲸，更不能让她成为他和俞小鲸之间的“第三者”。

“昨晚他喝得有点多，一时半会儿是起不来的。”孟万里试探性地问，“对了，听说昨晚你和小俞去看电影了，电影好看吗？”

“大哥应该知道电影票是千里表哥给的，也知道电影好不好看吧？”裴游从不怀疑孟万里的无所不知，哼道，“千里表哥真的太会挑电影了。”

“千里就是心大。”孟万里无奈地摇头，“又让你困扰了？”

“困扰倒没有。”裴游喝了口咖啡，眼睛亮了起来，“我反而要感谢他给了这个契机，让我和小鲸正式确定关系，开始交往了。”

“原来是一大早来跟我报喜的，小游，做得好。”孟万里比起大拇指，“千里要是有你这等效率，我就能少操点心了。”

“大哥，你还要操心，不能停的。”裴游又哼了声，“小鲸现在还在于潇水家里呢。”

“怎么回事？”孟万里瞬间严肃起来，“于潇水有状况？”

虽然于潇水不想让孟千里知道，但裴游认为有必要向一家之主的孟万里报备，就详细地说明了昨晚的情况。

“我来之前联系过小鲸，她说于潇水的状态不是很好，已经跟经纪人请假休息一天了。”

因为是周末不用上班，俞小鲸就继续留在于潇水家，裴游只能等她召唤时再去接她。于潇水如此依赖俞小鲸，就像在跟他抢人，裴游越想越不乐意。如果不解决于潇水和孟千里的事情，俞小鲸时不时地便会被于潇水叫去作陪。

“昨晚千里也不好过。”孟万里轻叹口气，“我希望他们两人能破镜重圆，可是他们现在依然无法克服心结，只怕还要折腾许久。”

“我没有耐心，不想再让小鲸围着他们转了。”裴游觉得孟万里太纵容他们了，“大哥，该置之死地而后生时，就不能心软。”

“看来多等一天都不行啊。”裴游对俞小鲸的占有欲强得让孟万里大开眼界，“你想让他们怎么置之死地而后生？”

“你知道千里内心真实的想法吗？”五年多了，不管怎样也该面对现实了。

“他想和于潇水在一起，想做一切来补偿于潇水。”孟万里觉得孟千里心里只有于潇水，也因此迷失了自己，“他太爱于潇水了。”

“看起来是这样的。”裴游顿了下，才说，“大哥，我听见了于潇水真正的心声，在她沉睡之时，毫无防备的真实想法。”

“一定是非常痛苦的。”孟万里有点心疼，“她还是无法对孩子释怀吗？”

“大哥，无论发生什么事，你都认定于潇水是孟家人吗？”裴游反问，“就算她不和千里在一起，你也当她是孟家人吗？”

“于潇水是孤儿，从小在孤儿院长大。她一直靠自己，努力争取立足之地，直到遇见千里，她才有了依靠，却也受到更大的伤害。”孟万里很欣赏于潇水没有被生活打垮的韧劲，认同她的品性，才会接纳她，“孟家是她成年后选择的归宿，我希望她的选择没有错，也希望她能成为真正的孟家人。”

“即使你知道她算计了千里表哥？”裴游再次确认大哥的态度。

“你都听见了？”孟万里眉头微皱，对裴游的特殊能力不得不刮目相看。

“于潇水是孤儿，极度渴望有个家。她清楚自己的出身很难被孟家接受，所以才故意怀孕，借此跟千里表哥结婚。”裴游平静地说出他听见的东西，“她认为自己利用孩子算计了孟家，她不是因为爱孩子才将小长安带到世上，小长安的到来不是意外，所以失去也不是意外，是她的现世报。她觉得自己存着自私之心，不值得被原谅，不应该得到幸福，不能与千里表哥在一起就是对她的惩罚。她不能忘记小长安重新开始自己的生活，她活着就得承受痛苦才行。她心里这样想，所以千里表哥对她越好，孟家对她越包容，她就越无法原谅自己，必须通过伤害自己来平衡心理。”

沉睡之人太脆弱，不仅失去对外界的防备，连自己的内心都会失守，甚至轻而易举地被梦魇绑架，不得不面对自己的阴暗和恐惧。裴游听见于潇水痛苦不堪的心声，像是窥见她自我折磨的内心世界，看着她如何给自己的心套上层层枷锁，不允许自己得到解脱。

“所谓‘算计’不过是彼此心照不宣的秘密，意外是最美妙的解释。”孟万里早就看透，但不曾说破，“我欣赏的是她想成为孟家人的决心和魄力，并为之付出的努力，她的所作所为并非为了伤害孟家人，这就足够了。”

“所以，她是自己人？”

“当然，既然我当初接纳于潇水成为家人，她是孟家人这件事，就永远不会改变。”孟万里十分笃定，“我以为孟家给了她太多的痛苦，才建议她和千里离婚的，暂时分开冷静一下，但她始终都是自己人。我只是没想到她将这些当成惩罚，如此苛责自己，这心结……要怎样解开呢？”

“大哥，我想听听千里表哥真正的心声。”裴游深吸一口气，即使很抗拒，“或许我们能找到让于潇水安心回家的路。”

“你确定要这么做？”孟万里有些犹豫，“千里的心里大概也有个结，他比于潇水藏得更深，也会更沉重。”

裴游的特殊能力会给他带来多大的负担，孟万里比任何人都清楚，所以才会竭尽所能地守护他“离群索居”的生活方式。

“大哥有守护家人的方式，我也有我的。”裴游肯定地点头，“毕竟我们都是自己人，初衷不是伤害，便无所畏惧。”

孟万里仿佛又看到十二年前抓住他手的裴游，当时他的眼神孤注一掷，却很坚定。他清楚地知道自己在做什么，也知道自己要承受什么。十二年前将他当救命稻草的裴游，有了守护之心就变得强大起来，他懂得保护自己，更懂得如何保护家人了。

孟万里倍感欣慰，抬头望向二楼，孟千里在卧室睡得正香呢。

俞小鲸心不在焉地跟着裴游学习用陶土制作鲸模，为鲸展厅下一个大型泡沫鲸雕——抹香鲸雕塑设计雏形。

她心里挂念着于潇水的事，目光时不时地飘向鲸展厅的出入口。

于潇水的电影《美人鱼之梦》正式开机了，今天就会在鲸鲸海洋馆取景拍摄。专业电影工作团队昨天就入驻鲸鲸海洋馆了，而馆里负责配合电影拍摄的工作人员是由孟千里亲自挑选的。俞小鲸在鲸展厅的工作不能停，自然没有参与到拍摄中。

不过，俞小鲸还是很担心于潇水的状态。她咨询俞沁，俞沁直接说于潇水的抑郁症倾向很明显，不宜遭受刺激，要适度放松，压力过大可能又会诱发自残的事件。

“小鲸，你这样捏是不对的。”裴游直接从背后环住俞小鲸，握起她的手，调整她手中捏的陶土形状。

后背贴着裴游的胸膛，有明显的热度传来，还能感受到他心脏跳动的频率，俞小鲸飘忽的心绪瞬间被拉了回来。俞小鲸看着裴游手把手地教她制作陶土模型，用行动告诉她——师父变成男朋友，是会公私不分的。

“师父，你这样教我是不对的。”俞小鲸故意扭扭背蹭了蹭裴游的胸膛，提醒他，“工作场合，请保持专业姿态。”

“我教你的手法还不够专业吗？”裴游俯身，脸贴在俞小鲸耳畔，轻声问。

灼热的鼻息扑来，烫红了俞小鲸的面颊，暧昧的气息瞬间弥漫。俞小鲸点头，莞尔道：“嗯，专业的……假公济私。”

“谁让我的女朋友太笨了，手法不对呢。”裴游愉悦地甩锅，说是调整俞小鲸的手法，却变成扣着她的手指，光明正大地假公济私了。

“你的手法才不对呢。”俞小鲸好笑地看着裴游玩她的手，停下手中捏陶土的动作，忍不住提起心中的忧虑，“裴游，我还是担心于潇水。”

“有孟烦烦在，你不用担心。”裴游不捏陶土，改捏着她的手指。俞小鲸的手指小巧可爱，让裴游爱不释手。

“就是有孟烦烦在，我才更担心。”俞小鲸反手抓住裴游不安分的手，转身面对他，“你看我的眼皮一直在跳，感觉不是很好。”

以前孟千里会刻意和于潇水保持粉丝和明星的距离，两人倒也相安无事。虽然于潇水有时会故意为难她，但看起来还蛮有活力的。不像现在，他们两人距离太近了，很容易互相影响，如果再在一起工作……俞小鲸不敢想了。

“眼皮在跳是因为你过于操心，没休息好吧？”裴游认真地看着她的眼睛，“孟烦烦应该知道自己在做什么，不会乱来的。”

“啧啧，你们一口一个孟烦烦，夫唱妇随啊？”说曹操曹操到，孟千里突然走进鲸展厅，看见卿卿我我的裴游和俞小鲸，表示不满，“我哪里惹你们烦了？”

“你不看着于潇水拍电影，来这里做什么？”裴游反问，孟千里这样不合时宜地出现，还一副没事来溜达的模样，就很让人烦了。

俞小鲸松开裴游的手，探头望向鲸展厅的出入口，没有其他人跟着孟千里过来。

“来这里看看你们怎么说我的坏话。”孟千里拉了把椅子过来，在他们的工作台前坐下，好奇地看着半成品的陶土模型。

裴游和俞小鲸四目相对，用眼神交流了一番，抽出湿纸巾擦去手上的陶土，暂时停工。

孟烦烦明显是应付不了于潇水的事，才来这里串门的，不听他说完，他们也别想专心做事了。

“孟馆长，”俞小鲸故作恭敬道，“你家女神正在镜头前大放异彩，作为粉丝，近水楼台这么好的机会，你都不去捧场，好吗？”

“当然不好。”裴游接着说，“这说明他是个假粉丝，追星只是无聊，追什么星都可以的。”

“原来你不是于潇水的真爱粉，是凑数的僵尸粉呀。”俞小鲸恍然大悟，“难怪现在又无聊到来我们这里了。”

“小鲸，我们很忙的，实在没空招待无聊的人。”裴游正色道，“希望有些人自觉点，不要打扰别人工作。”

“师父，你说得对。”俞小鲸点头，“我们鲸展厅很亮堂，也不需要电灯泡，对吧？”

“对，头顶就有大太阳打光，很亮堂……”

“你们一唱一和，够了吗？”孟千里打断他们的双簧，“这是逼我这个馆长在鲸鲸海洋馆颁布禁止办公室恋爱的规定吗？”

“不好意思，我是编外人士。”裴游凉凉道，“不归你管。”

“孟馆长，虽然我是鲸鲸海洋馆的员工，但我现在是鲸展厅的人，”俞小鲸也很遗憾地表示，“也不归你管。”

“你们……赢了。”孟千里受不了他们秀恩爱，拱手认输，“我是来求安慰，行了吧？”

俞小鲸和裴游相视一笑，看来孟千里是和于潇水真的又出问题了。

“再次被于潇水拒绝了吗？”裴游开门见山道，“说吧，想要什么安慰？”

“当然是安慰我的小心心。”孟千里拍拍左胸口，忽然正色问，“你们知道于潇水为什么要当演员吗？”

“她有表演天赋，”俞小鲸理所当然地说，“当演员很正常。”

虽然于潇水二十五岁才正式出道有点晚，但俞小鲸看过她的电影，她的表演有种浑然忘我的张力，扮演的角色丝毫不会带有她本人的痕迹，不同角色之间也毫无相似之处，非常适合在大荧幕发光发亮。

“只有在扮演别人时，她才会忘记自己，不用面对现实。”离婚后，于潇水选择出道，她不想当自己，孟千里也选择配合她。

“她是个好演员。”俞小鲸中肯地评价。

“可我不是好演员，没法扮演好粉丝，也没法和她保持好距离，更没法藏起对她的渴望。”孟千里自嘲地笑了笑，“所以，我要重新跟她划清界限，不要再让她看到我，她就不用再想起过去，我……我们不在一起，对彼此都好。”

“你这是在惩罚自己，还是惩罚于潇水呢？”俞小鲸不由得冒起无名火，于潇水就是将“不在一起”当惩罚，孟千里也这么自作主张。

“惩罚我自己吧？”孟千里认了，“她那么爱孩子，我却没办法分担她的痛苦，无法成为她的依靠，我不配和她在一起。”

“你不配？”俞小鲸越听越不对劲，“你这样告诉于潇水的？”

“结婚的时候，我说过会保护她和孩子。”孟千里摇头，“结果，我没能保护好孩子，也没能保护好她，反而让那件事成了她痛苦的根源。”

“哎。”俞小鲸叹了口气。孩子是孟千里和于潇水的心结，她能理解他们的痛苦，却不懂如何开解，只能无奈地望向裴游，这道题太难了。

“哥，这不是你真实的想法。”裴游意味深长地看着孟千里，“你还要在于潇水面前伪装多久？”

“小游……”孟千里尴尬地笑了下，“我这不是装不下去了，来找你们求安慰吗？”

裴游不置可否：“是吗？”

那天，裴游当着孟万里的面去碰触沉睡的孟千里，倾听他的心声，窥视了他的内心。

孟千里真实的想法可以说是非常疯狂的，裴游都无法直接告知孟万里，因为那是孟万里无法接受的想法。

失去孩子，跟于潇水离婚，孟千里好像很快就接受了现实，他表面放飞自我，轻率而跳脱。实际上，这五年来，他一直在压抑着自己，唯恐泄露半分藏在他内心深处的想法——他怨恨着离去的孩子。

孟万里说得对，孟千里太爱于潇水了，他心里也只有于潇水，对孩子不过是爱屋及乌。

失去孩子，孟千里也会痛苦，但更让他痛苦的是，于潇水因孩子的离去遭受重创，而他却无能为力，只能眼睁睁地看着于潇水痛不欲生。于潇水越痛苦，孟千里就越怨恨孩子。可于潇水越爱孩子，他就越不能表现出一丝对孩子的怨恨。然而，孩子的离去，留下的创伤实在太大了，他根本不能抚平于潇水的伤口。

孟千里只爱于潇水，他很清楚他想要相伴一生的人是于潇水，不是孩子。所以，不管谁让于潇水痛苦，他都恨。他恨孩子，也恨自己。

孟千里不敢跟于潇水说："只要我们在一起，孩子还会有的。"对于潇水来说，即使还会有孩子，失去小长安的痛苦也永远不会消失。他只敢在梦中发泄，痛恨自己当初为了顺利结婚就故意让于潇水"意外"怀孕。他选择了错误的方式，最后才会让这个"意外"分开他和于潇水。

他宁愿从来没有孩子。

如果没有孩子，他和于潇水的人生会完全不一样。但是孟家所有人都那么喜欢那个孩子，他不能表现出任何怨恨孩子的样子，只能放任自己，追星也好，不正经也罢，能伪装多久就多久。

第十三章

我现在只喜欢你

作为孩子的父亲，心里却在怨恨着自己的孩子。孟千里认为，这样的他，没有资格和深爱孩子的于潇水在一起。孟千里无法接受真实的自己，只能伪装他也爱孩子。可骗得了别人，却骗不了自己。

“我不是合格的丈夫，也不是合格的父亲。”孟千里不敢直视裴游洞悉一切的眼睛，“我就是个不靠谱的人，没法伪装一辈子，余生还是自己随便过吧。”

“馆长大人，原来你也知道自己不靠谱啊。”俞小鲸吐槽，“结果，现在还要做更不靠谱的决定，什么叫余生随便过？你真想和于潇水老死不相往来吗，可能吗？”

当然不可能……

孟千里有点哀怨地瞪着俞小鲸：“大鱼儿，我是来求安慰的，不是让你补刀的。”

“哥，并非所有的父母天生都是爱孩子的。”裴游意味深长地说，“你看，我就是一个典型的例子。”

闻言，俞小鲸愣住了。这是裴游第一次直接提到他的父母不爱他。冷不防地想起上次俞沁说的裴游被母亲当成病毒排斥的事，俞小鲸的心猛地一揪，心疼地看向脸上表情依然淡定，甚至还带着嘲讽的裴游。

“小游，”孟千里的目光闪烁不定，他知道裴游父母的事，“为什么说这个？”

裴游若有所思地表示：“孩子与父母也许是互相利用的。”

离开裴家以后，裴游一度纠结与父母的关系。他思考了许久，父母与孩子并非天生一体，所以也不是理所当然地能够互相爱护、互相理解的。

“怎么会是互相利用呢？”孟千里有些心慌，他回避着裴游的目光，有点无地自容，觉得自己被看透了。

“孩子从来都是独立的个体，他们只是借由父母的关系来到这个世界，并不是父母的所有物。”裴游说得很冷静，“父母通过孩子的存在可以让自己的人生更加圆满，同时完成人类繁衍的任务。这是所有动物的本能，不需要大肆歌颂的。”

“小游，你想说什么？”

“父母是独立的存在，孩子也是独立的存在，他们之间的缘分是通过合作完成的。两者若能互相爱护，确实可喜可贺。但是，如果父母无法产生爱意，对孩子没有强烈的父爱或者母爱，只要没有伤害孩子，依然尽到抚养孩子的责任，也是合格的父母。”

“是吗？”

“父母子女只是一场缘分，孩子的到来和离去有时不是父母能决定的，孩子也是可以选择的。”裴游对父母的事早就看开了，“如果欢迎孩子的到来，也请尊重孩子的离去。父母不能决定孩子的人生，同样父母的人生也不该由孩子背负。”

“父母的人生……不该由孩子背负……”孟千里重复着裴游的话，似有动容，眼眶渐渐地红了。

他们“利用”孩子，让孩子“意外”到来，最后，孩子以真正意外的方式离去，都是选择吗？

“父母和孩子，彼此都是自由的。”裴游强调，“如果能互相感谢彼此的存在，又能互相尊重彼此的离去，就能互相期待彼此的再会，无须刻意用爱来束缚彼此的关系。”

孟千里想起，裴游当年被带回孟家时，孟万里说：“他们不配当父母，小游当他们的孩子是在糟蹋小游。从今往后，小游就是我们家的孩子了。”

那时他觉得孟万里是异想天开，怎么可能从亲生父母手中带走孩子呢？然而，事实是，孟万里拿到了裴游的监护权，裴游的父母也真的放弃孩子了。

十几年过去，孟千里以为当初被抛弃的可怜孩子，现在却跟他说要尊重孩子的离去。作为孩子，裴游即使知道父母不爱自己，他也没有怨恨父母。

父母孩子互相爱护固然可喜，但无法产生爱意也不是不可饶恕的事。

孩子是自由的……

孟千里的眼睛渐渐发红，有泪水从眼眶滑出来。为什么要让已经离去的孩子背负父母无法掌控的感情和情绪呢？他失去对自己人生的控制，并不是孩子的错，是他无法面对的现实罢了。活着的人，他们的人生不该由离去的人决定。

俞小鲸看着孟千里离开鲸展厅，他步伐稳健，背影挺直如松，似有决断。

“孟烦烦的余生应该不会自己随便过了吧？”俞小鲸颇有感触，“他会去认真面对于潇水吧？”

“当逃避没有用的时候，面对反而成了唯一的退路。”窥视了孟千里和于潇水真实的内心世界，裴游明白不能让他们再逃避了，只能推一把他们，“孟烦烦不笨，他明白了父母和孩子的缘分无法强求后，自然会知道能够强求的是什么。”

“父母和孩子的缘分……”俞小鲸喃喃自语，想着裴游对孟千里说的话，又有揪心的感觉，“可能我也是属于父母缘比较浅的人，所以和父母的关系平淡。我们互不干涉，这也算是互相尊重吧。”

“你已经习惯了吗？”裴游感觉得到俞小鲸话语中的失落。

“嗯，习惯了。”

俞小鲸望着裴游，他注视着她，漆黑的瞳仁里映照着她的身影，仿佛要将她收藏进心底，妥善安置。他在认真倾听，他在意她的感受，这让她突然有点释怀，原来她想要的关注，有人已经给她了。

“以前我希望他们认可我、需要我、对我有所期待，像其他望子成龙的父母一样关注我。现在都无所谓了，他们本来就不是普通的人，又是第一次当父母，作为一个资质普通的孩子，我不能要求他们像普通父母一样来爱我。他们对我没有期待，也没有干涉我的人生，放任我自由生长，也许这就是他们作为父母的方式。”

“为什么都无所谓了？”裴游抬手摸了摸俞小鲸的头，“你明明对父母还是有期待的。”

“期待父母以我希望的方式来爱我，对他们来说是一件很难的事，更别说期待他们能够理解我的需求。”俞家人普遍都是高智商的理性之人，无法理解感性的她，更别说理解她在情感上的需求。

“我现在有你，当然都无所谓了。”俞小鲸笑眯眯地歪头看着裴游。他比任何人都在意她的需求，也包容她各种情绪化的表现，她想要的东西，他都捧到她的面前了。

俞小鲸盈盈带笑的眼眸里仿佛有星光在闪耀，令裴游怦然心动。女孩歪头看他的可爱表情更令他心生怜爱，他情不自禁地抚着她的面颊，问她：“我是让你安心的归宿吗？”

“有点安心，”俞小鲸回答得模棱两可，“也有点闹心。”

“为什么闹心？”裴游谨慎以对，“我哪里做得不好，让你没有安全感吗？”

孟千里作为恋爱前辈曾经这样说，恋爱中的女人追求的其实不是爱，而是安全感。所谓的安全感就是需要男人不断地用言行证明“他爱她”，而她们不仅会通过直觉来判断男人的言行是否一致，还会化身福尔摩斯寻找各种蛛丝马迹来证明她们的直觉是对的。

虽然当时不爽孟千里大晚上来骚扰自己，但他讲的一些恋爱经验颇有参考价值，所以裴游才勉为其难地给他煮点消夜作为犒赏。可惜，孟千里什么道理都懂，还是谈不好自己的恋爱。裴游觉得他太胆小了。在最亲密的关系中，他隐藏了真实的自己，这可是禁忌。

“你的心思很敏锐，你的节奏很轻快，你的目标很明确，你的气场很强势，你的态度很笃定，不断地在刷新我对你的认知，让我觉得自己根本不了解你，却不知不觉被你牵着鼻子走，我就感觉有点闹心了。不回应你会显得我不知好歹，回应你又显得我太不矜持了。”俞小鲸煞有其事地说明，“毕竟我们真正认识也才三四个月，天天在一起工作，好像相处了很久，彼此很熟悉。可我除了眼前的你，对其他的你，比如过去的你并不熟悉。”

然而，俞小鲸莫名地坚信裴游不会故意伤害她，这令她感到安心，所以她才能跟上他的快节奏，从助手到徒弟到恋人，快速转换角色，却没有任何的不适。

“很高兴你对现在的我这么了解，也很开心你对过去的我感兴趣了。”裴游欣慰道，“认识你以前，我觉得人与人之间的亲密关系是一种负担；认识你以后，我发现人生而孤独所以才需要亲密关系，这不是负担，而是承担。”

“那么，我能为你承担什么？”俞小鲸听到裴游向她敞开的心扉，直截了当地问，“不爱孩子的父母吗？”

俞小鲸很在意裴游对孟千里说的话，她与父母关系只是平淡，但裴游与父母的关系令她揪心。

“你不需要承担他们。”裴游摇头，释然道，“他们生了我，是我的父母，可他们不爱孩子也是事实，我和他们只是没有缘分罢了，分开对彼此来说都是解脱。”

“你真的能放下吗？”俞小鲸想了想，还是问，“即使他们两次把你送进精神病院？”

“呃？”裴游愣了下，有些意外俞小鲸会知道精神病院的事。

“孟大哥跟我提起过一些你的事。”俞小鲸解释，“虽然我不知道父母为什么将正常的孩子送到那种地方，但这是你的隐私，你不愿意说，我就不问；你愿意说的话，我会好好听。”

“对于你，我没有任何不愿意的事。”在俞小鲸面前，裴游的心是柔软的，柔软得想被她温柔以待。

“你这样待见我，”俞小鲸悄悄握起他的手，“是我的荣幸。”

俞小鲸的手小小的、白白的、软软的，她温柔地握着他的手，似乎在给他力量面对过去，又像是在抚慰他过去的伤。

“大哥曾告诉我，当父母不需要资格认证，就会出现没有资格的人当父母，孟秋和裴立仁便是这样的人。”

裴游反握住俞小鲸的手，两人靠着工作台，仿佛闲聊一般，说起过去的那些人和事。

二十六年前，孟秋在跟哥哥孟秩争夺孟氏集团主导权时失利，借酒消愁，酒后跟她的司机裴立仁发生了关系并意外怀孕。孟秋本想偷偷打掉孩子解决这个意外，裴立仁却想趁机上位，直接把事情捅到了孟氏董事长孟实甫那里。孟实甫不愿孟家爆出丑闻，便让孟秋和裴立仁结婚，同时还把裴立仁安排到集团的重要职位，使得两人的结合显得“门当户对”。

心高气傲的孟秋即使对裴立仁有好感，但如此结合，她始终意难平，夫妻变得貌合神离，而意外到来的裴游便成了孟秋心中的污点，也成了孟秋和裴立仁夫妻关系不和的原罪。

“因为我的心思很敏锐，感觉得到父母真实的想法，他们觉得在我面前无所遁形，倍感压力，认为我出现了幻听幻觉的毛病。为了我好，他们就送我去治疗。他们的这种行动恰恰证明了他们不爱我，甚至害怕我的真实想法。我也不再强求，离开他们，对他们没有任何期待，慢慢地就都放下了。”

现在裴游已经听不见俞小鲸的心声了，他不知如何向俞小鲸说明他有“听见心声”的特殊能力，只好轻描淡写地解释了他和父母关系奇怪的缘由。

即使不再期待，曾经的伤害依然存在，导致他选择了远离人群的生活方式。

被本该最亲近的父母厌恶，年幼的他难以置信，便不断地去碰触他们，倾听他们的心声，却知道越来越多他们不为人知的真面目，令他感到越来越恐惧。

第一次被送进精神病院时，裴游在精神方面确实累积了许多压力，他配合医生治疗，假装再也听不见，变成了正常的孩子，才被孟秋接回家。后来因为孟秋和裴立仁各自的私心，他们要求他去“听”对方的心声，想借此来证明对方的虚伪。他不想去“听”，“听见”也要假装“听不见”。他的“听不见”激怒了他们，于是再次被送进精神病院。他有病与否就看他对他们有无用处。

“裴游，够了。”俞小鲸不想再问什么，张开手抱住裴游，“放下就能腾出位置来抱抱，抱抱就好了。”

父母并非出于期待才将他带到世上，他不过是被当作可以利用的意外，一旦达到目的之后，他就成了障碍，成了反映他们黑历史的一面镜子。孩子天生敏感，而裴游的心思又比常人细腻，只会感受到更多的伤害。与他的父母相比，俞小鲸觉得自己的父母无疑是合格的父母。与她相比，裴游更强大，也更孤独，令她更加心疼。

“好，不说了。”裴游将下巴轻轻地搭在俞小鲸的肩膀上，故意笑道，“这是现在流行的‘亲亲抱抱举高高’的安慰法吗？”

“嗯，是安慰的抱抱。”俞小鲸抱着裴游，又缓缓松开，抬手摸摸他的头，认真道，“举高高我是做不到的，就摸高高，然后……”她踮起了脚尖，亲了下他，柔软温热的触感瞬间令她面红耳赤。

裴游愣了下，随即眼角眉梢荡起了笑意，他的女朋友表现得太优秀了，瞬间就能让他心花怒放。他仿佛看见过去的自己，也被她拥入怀中。亲亲抱抱，就不疼不痛了，裴游只想索取更多的温暖。

“小鲸，你这样的安慰不够到位呢。”裴游伸手架到她的腋下，轻而易举地举起她，让她坐到工作台上，似笑非笑地看着她，“亲亲抱抱举高高，应该是这样的。”话音刚落，裴游就捧着俞小鲸的脸，慢慢靠近，笑意消失在两人贴合的唇瓣间。

似有春风拂过，和煦柔软，摇曳着心旌。透亮的光从玻璃穹顶倾泻下来，如同瀑布，落在亲吻中的两人身上。他们紧闭的双眼不见星光闪耀，整个人却被光亮笼罩着，浑身散发出甜蜜的气息。

俞小鲸在刹那的错愕过后，便露出一脸潮红的娇羞。她不由自主地抬起手，环绕着裴游的脖颈。灼热的气息在四溢，点燃了体内的热情，唇舌自然而然地交缠。有温柔、有酥麻、有燥热、有情迷、有意乱、有激动、有心痒……各种感觉纷至沓来。俞小鲸陶醉其间，飘飘然的，仿佛漫步云端，又好像遨游深海。

俞小鲸忽而明白，在这段亲密关系中，她要承担的原来是裴游对她的渴望，那种一点即燃的热烈渴望。

连续做了三台手术，俞沁调到了半天的休息时间，终于有空约人在咖啡馆见了。

俞小鲸如今完全是恋爱中的小女人状态，跟她打电话，三句两句都不离男朋友，毫无自觉地秀恩爱，还理直气壮地问：“姑姑，我和裴游互相喜欢，关系越来越融洽，你还要反对我们交往吗？”

“我为什么反对？”俞沁在手机这端凉凉地反问，“你心里没数吗？”

“因为孟万里得罪过你？”俞小鲸不确定她心里这点数算不算数。

“啧啧，智商余额本来就不足，谈个恋爱就欠费了。”俞沁不客气地毒舌，“我不过是给点阻力，试试你们的抗压性罢了。”

“……”俞小鲸沉默了一会儿，“所以，你是无聊给自己加戏了？”

“反正你又不会真听我的话。”俞沁没否认，“小鲸，你脑子太直，我怕你不会转弯，所以替你把关验货，不需要太感激我。”

或许为了“报复”俞沁的“戏太多”，俞小鲸时不时地发微信晒两人的约会实况，像在证明裴游“货真价实”很靠谱。

俞沁看了信息，就回两个“呵呵”让她自行体会。成年许久才有初恋的人，谈个恋爱走的还是纯情小学生路线，俞沁都懒得吐槽了。不过，俞沁对裴游倒是有些刮目相看。正直、血气方刚的青年，竟然有耐心陪她那个爱装岁月静好的小侄女谈这么纯情的恋爱，她得给他点个赞。

“不好意思，我来晚了。”突然响起的男声打断了俞沁的思绪，她抬眼看过去，清冷俊秀的青年徐徐走来，他眉眼疏朗，气质从容，犹如松下之风。

“离约定时间还有五分钟，你没有迟到。”俞沁瞥了下表，示意他坐下，“想喝点什么？”

虽然常吐槽俞小鲸的智商需要充值，但俞沁还是得承认她的颜值鉴赏力很高，挑的男朋友赏心悦目，完全不会“泯然于众人”。

“美式纯咖啡。”裴游在俞沁对面坐下，落落大方，没有任何拘谨。

裴游在工作中接到陌生电话，很意外俞沁会来电，开口第一句就要他避开俞小鲸，然后要求他单独赴约，说想跟他谈些有关俞小鲸的事。俞小鲸与父母关系平淡，父母自然不会干涉她与谁交往。不过，她和姑姑俞沁很亲近，俞家人中对她影响最大的人便是俞沁，俞沁又明确表示反对他们在一起。尽管俞小鲸表示她有自己的立场，可以决定自己的选择，裴游还是不得不在意俞沁的看法。

按照俞沁的要求，裴游找了个借口离开鲸展厅来赴约。他佯装临时有事需要找孟万里，俞小鲸还打趣他“想找孟大哥撒娇”。只是这样瞒着俞小鲸单独见俞沁，裴游莫名地感到忐忑。

“你知道苏遥吗？”

俞沁若有所思地看着淡定的裴游，听到苏遥的名字，他的目光闪烁了下。

“他是我和小鲸的校友。”裴游回答得很谨慎。

“我想你应该也知道苏遥不在了。”俞沁看他的目光变得意味深长，“那么，他和小鲸之间的事，你都知道吗？”

“已经是过去的事，我知道与否并不重要。”裴游避重就轻，反问，“你是因为他才反对我和小鲸交往吗？”

“是，也不是。”俞沁说得模棱两可，“小鲸一直觉得她需要为苏遥的病故负责，甚至认为自己利用了苏遥，有义务做出补偿，比如替苏遥尽孝之类的。她的人生轨迹也因苏遥而变化，苏遥在她生日那天离开，她便从此不过生日。苏遥曾在鲸鲸海洋馆前身的水族馆打工，她大学毕业后就去鲸鲸工作。苏遥是她最好的朋友也是她喜欢的人，她就不再接受其他人。她唯恐会忘记苏遥，故意不让自己过得好。她真伟大，对吧？”

裴游忽然明白，在生日那天俞小鲸为何会去宝岳山，因为苏遥在那里吧？

“你想说小鲸放不下苏遥，所以跟我没有未来吗？”俞沁的每一句都像在告诉他，俞小鲸真正喜欢的人是苏遥，她一辈子都不会忘记苏遥。

“你觉得你们有未来吗？”俞沁把问题抛给裴游，“你有自信取代苏遥吗？”

“苏遥是过去的人，没有未来。”裴游很清楚，“他是小鲸人生的一部分，我会尊重他的存在，没必要去取代他。但是，我拥有现在的小鲸，我相信她的未来有我。”

“你不会介意她的心里有苏遥吗？”俞沁故意挑衅，“还是因为你根本不喜欢小鲸，才不在意她是否满心都是你？”

或许被戳中了软肋，裴游垂眸，沉默地端起咖啡喝了一大口，从舌尖蔓延开的苦涩感，传到了心脏，压住了一时激荡的心绪。

“我需要她。”裴游抬眼，正视俞沁，“她如何喜欢我，喜欢我有多少，心里装着什么人，都不是我能决定的。我喜欢她，我能决定我的心里都是她，所以是我需要她，她接受我便是在满足我了。”

“看来你拎得清。”俞沁笑了下，有些咄咄逼人地追问，“为什么选择小鲸？她很普通的。”

“对我来说，她很可爱，一点都不普通。”裴游没有回避，“一开始她让我心慌意乱，吸引着我靠近她去了解她。越是了解她越是被吸引，不是我选择她，而是她选择进入我的世界，成为我的归宿。”

情不知所起，一往而深。

裴游对俞小鲸的珍惜，传达给了俞沁。俞沁忍不住感慨，俞小鲸真是“傻人有傻福”，桃花不多，但朵朵都是真心为她而开。

“我的小侄女感性又不自信，容易钻牛角尖又自以为是地委曲求全，渴望被人需要来证明自己的存在。她表面装出一副岁月静好的模样，心里却有很多的弯弯绕绕，脑子不够聪明，常常绕不过弯来。”俞沁煞有其事地数落俞小鲸的毛病，“你被这么麻烦的人吸引，不觉得很麻烦吗？”

“我喜欢被她麻烦，想成为她唯一愿意麻烦的人。”裴游甘之如饴，被俞小鲸麻烦才能被她需要，“我愿意承担跟她相关的所有麻烦，比如，你的反对。”

“是吗？”俞沁挑眉，“与她相关的所有麻烦，你都能承担吗？”

“俞姑姑，”裴游正色，笃定地表示，“她是我想携手同行的人。

这一生很长，麻烦很多，我如何承担，请你拭目以待。”

“有意思。”俞沁笑得高深莫测，从包里取出一本泛黄的本子递给他，“那么，这个本子就麻烦你了。你可以先确认本子的内容，再决定是否交给小鲸。”

裴游有些疑惑地接过本子，翻开看，是写着一些数学公式的笔记本，更是课堂上随意涂鸦的速写本。虽然只是寥寥数笔，但勾勒出的人物形神兼具，那是不同模样的俞小鲸。速写肖像的落款时间，从十一年前开始到八年前结束，跨越了四年，署名是“遥”。裴游瞬间反应过来，这是苏遥留下的本子，更是他写给俞小鲸的“情书”。

“本子是前些天苏遥的妈妈带来医院的，她请我转交给小鲸。”俞沁补充道，“小鲸直到现在还以为是她单恋苏遥，对苏遥念念不忘，或许就是因为求而不得。”

当年俞沁作为苏遥的主治医生，苏遥父母与她接触很多，自然也知道俞小鲸和她的关系。隔了八年，苏遥妈妈来医院找她，说重新整理苏遥遗物时才发现这个本子里的内容。苏遥的妈妈认出他画的人是他当年经常挂在嘴边的女同学，就是送苏遥去医院并且帮忙找俞沁看病的俞小鲸。

“我不知道俞小鲸现在哪里，也不知道为什么当初她没有出现在苏遥的葬礼上。”苏遥妈妈说，“但是我知道她救过苏遥，也知道她为苏遥做了很多，已经足够了，我替苏遥谢谢她。俞医生，请你将这个本子交给她，这是苏遥留给她的东西。”

尽管苏遥的妈妈没有问俞小鲸的现状，但俞沁心知肚明，苏遥的妈妈不希望俞小鲸忘记苏遥。只要俞小鲸知道苏遥真正的心意，这辈子她的心里都会有苏遥的位置。为人母的私心，俞沁能理解，但不能苟同。当年她逼俞小鲸发誓会跟苏遥的父母保持距离，禁止她和苏遥的父母见面，将她和苏遥的父母隔离开，就是为了避免她可能受到的“道德绑架”，更是为了预防苏遥的父母干涉她以后的生活。

俞沁太了解俞小鲸了。俞小鲸在家族中越不被期待，就越渴望被人需要。一旦她直面苏遥父母的丧子之痛，她会甘愿沦为他们的止痛药。满足别人来成全自己，也会失去真正的自己。死去的人，时间已经停止，但活着的人必须往前走。俞沁不允许俞小鲸被过去束缚，她的人生才刚刚开始，不应该定格在年少的经历中。

“俞姑姑，你说这个本子的去向由我决定，”裴游感觉到手中本子的重量，“换句话说，你认可我了？”

“也可以说是我对你的考验。”俞沁提醒他，“正如你所说，我的小侄女麻烦又可爱，给我带来很多乐趣，我向来乐意替她解决麻烦。你想承担这个麻烦，我就给你表现的机会。”

在俞家，其他人都太聪明太理智，似乎都能理性地控制自己的情绪，完美地解决所有的问题，不会拘泥于小情小爱，更不会被生老病死困扰。只有“笨”得出奇的俞小鲸，会像普通人一样烦恼、纠结、困惑，甚至崩溃，然后不得不向她这个姑姑求助。俞小鲸一边忍受她的毒舌，一边努力适应的样子，无助又可怜，反而让俞沁觉得很有意思。作为姑姑，俞沁自然不允许其他人来欺负她可爱的侄女。

“好。”裴游应允，心里却有踌躇，一再碰触俞小鲸的逆鳞，并非他所愿。

俞小鲸傻傻地盯着存款机屏幕上显示的错误代码，表示账户不存在。

她核对账户信息再次输入，又出现一模一样的错误代码。不管重复多少次，不管换几台存款机，都会出现同样的问题。

俞小鲸难以置信，存款存了七八年的账户不存在了，她只得去柜台求助，但工作人员核实后告诉她，账户已经被户主注销了。

这个账户的户主是苏遥的父亲，要注销必须本人携带身份证到柜台才能办理。

当年苏遥突然犯病，急需数十万的治疗费用，苏家无力承担，学校便组织了捐款。俞沁帮忙联系到记者进行报道，寻求社会捐助，这个账户就是当年公开接受捐款的账户。

这些年，俞小鲸早将这个账户信息背得滚瓜烂熟，匿名存款也操作得驾轻就熟。现在这个账户突然消失，仿佛那些和苏遥相关的痕迹也被抹除了。苏遥离开人世，不再需要捐助，好像也没有人记得他了。

俞小鲸怅然若失，她和苏遥的某种关系，似乎也被注销了。

她恍恍惚惚地来到裴游家。裴游说孟家送来许多刚上市的大闸蟹，正好周末，他想做“全蟹宴”，邀她“共襄盛举”。

“你来的时候，我应该在厨房忙碌，可能分不开身给你开门。”裴游自然而然地将家门电子锁的密码发给她，请她自便，同时强调，“随时欢迎你来。”

俞小鲸站在门口，深呼吸，调整了下情绪，才输入密码打开门。这是她第一次来裴游家。

简洁的欧式风格装修，开阔的空间，利落的装饰，与裴游冷淡的气质相得益彰，倒是客厅沙发上硕大的黑白色虎鲸玩偶，显得有些突兀。

俞小鲸看到虎鲸玩偶便想起裴游第一次向她提及苏遥的情景，那是她第一次对裴游翻脸。她当场拒收他送来的虎鲸玩偶，跟他划清界限，让他不要越线。

她的话，裴游从来都放在心上，直到现在，他依然谨慎地守着苏遥这条线，唯恐一不小心刺激到她。

他的小心翼翼，他的患得患失，他的包容笃定，俞小鲸都能感受到。

裴游对她的在意和喜欢，让她无法回避，最终被他吸引着，走向他。

俞小鲸走进裴游家，闻到了鲜美的蟹香，循着香气望去，便瞧见在开放厨房里忙碌的裴游。裴游察觉到她的到来，回头与她四目相对，瞬间眉开眼笑。

“小鲸，你来啦。”裴游笑着向俞小鲸招手，“我的‘全蟹宴’还差一道芝士焗蟹斗，你等一会儿，马上就能开席了。”

“我只要坐着等吃就好吗？”俞小鲸缓缓走向裴游。

这是俞小鲸第一次见到裴游下厨。他穿着亚麻色的家居服，系着黑色的长围裙，围裙在腰后打了个可爱的蝴蝶结，整个人显得特别柔软，眉眼间尽是温暖。

这样为她洗手做羹汤的裴游，初遇时的冷淡和阴郁都消失得无影无踪，只有温柔和包容，触动她心间最柔软的部位。在他面前，她真的可以为所欲为。

“嗯。”裴游点头，“前两天在孟家吃了大哥做的‘全蟹宴’，我向他讨教了几招，现学现卖，希望能获得你的五星好评。”

“原来是现学现卖，那我要认真考核了。”

裴游挺直宽阔的背，好似能够遮挡风雨的高山，俞小鲸忍不住上前抱住了他，埋首在他背上，轻轻地蹭了蹭，仿佛能蹭掉心中的怅然若失。

“小鲸，”裴游低头看着俞小鲸紧搂住他腰的手，她磨蹭的动作像小猫在撒娇，“怎么了？”

“你的背看起来很可靠，我想靠一靠。”俞小鲸低声说道。她想跟裴游撒娇，想求他安慰，让她心底的惆怅有安放之处。

“你想靠多久都可以，我的荣幸。”

裴游由着俞小鲸粘在背后，在享受着被她依赖的同时，也没有停下手中的动作。他将翻炒好的奶油蟹肉装进蟹斗，铺上芝士，淋上黄油。

俞小鲸就这样抱着裴游，没有再说话，静静地靠着他，脑海里依然满是被注销的账户，无法释怀。知道这些年她往这个账户存款的人，只有俞沁。俞沁讽刺她这样做像是在替苏遥尽孝，实则是自我满足。如今这个账户消失了，像在证明俞沁的话，苏家并不需要她。

她还能为苏遥做什么呢？八年前，她承诺俞沁，不跟苏遥的父母接触，如今更不能与苏遥的父母见面。她心里的坟已经让俞沁给掘了，再也藏不了苏遥。俞沁说得对，她做的一切都是自我满足，不过是在为年少的单恋意难平罢了。

裴游将处理好的芝士蟹斗送进烤箱，设定好温度和时间。闲了下来，他回过身，面对安静许久的俞小鲸，注意到她的双眼里有着淡淡的忧伤和悲凉。

“小鲸，怎么了？”裴游紧张地握住俞小鲸的手。俞沁给他的本子，他还没决定好如何处理，看俞小鲸的样子，似乎知道了什么。

“我……”俞小鲸一抬头就对上裴游关切的眼睛。她的一言一语都会影响着他，她的任何情绪变化他都在意，在他面前，她不想再伪装了，“裴游，我好像被苏遥的父母拒绝了，他们不再需要我了。”

独自背负太久的秘密，无法再成为秘密了，这让俞小鲸无所适从，她茫然得看不清前路。

俞小鲸以为这些年苏遥的父母接受匿名存款，是她和他们之间的默契，他们隐隐间在维持着她和苏遥的关系，也像是在接受她的“赎罪”。苏遥走了，她想连他的份一起活下去。在他曾打工过的地方工作，像他一样努力赚钱，假装她是将苏遥的所得存进那个账户。这是她最孤独的坚持，也是她最孤傲的选择。

“为什么？”俞小鲸每次不对劲都与苏遥有关，裴游不再意外，“小鲸，你愿意跟我说苏遥的事吗？”

“你不会介意吗？”俞小鲸的眼睛雾蒙蒙的，苏遥是她过去的一道坎，也是她和裴游默契回避的存在。可此时，她心里堵得慌，她无力再承担这些过于沉重的事，迫切地想找个人倾诉。

“我喜欢你。”裴游轻轻地吻了下俞小鲸的额头，“我想了解你的一切，我只介意你是否愿意对我敞开心扉。”

“裴游……”在裴游眼中，俞小鲸看到了完全被包容着的自己，这给了她勇气去面对，“苏遥当年突发急性白血病，我是他移植骨髓的供体。虽然姑姑说手术是成功的，他是术后感染并发症抢救失败才死的，并非因为我移植给他半相合的骨髓而死。可是，我心里过不了这关，我想要补偿，想要替死去的苏遥做些什么。这些年，我就偷偷存钱进苏遥父亲的账户，如今这个账户被注销了，他们不需要我了。”

压抑多年的心结和秘密，终于宣泄出来，随之而来的还有决堤的泪水。

“裴游，那个账户是我和苏遥唯一的关联，也是我唯一能想到的补偿方式，现在都结束了吗？苏遥知道我放弃他，所以用这样的方式跟我撇清关系吗？”

裴游看着泪水涟涟的俞小鲸，她脸上有自责愧疚，有难以释怀，还有被抛弃的无助。

“为什么你会这样想？”裴游抬手擦拭俞小鲸的眼泪，但也知道他无法擦掉她和苏遥的过去。即使苏遥已经离开，和他有关的事仍会激起俞小鲸情绪的巨变。

“因为，我现在只喜欢你。”

她无法陪苏遥留在过去，无法满足于虚妄的少女情怀。现在的她，想要裴游的关注；现在的她，贪恋裴游的陪伴；现在的她，想和裴游走向未来。

她在心里背弃了苏遥，代价便是苏家的拒绝。

第十四章

一起看人间烟火

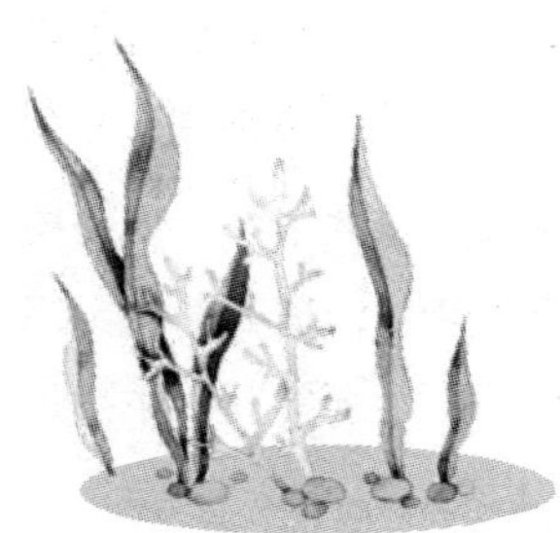

在孟家吃“全蟹宴”时，裴游心不在焉，无法细致地处理蟹壳，望着鲜美之味扑鼻而来的清蒸蟹，难以下咽。

“向来擅长分解各种动物甲壳骨刺的大师，为什么对大闸蟹无从下手？”孟万里揶揄，“小游，是什么阻碍了你的手？是‘全蟹宴’不够鲜，还是陪大哥吃饭不乐意？”

“是我有道题不会解。”面对孟万里的打趣，裴游直言他的烦恼。自从接下俞沁给的本子，他一直在思考如何“摊牌”才能不触碰俞小鲸的逆鳞。

“你在害怕吗？”孟万里反问他，“你和苏遥在她心里，孰轻孰重，你不敢正视吗？”

“大哥说得对。”面对孟万里，裴游不想伪装，“苏遥在她心里有十年，我才走进她心里数月，孰轻孰重，我心里有数。”

“爱令人卑微，也让人忧惧。”孟万里感慨，“小游，适度的患得患失有利于保持热情和渴望，但过度了就变成了妄自菲薄，会伤害彼此对感情的信心。”

“因为她很好，值得被喜欢。”

裴游曾为自己是第一个说喜欢她的人而骄傲，也欣慰于其他人都瞎了眼才没发现她的好。而今得知苏遥喜欢她，他并不意外，令他意外的是，俞小鲸自认是单恋，还能挂念着苏遥这么多年。若她知晓与苏遥是两情相悦，只怕……裴游不敢去想俞小鲸的反应。

“小俞很长情，也很专情。”孟万里中肯道，“我曾说不懂她想要什么，你也听不到她想要什么。直到此刻，知道了苏遥的心思，我终于明白小俞想要什么了。”

“她想要什么？”

裴游很确定自己想要她，但他的特殊能力对她免疫，无法自信地确定她真正的心思，他变得患得患失。

“用心感受，你会明白她想要什么。”孟万里并未直接给出答案，“人与人之间羁绊的深浅，并非由时间的长短来决定。小游，你要相信小俞，她接受了你，意味着你给了苏遥无法给她的东西。对她来说，这才是最重要的。”

孟万里给了裴游解题思路，拨开了他心中的迷雾。裴游似懂非懂，他下手处理起清蒸好的全蟹，毫不费劲地剥开蟹壳取出完整的蟹肉，入口尝到清香鲜美滋味的刹那，他恍然间有了答案。

四季美味，人间烟火，他都想跟她分享；朝来暮至，日升月落，他都想陪她共度。

逝者不可追，来者犹可待。专注于她和他的当下，才是他应该考虑的事情。

裴游在孟家吃了“全蟹宴”，就想给俞小鲸做个“全蟹宴”：清蒸大闸蟹、冰镇熟醉蟹、蟹肉鸡翅、蟹柳沙拉、芝士焗蟹斗……再温一壶桂花酒，与她“共襄盛举”，再好不过。在鲜蟹与酒香间，聊点过去，说些未来，轻抚她的逆鳞，接受她的一切。

裴游用心地为“摊牌”营造舒适的氛围，只是没料到“全蟹宴”还未开席，他先面对的竟是俞小鲸泪流满面的告白。

“因为，我现在只喜欢你。”

这话直直地戳中裴游的心脏，他心间填满了欢喜和悸动，所有的患得患失在这一刻都灰飞烟灭。

“这是我听过最动听的话，我很高兴。”裴游心疼地捧着俞小鲸的脸，凝视着她湿漉漉的眼睛，“小鲸，喜欢我让你难过了吗？”

“不。”俞小鲸摇头，“我觉得自己太卑鄙了，喜欢你，却利用了苏遥。”

“为什么？”裴游轻声问，温柔地引导着俞小鲸疏解心里的纠结。

“我自以为是地喜欢苏遥，自以为是地当他的骨髓供体，自以为是地对他念念不忘，自以为是地补偿他，自以为是地维系我和他的关系。”俞小鲸哽咽着声音自嘲道，“其实就像姑姑说的，我做这一切都是在自我满足。我和苏遥只有同学关系，他不曾喜欢我，不需要我的自作多情，也不需要我在他身后做什么。他离开时，我没有好好地跟他告别，却自以为是地束缚着他，让他不得安宁。直到现在，我无法再自欺欺人，我想要的是他永远都无法给我的，对他的喜欢和怀念已经不能满足我了，我没法再将他放在心里最重要的地方。裴游，我累了，我不要再也见不到的苏遥，我想要你的陪伴，想要和你在一起。他知道我放弃他了，所以苏家注销了账户，断了我和苏遥的关系。”

过去漫长的时光中，她在心里守着逝去的人，寄托她所有的感情，假装岁月静好，满足于自己的念旧和长情。

可她移情了，像一巴掌拍在过去自己的脸上。俞小鲸甚至怀疑她曾付出的也是虚情假意，才会这样被苏家拒绝。

但俞小鲸无法欺骗自己，无法抗拒有人喜欢、有人陪伴的真实和温暖。她喜欢裴游，喜欢得让她意识到自己已经无法分心给过去的人。

“傻瓜。”裴游拥俞小鲸入怀，抚着她的背，安慰她，“人与人的相遇是缘分，陪伴也是缘分。”

“我和苏遥的缘分已尽了吗？”俞小鲸埋首在他胸前，吸了吸鼻子，忍住又涌动起来的泪意。

“我曾羡慕苏遥认识你那么早，也曾羡慕苏遥被你珍藏在心底。你和他的过去有着我无法参与的亲密，这让我有点嫉妒。”裴游坦言，“不过，我现在很庆幸当初在你身边的人是苏遥，他留给你最好的东西，便是对你造成的改变，才让我遇见最好的你。所以，不要妄自菲薄，虽然缘分只让他陪了你一程，但你们之间的羁绊是真实存在的，谁也无法断掉你和他的关系。”

这就是他喜欢的人，俞小鲸的心很小，小到只装得下一个人。她的心又很大，大到愿意敞开让他看见她心中的曲折。无须他费心揣测，她就坦坦荡荡地告诉他，她现在只喜欢他。她如此坦诚，他又怎能将苏遥视为他们之间的“坎”呢？

“苏遥不会怪我无情吗？”俞小鲸依然纠结，闷闷地问，“我真的可以放下他吗？”

“小鲸，你要相信你喜欢的人，是希望你过得好的人。”裴游摸摸她的头，“不管是他还是我，你喜欢的人，都是对的人。”

“如果我一直念着旧情，你会怨我吗？”俞小鲸抬头看他，止住泪水的双眼依然氤氲。视线雾蒙蒙的，她的心上也像蒙着雾，有些东西，她还看得不真切。

“以前的你喜欢他，没关系。现在的你心里有他，也没关系。”俞小鲸的喜欢给了裴游勇气，也给了他自信，让他能够笃定地回答她的迷茫，“未来的你始终记得他，还是没关系。只要陪在你身边的人是我，就够了。”

迎着裴游含笑的眼眸，听着他包容的话语，俞小鲸感到前所未有的释然。

犹如春风袭来，温柔地拂去她心上的迷雾。

刹那间，风和日丽，愧疚随风而去，感伤似雪消融。

她喜欢的人，是对的人，真的太好了。

“怎么办呢？”俞小鲸眨了眨眼睛，氤氲散去，漫上笑意，“我好像更喜欢你了。”

叮！

烤箱内的芝士焗蟹斗定时完成，发出愉悦的提示声，像在回应她。

“怎么办呢？当然是选择……”裴游捧着俞小鲸的脸，对着她的眼，笑着低下头，“亲亲你喜欢的人。”

“全蟹宴”开席前，先上道甜甜的前菜吧。

俞小鲸抬起手，圈住裴游的后颈，稍稍踮起脚尖，吻上她喜欢的人。

仿佛涸泽之鱼归海，与其相濡以沫，不如相忘于江湖，拥抱眼前的大海，才是她的归宿。

在裴游面前，她不是困于涸泽的鱼，而是遨游海洋的鲸。

电影《美人鱼之梦》在鲸鲸海洋馆已经拍摄一个多月了，终于拍到最后一场戏——女主与鲸鲨共舞。俞小鲸作为鲸鲨爱丽丝的饲养员，被请来协助拍摄，负责照顾爱丽丝的情绪。

正式拍摄前，俞小鲸先给爱丽丝喂食，同时与它互动。确认好它的情绪，带它进入平时“喂食表演”的状态，她才让一身美人鱼装扮的于潇水下水。

导演发出开拍的指示后，穿着潜水服的俞小鲸就游到镜头外的水域，观察于潇水和爱丽丝的互动。不管是爱丽丝，还是于潇水，情绪都很稳定，一人一鲨配合默契，顺利完成了这场戏。

拍摄一结束，俞小鲸就游向爱丽丝，摸摸它、抱抱它，给予奖励。于潇水不能在水里待太久，直接出水去休息室卸妆换衣服。

“潇水姐姐，祝贺你和爱丽丝的戏份杀青了。”于潇水收拾妥当出来，俞小鲸已经在休息室，亲昵地叫她姐姐，笑眯眯地恭喜她。

“看来我要离开鲸鲸，你很高兴呀？”完成在鲸鲸海洋馆的拍摄之后，于潇水得跟着创作团队去海岛拍摄外景，需要两三个月。

“高兴。”俞小鲸调皮道，“也不高兴。”

“怎么说？”于潇水拉着俞小鲸坐下来，示意她的助理离开，她想和俞小鲸单独说些话。

“你顺利完成拍摄任务，离开鲸鲸转战新的拍摄地，工作状态还这么饱满，精神也如此抖擞，我当然替你高兴。”俞小鲸解释，“不过，你去别的地方工作，我会很长时间见不到你，当然不高兴了。”

“欢迎你随时来探班。”于潇水莞尔，主动提起，“大鱼儿，你不问我和千里现在怎么样吗？”

“你们现在怎么样了？”俞小鲸从善如流，于潇水想说，她自然愿意听，“我们孟馆长最近变成大忙人，没有空再假公济私围着你转，你看起来反而很放松呢。”

作为鲸鲸海洋馆的馆长，孟千里近来确实忙碌。

不知怎么回事，向来跳脱，凡事得过且过的孟千里，好像突然开窍似的，对鲸鲸海洋馆的各项工作都上心了。比如，孟千里原本对鲸展厅何时开放并不在意，毕竟这个项目的初衷是让裴游回国工作。裴游花越多的时间制作鲸雕，意味着他在国内停留的时间越长，这是孟氏兄弟最乐见其成的。

他召开鲸鲸海洋馆全体员工会议，发表他的雄心壮志，提出改造鲸鲸海洋馆的目标，同时表示要将鲸展厅做成鲸鲸海洋馆的招牌，明年国庆节正式对外开放。这样再也不会有人投诉鲸鲸海洋馆“有名无实”了。

“孟烦烦跟你沟通过开放时间吗？”俞小鲸悄悄地问裴游，作为鲸展厅的工作人员，他第一次听说鲸展厅何时开放。

“他这叫通知。”裴游对孟千里的心血来潮表示不以为然。

“来得及吗？”俞小鲸有点头疼，“我们还有那么多的鲸雕要制作。”

“既然孟烦烦要快，我们自然配合他。”裴游似笑非笑道，“当然，他也得配合我的要求。”

鲸展厅何时开放由孟千里决定，不过，鲸展厅以哪种面貌开放是裴游说了算。如果按照裴游的节奏来，至少需要两年才能打造出他心中的鲸展厅。为了配合孟千里的时间表，则需要增加外部的力量。比如，鲸展厅的舞台光影设计和3D投影设计，这部分工作就由孟千里负责和设计公司进行协商，最终设计效果由裴游审核，同时监制后期的施工。

听了裴游的说明，俞小鲸恍然大悟，他在最初画设计图时就决定了鲸展厅的面貌，并且考虑好了具体的实施方案。裴游做事向来心里有数，自然不会被孟千里打乱阵脚，反而要求孟千里配合他寻找最佳的设计人员，将鲸展厅的效果图完美地呈现出来。

这么细致麻烦的工作，孟千里竟然乖乖地配合了，还积极地和设计公司洽谈合作。

孟千里突然转性认真工作，乐得孟万里打趣道："希望他再接再厉，让我早几年退休。"

俞小鲸对他的转变实在好奇，就跑去问孟千里了。

"我看过电影《美人鱼之梦》的特效设计场景，其中包括以鲸鲸海洋馆为原型设计的美人鱼海洋馆，精致梦幻的程度远远超过我的想象。"孟千里颇为感慨，"我想改造鲸鲸海洋馆，让它变成电影中存在的梦想之地。明年电影上映时，人们肯定会好奇现实中的美人鱼海洋馆是什么样子的。"

"说到底，你是想蹭电影的热度来营销鲸鲸海洋馆吧？"俞小鲸故意曲解孟千里的意思，"有人会说你这是在炒作。"

"肤浅。"孟千里赏了俞小鲸一记白眼，"我要让鲸鲸海洋馆成为配得上美人鱼的地方，于潇水从这里再出发，我要让她走得更远。"

"你这样费心思，潇水姐姐知道吗？"只要与于潇水有关的事，孟千里就跟打了鸡血似的。

“我已经决定和潇水重新开始了，这里是我们的新起点，也是为我们为孩子打造的乐园。”孟千里难得向俞小鲸敞开心扉，“我曾把受伤的爱丽丝当成孩子的替身，照顾它仿佛能减轻我对孩子的愧疚。鲸鲸海洋馆是我为纪念孩子建立的，我希望有一天孩子能看到，愿意回到我们的身边。”

俞小鲸恍然大悟，孟千里就是孟千里，他所做的一切，初衷从来都是于潇水。他假装不正经的背后，是对于潇水最为深情的执着。所以，孟千里不仅要忙着配合裴游呈现鲸展厅的技术要求，还要整合资源改造鲸鲸海洋馆。他想为于潇水的电影《美人鱼之梦》造势，让大家都知道于潇水梦想的海洋馆就在这里。

“我和他复合了。”于潇水坦言，表情是前所未有的放松，“我在做什么我都知道，我更喜欢现在专心工作的他。”

“你……”俞小鲸指着自己的左胸口，小心地试探，“这里想开了对吗，可以接受自己有幸福的资格了？”

“嗯，我不想再浪费时间折磨自己，也折磨千里。”于潇水轻轻点头，“有天千里痛骂了我一顿，指责我太自私，只想孩子的事，将他推得太远，害他迁怒孩子，责怪孩子让我这么痛苦。我被他这么一刺激，发疯似的反击他，怪他太迁就我，怪他纵容我沉溺在痛苦中，怨他任由我逃避也不拉我一把。那天，我们吵得非常凶，把这些年的怨气全部发泄了出来。最后筋疲力尽时，我才意识到我们太自以为是地为对方好，却从未面对彼此真实的想法。当我们能够承受对方最糟糕的一面时，我们才能真的理解对方的感受，才能找到重归于好的路。”

“现实有真实的痛苦，也有真实的幸福。”俞小鲸若有所思道，

“人不可能一直活在过去，当无法逃避时，面对反而成了唯一的退路。”

“对，千里说我们必须在一起，孩子才能找到回来的路。”于潇水被强势的孟千里说服了，“我们只有在一起，才能让孩子再次选择是否愿意重新成为我们的孩子，这是孩子的权利。如果是惩罚，我们也得在一起接受孩子不愿意回来的结果。大鱼儿，我想弥补，我想赎罪，但不能断了孩子回家的路，这条路必须由我和千里一起守护。”

“嗯。”俞小鲸握住于潇水的手，“我、裴游，还有孟大哥，也会一起守护的。”

“谢谢。”于潇水十分动容，眼眶微微湿润，“既然放不下，我就拿起来，好好地承担这份重量。你呢，放下还是拿起？”

俞小鲸微微一笑，没有立刻回答，她心中早有答案。

那日吃完“全蟹宴”，裴游开车送俞小鲸回家。下车时，裴游交给她一个大信封：“这是苏遥的东西，俞姑姑嘱咐我交给你。”

“什么东西？”她接过信封，想打开看，“姑姑为什么让你转交？”

“你回家再看。”裴游按住她的手，目光闪烁，“俞姑姑让我看过以后再决定是否交给你，这是她对我的考验。”

“那么你决定交给我……”她顿了顿，反问，“是在考验我吗？”

“不。”裴游摇头，语气很坦然，“你的过去有苏遥，他存在你的回忆中，与他相关的事，我觉得你有权知道。”

裴游比俞小鲸更早知道信封里的东西是什么，比她更早面对了苏遥对她的心意。他明明在意她和苏遥的过去，却更在意她对苏遥无法释怀的心结。

他选择让俞小鲸面对苏遥真实的感情，让她明白曾经喜欢的人是对的人，并非她的一厢情愿。

过去的俞小鲸和苏遥在裴游的照片中留下了合影，那也是她和苏遥一起拍过的唯一的照片。现在的她从裴游手中接过苏遥的信，终于知道那些年的在意，并非她的错觉。她喜欢苏遥时，刚好他也喜欢她，真好。

难怪裴游会安慰她，说她喜欢的人都是对的人，都是希望她过得好的人。

这些年俞小鲸为苏遥所做的一切，也并非毫无意义，她真心守护着他，真心怀念着他。

当年，苏遥不让俞小鲸去医院看他。俞小鲸在学校为苏遥做着双份笔记，苏遥在医院里悄悄描绘俞小鲸的模样，憧憬着康复以后再见的情景。他在笔记本上记录了他为她悸动的心情——

“我的血液里有你的存在，就像你住在我心里，为我鼓劲。我想活下去，也住到你的心里，让你为我心动，让我的余生有你。”

他的余生很短，短到来不及让俞小鲸知道他的感情。

也许在手术时，苏遥便发现了移植骨髓给他的人是俞小鲸。他明白俞小鲸想要隐藏供体身份的微妙心理，就像他不愿让她见到他病弱的模样一样。他在努力，想以最生龙活虎的样子出现在她面前，用他认为最酷的方式宣告他的心意。

他们都曾心动，都在意对方眼中的自己，都小心翼翼地藏着卑微却纯粹的真心。

喜欢，不敢去放肆，徒留惆怅，日复一日，无法释怀。

“为什么现在给我看这个东西？”俞小鲸打电话问俞沁，“你应该想瞒着我才对吧，为什么要把东西交给裴游决定呢？”

“这些年，苏家人应该已经猜出了你是移植骨髓给苏遥的人。他们对你的心理很微妙，无法怨恨你，但也无法感谢你。当然，他们也猜出了匿名存款的人是你，所以这些年默默地看着你的表现，直到他们发现你身边出现了裴游，就开始慌了，才把底牌亮出来。”俞沁冷静地分析苏家人的做法，“即使他们说已经够了，谢谢你为苏遥做了这么多，但他们还是害怕你会忘记苏遥，所以现在要让你知道苏遥的心意。我不管苏家人怎么想，在我看来一切已经结束了，我是否瞒着你也没有意义，关键是你和裴游会如何处理。”

“那么，你这样考验裴游，满意了吗？”

在苏遥的事上，俞沁向来护着她，不让她直接面对苏家人，就是不让她见到真实的人性，以免她受到伤害。

“我同意你们的事了。”俞沁愉悦地宣布，“裴游做得很好，大气又自信，小鲸，你又该如何回应呢？”

裴游接受了她所有的过去，包容她在心里给苏遥留的位置。因为她是他喜欢的人，他既然给予她为所欲为的权利，就不会收回了。

“潇水姐姐。”俞小鲸心里渐渐明了，“我不需要放下，也不需要拿起，因为这都不是裴游在意的事。”

“裴游在意什么？”于潇水很好奇，比起正宗的孟家人，裴游似乎更加通透一些。

俞小鲸冲她狡黠一笑，笃定地回了她一个字。

“我。”

裴游环抱着双手，满意地看着工作台上的一排鲸雕陶模：座头鲸、弓头鲸、灰鲸、长须鲸、布氏鲸、塞鲸、露脊鲸、一角鲸、小须鲸和虎鲸等等，大鲸小鲸一应俱全。未来需要制作的鲸雕，他都设计好雏形了。

俞小鲸见到这些鲸模，不知会有什么反应呢？

裴游很期待，与她一同创造鲸的世界。

俞小鲸今天的主要工作是协助电影《美人鱼之梦》在鲸鲸海洋馆的最后拍摄。现在快要下班了，估计没时间再来鲸展厅。

突然，鲸展厅入口传来声响。

是小鲸吗？裴游有些喜出望外，抬头，一看清来人，他嘴边浅浅的笑意先是凝固，接着渐渐消失，表情也僵住了，最后只剩下冷漠。

“这里闲人免进。”裴游直接对不速之客发出逐客令，“请马上离开。”

“我们不是闲人。”孟秋昂首阔步，以睥睨众生的姿态走向裴游，“好久不见，裴游。”

孟秋年逾半百，保养得宜的面容没有留下太多岁月的痕迹。多年不见，孟秋只有更加不可一世的高傲。

“你都长这么大了。”比孟秋只大三岁的裴立仁，已是满头银发。他的姿态有些畏缩，看向裴游的目光闪烁不定，“听说你回国，我和你妈来看看你。”

“我现在怎样，都与你们无关。”裴游面无表情，语气冷淡，对他们的“示好”只觉得反胃。

“你是我生的，当然与我有关。”孟秋目光灼灼，直盯着他，“我来关心你，你不要不领情。”

“哦。”裴游不以为然地应了声，视线越过孟秋，不愿与她对视。

“听说你还交了女朋友，她对你好吗？”裴立仁一脸讨好，“你想结婚的话，我们给你准备房子吧。”

“我的事，不需要你们费心。”裴游不假思索地拒绝了，“我并不想见你们，请不要再擅自出现在我面前，现在你们可以走了。”

“你……”孟秋瞬间火大，裴立仁眼明手快地拉住了她，示意她冷静。孟秋深吸一口气，努力平心静气地说，“裴游，以前的事是我们不对，但现在一切都过去了，我们是一家人，你还要记恨到什么时候？”

裴游有点厌恶地纠正：“我和你们不是一家人。”

“你是我的儿子，这一点永远不会改变。”孟秋强调，“裴游，我们这些年有在反省，不信，你听听？”

孟秋伸出手去拉裴游，他却像惊弓之鸟，本能地回避：“别碰我！”

“你还听得见对不对？”孟秋悬着的手，继续伸向他，试探他，“你不相信我们的话，你可以亲自确认，我保证是心口如一的。”

“离我远点。”

裴游的脸色变得苍白，想起小时候碰触孟秋听见的心声：“你怎么不去死呢？你爸是窝囊废，卑鄙又无耻，生了你，毁了我的人生，识相点去死！”

“裴游，我不准你躲，我不会再怨你，你听听就知道！”

孟秋步步紧逼，裴游节节败退，他惊慌地看着她伸过来的手，极力闪躲，不愿意再听到她任何的心声。

当年孟秋确认五岁的儿子听得见心声时，就故意在人前对他和颜悦色，牵着他的手，做出一副慈母样，实际上她的内心却在咒骂他，用无形却尖锐的利刃，在精神上凌迟他。

二十年后，她还要故技重施。

裴游不相信孟秋的话，更不相信她有意识伪装的内心，只想离她越远越好。他踉跄着脚步想逃走，突然有个身影冲过来，挡在他前方，阻止了孟秋的靠近。

“啪！”

俞小鲸毫不客气地拍开想要“侵犯”裴游的手，声色俱厉：“有话就说，别动手动脚，裴游不喜欢别人碰他！”

结束了于潇水那边的谈话，俞小鲸便迫不及待地回鲸展厅，一进门就看到一个贵妇人模样的陌生女人对裴游伸出“魔爪”，一副要将他拆吃入腹的跋扈模样。而裴游失去惯有的从容，一脸的惊慌失色，手足无措地躲避，竟然毫无反抗之力。

看到那个贵妇人咄咄逼人的样子，俞小鲸心中的无名火直往上冒，她想对裴游做什么？！

鲸展厅是她和裴游的地盘，怎么能容许他人上门欺负她的男朋友，当她这个女朋友是死的吗？

“我是他妈妈，不是别人！”孟秋捂着被拍红的手背，恼羞成怒地瞪着俞小鲸，“你是谁？不要多管闲事。”

他妈妈……裴游的母亲？

俞小鲸愣住了，那旁观的中年男人大概就是裴游的父亲了。

这就是两次将裴游送进精神病院的父母，难怪裴游见到他们会有如此反应，他根本就不愿意再看到他们。

俞小鲸回头看了眼裴游，他已经平静了许多，悄悄地握住她的手，冷冷地开口：“她是我女……”

“我是他的女朋友！”裴游握着俞小鲸手的手非常凉，凉得让她心疼不已，不由得出声打断了他。面对孟秋，俞小鲸不假辞色，“他的事就是我的事，不是多管闲事。”

既然知道裴游对所谓的父母心有芥蒂，作为他最亲近的人，理应出面应付。

“我是来见他的。”孟秋恼火，口气不善，“你别挡着，太碍眼了。”

“哦。”俞小鲸波澜不惊地应了声，故意回头向裴游确认，“你要见吗？”

俞小鲸是第一次见裴游的父母，却毫无“丑媳妇见公婆”的心态，更不在意孟秋和裴立仁对她的看法，她只考虑裴游的意愿，也只在乎他的感受。

裴游被擅自出现的人刺激而惊慌的心，此时被俞小鲸捧在掌中，温柔呵护。她的体贴抚慰，仿佛给他的心穿上了铠甲，而她就像执剑在前、以身为盾，保护他的骑士。

裴游低头看着眼前的人，第一次发现俞小鲸娇小的背影也可以如此挺拔坚实，为他挡风遮雨。这令他心安，让他整个人都放松了下来。

裴游轻轻地对俞小鲸摇头，她懂他，不需要多言。

“他不想见你们。”俞小鲸像是拿着尚方宝剑，有恃无恐地赶人，“请你们离开，不送。”

“你！”孟秋怒目圆睁，被如此无礼地对待，她简直难以置信。

空气变得安静，场面有些难堪。

“够了，我们还是走吧。”作壁上观许久的裴立仁，按着气得发抖的孟秋的肩膀，劝道，“他现在国内，以后可以再见的。”

孟秋推开裴立仁的手，瞪了俞小鲸一眼，深呼吸，维持着她的高傲姿态，甩头转身，快步走出鲸展厅。裴立仁歉然地对他们点头示意，匆匆地跟上孟秋的脚步离开。

“他们走了，天下又太平了。”

俞小鲸故作轻松地调侃，实则暗暗松了一口气。她有点担心孟秋发起威来会将她和裴游送去精神病院，毕竟有前车之鉴。

“谢谢你。”裴游从背后抱住俞小鲸，垂首搭在她肩上，在她耳畔低语，“我以为我早就看开了，能够冷静地面对他们，没想到仍记得被伤害的感觉，心有余悸，便惊慌失措了。”

“别忘了，你现在可是有女朋友的人，不是一个人哦。”俞小鲸转过身，双手捧着裴游的脸，与他四目相对，认真地承诺，“我会一直在你身边，你不想见他们，我就替你们挡着他们，绝对不会再让他们伤害你。”

不合格的父母对年幼的孩子造成的伤害，不会随着时光流逝被稀释，而是悄悄地深刻于骨髓，变成一道触摸不得的痛。

即使孩子成年以后学会释怀，也并非代表原谅，只是不想去计较罢了。

裴游不去计较，不代表他们可以得寸进尺，假装过去已成往事，现在来要求天伦之乐，简直可笑。

“这样被你守护着，我好像有了铠甲，无坚不摧。”裴游不由得低头，亲吻了下他的铠甲，“我不会让他们为所欲为的，因为他们不配。”

“他们除了把你送到精神病院，还做了什么？”俞小鲸觉得她有必要记在小本本上，有备无患。

“十二年前，大哥想要我的监护权，他们狮子大开口，要求用孟氏集团旗下效益最好的医疗器械公司和度假疗养中心来交换。大哥说服了舅舅，分割了孟氏集团业务，满足了他们，从而获得我的监护权，让我可以安心地在孟家生活。”裴游嘲讽地说着他们当初的做法，“用我这个包袱换取他们想要的东西，对他们来说，这是我最大的价值。从那天起，他们就不再是我的家人，老死不相往来对彼此都好。如果不是大哥说要给他们留点颜面，我早就改名叫孟百里了。”

“扑哧。”本来严肃的氛围，瞬间被“孟百里”破坏了。俞小鲸失笑，有点乐不可支，“还好你不是想改姓，不然我就得去梦里见你了。”

“我大概是梦游太久了，才没有意识到你一直在我身边。” 裴游的额头抵着她的额头，轻轻地蹭着，“小鲸，你早就出现在我的生命里，我真想比任何人都早认识你，这样我就能更早地陪着你，更早得到我的铠甲，更早心满意足。”

“阿游，”意识到他对裴家的不以为然，俞小鲸改变了对他的称呼，“你迟到太久了。”

“嗯。”这一声“阿游”唤得亲昵，挠得裴游心痒痒的，他亲了亲俞小鲸的额头，“我的错，让你久等了。”

“知错能改，善莫大焉。”俞小鲸调皮地摸摸他的头，“你得补偿我哦。”

“你想要什么补偿？”他纵容道，“我都给你。”

“走，现在就陪我去一个地方。”俞小鲸露出一脸神秘的表情，直接拉着裴游往鲸鲸海洋馆的停车场去。

“好，我奉陪到底。”

裴游不问去处，方向由她决定，不管去哪里，他都与她同行。

日落时分，层层叠叠的云被夕阳余晖染成了橘红色，好似华丽的绮罗漂浮在远山的上空。晚风轻拂，苍翠的松柏发出“窸窸窣窣”的声音，像有人在空旷的陵园窃窃私语。

裴游十分意外，俞小鲸会带他来宝岳山陵园。

两人并肩站在苏遥的墓前。墓碑上照片中的苏遥，爽朗帅气，眉目含笑，定格在最美好的年华。

“八年前，在我生日那天，苏遥离开了。”俞小鲸平静地说，“第二天是苏遥的葬礼，很多老师和同学都去送他，而我却躲起来，没有送他最后一程。我那时很害怕，害怕面对现实，于是欺骗自己，只要不去参加葬礼，就能假装苏遥还活在某个地方。”

裴游揽着俞小鲸的肩膀，轻轻地拍着，看着墓碑上的苏遥，听着她说过去的事。

“这些年，每当情绪不好的时候，我都会来这里见苏遥，跟他说说心里话。这样做就像是被他安慰了，我便又能获得能量伪装自己，做那个不会拒绝他人的俞小鲸，连带着苏遥的份一起活下去。八年来，我习惯了背负苏遥的人生，直到遇见你，你有意或者无意地提起苏遥，刺激着我，让我不得不面对现实，面对再也不可能见到苏遥的现实。”

回首过去，俞小鲸愈发觉得过去的自己可笑。从来不是她被苏遥绑住无法开始新的人生，而是她束缚了苏遥，不愿意让他离开。

“他在你心里，只要你想就能见到的。”裴游摸摸她的头，他理解俞小鲸对苏遥的感情。那是她的过去，也是她的青春，更是他和她错过的时光。

“我一直没有跟苏遥告别。”俞小鲸不由得攥紧了手，裴游包容了她的一切，她也想回应他的信任，“阿游，我要你陪着我，看着我，告别苏遥。”

“好。”裴游松开手，稍稍退开两步，静静地看着俞小鲸，心里一片柔软。

“苏遥，整整十年，我的心里只有你。”俞小鲸对着墓碑上的苏遥大声说，“我从未后悔喜欢过你，谢谢你也喜欢着我。但是，我喜欢你，只能到此为止了。今天，我带裴游来见你，他是我现在最喜欢的人，我想和他在一起，可以吗？”

辽阔天地间，远山似有回音，像极了一声声的“可以”。

眼泪瞬间涌了出来，俞小鲸终于走出了懵懂的青春，告别她年少的心动，不再困于过去。

“阿游，你听到了吗？”俞小鲸转头望向裴游，笑中带着泪，“苏遥在说‘可以’，对吧？”

她曾经喜欢的人，磨平了她满身的刺，抚慰了她心中狂暴的小怪物，让她摆脱俞家的束缚，开始懂得享受普通人的简单和自在。在他身上，寄托着她蒙眬而美好的少女情怀。

当他离去，她便沉溺过去，他给她留下一片无法碰触的逆鳞，直到裴游出现，一次又一次地包容她的逆鳞，用他独有的温柔抚顺了这片逆鳞。

过去的温情再也无法满足她，她只想要眼前的温暖，还有长久的陪伴。

“对。”裴游上前拥她入怀。他拥抱着俞小鲸，仿佛拥抱着全世界，令他心安，让他着迷，“从今往后，我来陪你，我们在一起，朝朝暮暮，年年岁岁，不止十年。”

他喜欢的人，是个专心的人，专心得容不下第二个人。

他很庆幸，成了她心里唯一的人。

朝来暮去，日升月落，时光匆忙，他只想和她一起看人间烟火。

尾声

她最想要的陪伴

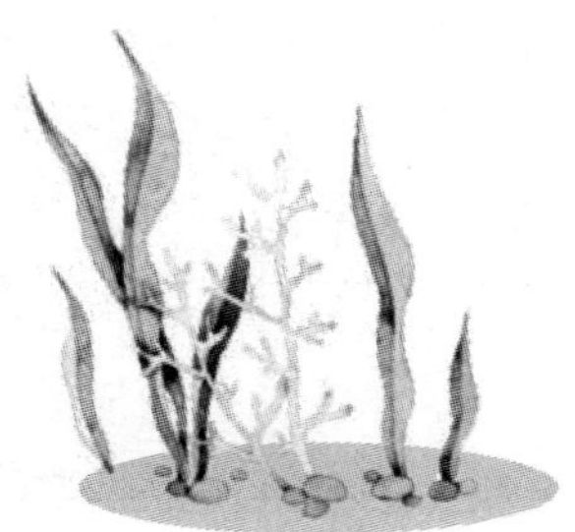

一年后。

为了避开竞争激烈的国庆档期，于潇水主演的电影《美人鱼之梦》提前一周上映。随着口碑的发酵，《美人鱼之梦》在大片云集的国庆电影市场挣得一席之地，票房持续走高，热度不减。

《美人鱼之梦》的热映，为作为电影拍摄地的鲸鲸海洋馆带来了络绎不绝的人流。即将在国庆节正式对外开放的鲸展厅也备受瞩目，开放日的预约人数爆满。

孟千里还邀请了当红主播对鲸展厅的开放进行网络直播，直播间的观看人数不断攀升。数百万人随着主播的镜头，进入如梦如幻的“海中央”，共赴“海神”为群鲸举办的“盛宴”。

玻璃穹顶涂上特殊的透光蓝涂层，一道道光透过穹顶，犹如阳光从海面倾泻而入，粼粼的波光在空旷的展厅中随意荡漾，完美地还原了海水中的光色。布置在各个位置的灯光，巧妙地烘托着海中的氛围，让这片“海“显得神秘又梦幻，引人入胜。精心设计的3D投影，制造出各种摇曳的海草和珊瑚，还有迎着穹顶投下的光逆游而上的色彩斑斓的小鱼。

光影变动，人们的视线往上，便看见了令人震撼的鲸世界：庞大如巨轮的蓝鲸、与大王乌贼缠斗的抹香鲸、意欲跃出海面的座头鲸、成群捕捉小须鲸的虎鲸们、慢悠悠浮游着的弓头鲸、三五成群一起歌唱着的白鲸……变幻的光影投射在它们身上，悬浮着的各种鲸雕仿佛随着光影动起来了，栩栩如生。

抬头仰望，这些海中巨兽如鲲鱼如鹏鸟，在梦境的幻海中遨游，好似漫天神佛降临，令人震撼。误入鲸海深处，沉醉不知归路。

气势磅礴又奇妙梦幻的鲸世界，让人仿佛身临其境，只想与鲸共游，一同前往“海神的盛宴”，共襄盛举。

“那些鲸是真的吗，珊瑚小鱼也是真的吗？看起来好像是活的一样。”

“我也想去现场看，怎么预约？在线等，很着急！”

“灯光设计太厉害，3D投影也能以假乱真了，高科技的造梦空间吗？”

“鲸真的有那么大吗，还是镜头放大了？目瞪口呆中……”

“五分钟之内，我要这些鲸的全部资料！”

“这么多鲸是怎么做出来的，为什么能漂浮起来？”

“天啊，这是什么神仙操作？”

“我家没有大海，我家也没有鲸，但这里可以拥有一切！”

“谁也别拦我，我这就去鲸鲸！”

……

直播屏幕上刷过各种弹幕和礼物，网友们表达着各种震撼的心情，热闹非凡。

看着手机直播的俞小鲸，笑得见牙不见眼，这可是她最喜欢的动物雕塑师Orca的用心之作，自然叫人大开眼界。

俞小鲸毫不意外鲸展厅开放带来的轰动。她第一次见到鲸展厅的设计图时，便被画中梦幻磅礴的鲸世界俘获了。现实的鲸展厅完美地还原了裴游的设计，置身其中，只会让人觉得如入梦境，流连忘返。

作为Orca手把手教出来的徒弟，俞小鲸参与了这些鲸的世界。能和裴游一起创造这个梦幻世界，她与有荣焉。这个世界，还是她和裴游的定情之处，这些鲸雕的身上都烙有她和裴游的印记，满满是温柔的爱意。

忽然，有只胳膊横到她胸前，拿走了她的手机，来人不满地咕哝着：“玩什么手机？乖，陪我再睡会儿。”

俞小鲸忍俊不禁，看向睡得头发乱翘的裴游。他睡眼惺忪，露出一副被冷落的委屈表情。

“鲸展厅今天开放，正在直播呢。”她拢了拢裴游额前的发，感觉到他迎面而来的鼻息，觉得脸上有点痒，“我们真的不去现场看看吗？”

“我们的工作已经完成，其他的由孟烦烦负责。”裴游把手伸到俞小鲸脑袋后，让她枕着他的胳膊，“现场人太多了，没必要去凑热闹。”

为了确保鲸展厅在国庆节按时开放，他和俞小鲸连续加班十几天。昨天更是为了鲸展厅最终整体效果的测试，忙到了晚上一两点，接下来的国庆假期，自然要放松度假，工作免谈。

“好，我们再睡会儿。”

俞小鲸翻了个身就被裴游揽入怀里，她搂着裴游继续补眠。虽然已经是上午九点多了，但他们昨天回来快三点了，可以再睡一两个小时，然后起来吃午饭。

两人正式交往一年多，又在一起工作，几乎天天相伴左右，该磨合的、该协调的、该妥协的都经历过了，恋人间该发生的自然也都发生了。最初，他们会去对方的家里过夜，又默契地为彼此保留空间，用裴游的话说就是：“虽然我想时刻与你耳鬓厮磨，但不想让你有嫌我黏人的机会。”

既然裴游想克制忍耐，考虑如此周到，俞小鲸当然是选择配合他。不过，有时他送她回家，她就故意要他亲亲抱抱举高高，然后他便会乖乖留下来陪她了。

一人生活时，时常会感到孤独，但不会觉得寂寞。

两人恋爱时，心里不再有孤独，但没有他会寂寞。

习惯了在一起，便无法忍受分离。今天长长的云好像浮出海面的蓝鲸，路边的小猫主动求摸摸，便利店手机支付中了一块钱的红包……俞小鲸希望裴游就在身边，可以随时跟他分享所有生活的细节。

于是，在她家，他的东西越来越多，他也越来越常留宿。日出而作，日入而息，两人的生活，规律又简单，真实又心安，甜蜜不多不少，够她在梦里回味许久。

直到一个月前，俞小鲸的租约到期，正在考虑要续约多久，裴游终于忍无可忍地开口："小鲸，我在你家住了这么久，接下来该换你住我家了吧？"

裴游似乎蓄谋已久，俞小鲸当然还是选择配合他，她退了房子，搬到他家，乐得裴游每天都想下厨秀男友力。

最近半个月连续加班，再次让俞小鲸觉得住在一起太好了，不然工作越忙碌两人越没有时间相处。习惯了对方的存在，就像呼吸一样理所当然。

这就是她最想要的陪伴，共享一粥一饭，共赏日落星辰。

每天睁开眼，看到他和阳光都在，她就心满意足。

外面阳光正好，而她只想窝在他的怀里，同他一起入梦，梦中也有他的陪伴。

听着俞小鲸渐渐均匀的呼吸，不知不觉就合上他的心跳频率，裴游反而清醒了。他只觉得岁月静好，无忧无惧，令他沉迷。

裴游抬手细细地描绘俞小鲸的眉眼，抚过她的鼻唇。近来连续加班，劳心劳力，她清减了许多，巴掌大的脸更显得小巧，但依然清秀可爱，是他最喜欢的模样。

裴游第一次被送进精神病院时，就明白"听见他人心声"是种特别可怕的能力，他若无法自控就会受制于人，再无自由。

他想控制这种能力，不想听到世间纷杂的心声，所以他选择避免跟人碰触，拒绝与他人建立关系。他以为自己注定会孤独终老，唯一庆幸的是世界很大，他可以遨游四海与鲸相伴。

而今，裴游愿意相信，人生而孤独，但这一路，或早或晚，同行的人总会出现的。

现在的他，只想牵着她的手，仰望云卷云舒，坐看潮起潮落，走遍天涯海角，到达岁月的尽头。有她相陪，此生足矣。

裴游轻抚着俞小鲸的脸颊，幸福感溢满心间。太过幸福，有时反而令他害怕，怀疑这一切是梦境，他不敢大声笑，唯恐吵醒了梦中人。

“幸福得不敢大声笑？”孟万里被裴游的说法逗乐了，“小游，你这波恩爱秀的，我给你满分。”

“我爱她，我也知道她爱我。”越是肯定彼此的爱，裴游就越容易心慌，“但有时会觉得不真实，忍不住就患得患失。”

“不真实？”孟万里笑着吐槽，“因为没有第三者捣乱，没有父母长辈反对，没有爱得轰轰烈烈吗？”

“不是。”裴游意识到自己的矫情，有点窘迫，“可能是我想要得到更多。”

“因为恋人的关系已经无法满足你，也不能让你真正安心。”孟万里指出他的问题，“那么，就用法律的形式，与她成为真正的家人，向全世界宣告她是你的，谁也抢不走。”

孟万里的话犹如醍醐灌顶，裴游心中小小的纠结，找到了最正确的打开方式。

这段时间太忙了，让他的计划延迟了许久，现在工作告一段落，他终于能满足他的私心了。

裴游小心翼翼地从枕头下取出一个小盒子，里面是准备已久的钻戒。

“小鲸，”裴游凑近俞小鲸的耳畔，温柔低语，“全世界让我欲罢不能的是你，我能想象的爱情样子也是你，我想每天醒来的第一眼看到的还是你，余生定居在我心里的只能是你。我爱你，我需要你，你愿意嫁给我吗？”

“嗯。”俞小鲸在半睡半醒间，应了他一句，她仿佛做了个美梦，嘴角微微翘起。

裴游瞬间眉开眼笑，牵起俞小鲸的手，轻轻地印下一吻，将戒指套在她手上。

她睡得正香，他不愿打扰，便揽她入怀，躺在她身边。没了挂念的事，睡意再度袭来，他缓缓地进入她的梦里，梦里似乎已经响起结婚进行曲了。

俞小鲸醒来时，发现了左手中指的戒指。看着身边沉沉睡着的人，笑意爬上她的眼角眉梢，原来并非在做梦。

“我愿意。”

她俯身，亲吻裴游，唤醒了亲爱的未婚夫。

“我也爱你。”

番外篇

陪你游过时间海

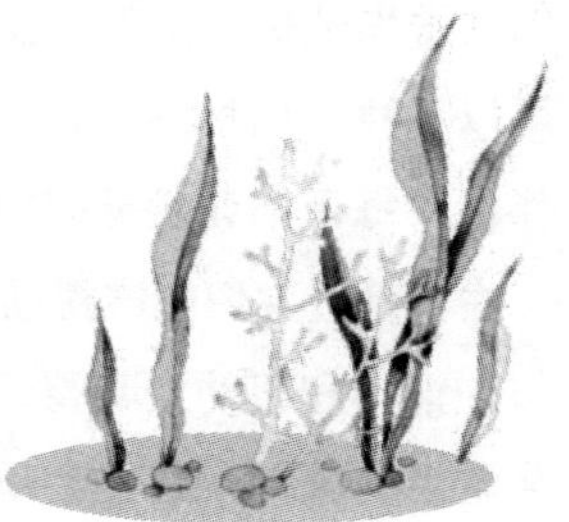

01

虽然父母不大在意她的终身大事，她跟谁在一起也不是他们关心的事，但两人准备结婚，俞小鲸还是决定走一下“见家长”的程序。

向来对女儿放养的俞洋和田幼安，面对女儿突然带上门的准姑爷，可以说是不知所措了。

“爸，妈，”俞小鲸简单地介绍，“这是我的未婚夫裴游，我们要结婚了。”

俞洋和田幼安面面相觑，两人都很头大。俞小鲸一副只想走程序做个交代的模样，完全不想多报备什么。

——她懂得怎么谈恋爱吗，跟对方有没有共同话题？

——她从来不参与家族群的讨论，不懂最新科技发展在人工智能的应用，也不关注社会老龄化、少子化对社会保障体系的影响，她在对方面前，也是沉默寡言吗？

——对方是个怎样的人，会嫌弃她不够聪明跟不上他的思维吗？

——她的智商没有她的堂姐堂弟高，不够理性，容易情绪化，我们不知道如何跟她交流，对方懂得如何应对她吗？

……

“伯父，伯母，你们好。”裴游主动上前跟俞洋和田幼安握手问好，“我叫裴游，今年二十六岁，是一名动物雕塑师。小鲸是我的助手也是我的徒弟，更是我爱的人。我们无话不聊，共同话题众多，可以从海洋馆里的动物说到一日三餐，相谈甚欢。她就是我的灵魂伴侣，每天都让我觉得她比昨天更可爱。我想和她结婚，携手共度一生，希望你们能够祝福我们。”

俞洋和田幼安听得一愣一愣的，好像所有的疑惑还未出口就被裴游主动告知，想他们所想，思他们所思，让他们心无挂念，自然而然地向他颔首表示："好，小鲸就交给你了，祝你们幸福。"

"谢谢爸妈。"裴游微笑着改口，"给她幸福是我余生最重要的事，请你们放心。"

俞洋和田幼安相视一笑，这小子心思细腻又温柔嘴甜，他们非常放心。

俞小鲸目瞪口呆地看着裴游一反他在陌生人面前的冷淡疏离，从容不迫，侃侃而谈，三两句就突破了俞洋和田幼安的心防，把他们哄得眉开眼笑，巴不得立刻将女儿打包送他。

她的父母从来不是会哄孩子的人，而她也不是父母贴心的小棉袄，从未走进对方的心里，彼此间的关系只能算"相敬如宾"，客气平淡，如此而已。

裴游仿佛很懂俞洋和田幼安在想什么，瞬间就能拉进与他们的距离，获得他们的祝福。

原来裴游只是习惯与人保持距离，并非不擅长人际交往，恰恰相反，他可以决定人际距离，主动选择关系的亲疏。

裴游悄悄向她眨了个眼，表示一切有他，万事无忧。

她爱的人，比她想象的更厉害，犹如宝藏，等着她去发掘探索。

02

裴游将蜜月旅行安排在葡萄牙，这曾是他回国前停留的最后一站。他们从首都里斯本飞往有着"世界鲸都"之称的亚速尔群岛。那里过去是捕鲸中心，现在变成了观鲸胜地，常年有抹香鲸、座头鲸、长须鲸、蓝鲸、北鼻瓶鲸和鳁鲸等出没。

俞小鲸第一次看到这些鲜活生动的海中巨兽，在观鲸船上兴奋得直叫："鲸！真的是鲸！阿游，你看，还有海豚群！天啊，太神奇了，你怎么会知道这么棒的地方？"

“当然是因为我爱鲸如命。”裴游从身后圈抱着俞小鲸，免得她太激动翻下船去海里跟鲸打招呼，“在海里有我喜欢的鲸，在心里也有我喜欢的鲸。”

“你如此爱鲸。”俞小鲸故意抛出“致命题”，考察下他的求生欲，“那么，海里的鲸和心里的鲸相比，哪里的鲸更重要呢？”

“海里的鲸属于大海，而心里的鲸属于我。”裴游在她耳畔低语，“我想带着心里的鲸去看海里的鲸，让全世界的鲸都知道，我的鲸是独一无二的，是我最重要的宝贝。”

“海有鲸兮，海之瑰宝兮。”俞小鲸笑眯眯地吟道，“鲸有你兮，鲸之幸运兮。”

“也是我的幸运。”裴游收紧手，抱着她更贴近他，“小鲸，我还想带你去阿根廷的瓦尔德斯看虎鲸，去新西兰的库卡拉看抹香鲸，去美国的阿拉斯加看灰鲸，去南非的开普敦看露脊鲸，去加拿大的努纳武特看独角鲸和白鲸，去斯里兰卡的近海看蓝鲸，去澳大利亚的昆士兰看座头鲸，那里有全世界唯一的白色座头鲸，叫‘米伽罗’……全世界有鲸出没的地方，我都想带你去看看。那些我曾到过的海和观过的鲸，藏着我的过去，我都想说给你听。”

“原来你这么想秀恩爱给全世界的鲸看呀。”俞小鲸笑道，“亲爱的，你看，有只座头鲸跃出海面了。”

“那么，就让它看看我有多爱你……”裴游转过身，捧着她的脸，吻下去。

巨大的座头鲸翻腾出海面，一声巨响，鲸落回海里，海浪四溢，水雾在空中弥漫，映衬着阳光，出现小小的彩虹。

裴游曾独自游荡，见过很多的海，看过很多的鲸，他从未想过会在哪里停留，唯一让他驻足的是她的心。他想，此生便定居于此了。

“阿游，我想陪你游过时间海，倾听你和那些鲸的故事，把他们变成我们新的记忆。”

循着裴游过去的足迹，去见曾陪过他的鲸，俞小鲸对这样的未来充满了期待。她会了解更多的他，对他的爱也会变得更多。

“无论我去哪里，你都会在我身边，对吗？”裴游凝视着俞小鲸闪闪发亮的眼睛。

“亲爱的裴先生，结婚时的誓言是一生一世不离不弃哦。”俞小鲸提醒他，兴致勃勃道，“所以，我们就一边工作一边去看全世界的鲸吧。”

“小鲸，你是不是知道了什么？”裴游挑了下眉，他以为自己处理得很好。

“摩纳哥那边发给动物雕塑师 Orca 的工作邀约吗？”俞小鲸明知故问，“我可是 Orca 唯一的徒弟，学艺不精还得继续跟着师父磨炼技艺。师父，你不准备带徒弟出国工作吗？”

“笨蛋。”裴游刮了下她的鼻子，“我想给你稳定的生活，在国内我们也可以接受各种工作邀约。”

“世界这么大，我们家又没有海洋，当然要出去看鲸了。”俞小鲸明白裴游的顾虑，也知道他为什么想拒绝国外的工作邀约，“所以，出来度蜜月前，我给孟烦烦留了辞职信。”

“孟烦烦会哭的。”裴游忍俊不禁，眼角眉梢满是笑意。

“Orca 大师，我失业了。”孟千里哭了会有于潇水安慰，俞小鲸只想让她爱的人负责，“你要是不给我工作，我就哭给你看哦。”

“你的表现这么优秀，”裴游故意严肃道，“我当然是决定录用你了，Mrs. Orca。”

动物雕塑师 Orca 个人社交网络的用户名正式改为 Mr. and Mrs. Orca（虎鲸先生和虎鲸夫人），头像变成两只相伴而游的虎鲸。自此，动物雕塑师 Orca 夫妇上线了。

03

俞小鲸和裴游结婚后，辞去鲸鲸海洋馆的工作，两人便在国外生活，一年接三四个工作邀约，花七八个月完成，其余的时间就是出海看鲸，悠闲自在。

三年后，俞小鲸怀孕，裴游中止了边工作边观鲸的居无定所式的生活，心急火燎地回国待产，时不时去孟家取经，提前适应奶爸身份。

俞小鲸孕期状况稳定，好吃好睡，几乎没什么妊娠反应，准爸爸裴游却异常紧张。

俞家亲子关系平淡，裴家亲子关系恶劣，都不可取。裴游认为孟家亲子关系温馨，孟家氛围最适合孩子成长。

孟千里和于潇水复婚第二年就生了儿子孟九思。小九两岁了，性格跳脱活泼，孟千里对他完全没辙，常常被牵着鼻子走，什么脾气都被磨没了，只求小祖宗花样少点别折腾他爹。裴游却把小九收得服服帖帖，他一到孟家，小九就粘着他，成了他的小尾巴，跟他分享玩具。一大一小处得异常和谐，常常相视而笑，一切尽在不言中。

孟千里眼巴巴地凑过去想一起玩，小九推开他的脸，送他一个字表示拒绝："笨！"

"哥，你瞧瞧，儿子竟然嫌老子笨！"孟千里痛心疾首，"他一出生我就给他把屎把尿，凭什么说老子笨啊？"

"因为你不懂小九的心。"孟万里似笑非笑道，"小九说话还不利索，不怎么会表达自己的想法，可小游就懂他想要什么，他自然乐得和小游亲近了。"

"我才是他亲爹！"孟千里转头向俞小鲸抗议，"大鱼儿，管好你家老公，想玩孩子等着自己生啊。"

“孩子这不是正在来的路上吗？”俞小鲸摸摸肚子表示，“他爹等不及想练手，你就大方点，反正小九喜欢跟他玩嘛。”

孟千里泪奔，打电话向正在片场拍摄新电影的于潇水哭诉，儿子不亲他，他感觉很绝望啊。

“小俞，你看小游带孩子的天赋如何？”孟万里若有所思地问，“我觉得他一定会是个好爸爸。”

“孩子再多变的心思，他似乎都捕捉得到，我看这是天赋异禀了。”俞小鲸笑眯眯地看着孟万里，意味深长道，“我也觉得他会是个好爸爸。大哥，你什么都知道，对吧？”

“知道什么？”孟万里挑眉反问，“小游特别善解人意吗？”

“或许吧。”俞小鲸不置可否，有些东西大家心照不宣就好，“大哥结婚的话，也会是好丈夫好爸爸的。”

“那得有人愿意嫁给我才行。”孟万里只是笑了笑，眼底竟有一丝无奈。

“大哥，你在妄自菲薄。”裴游将玩累睡着的小九交给孟千里，走到坐着的孟万里身后，拍了拍他的肩膀，“我觉得被大哥爱着的人，都是幸福的人，她肯定想和大哥在一起的。”

孟万里瞥了眼裴游的手，轻叹一口气，说：“小游，借你吉言。”

俞小鲸顺着孟万里的视线也注意到裴游的手，他去拍孟万里肩膀的动作有些突兀，显得特别刻意。

回家时，副驾驶座的俞小鲸歪头看着开车的裴游，问：“阿游，你怎么知道大哥有个爱着的‘她’呢？”

孟万里向来把所有心思和精力都放在家人身上，他对家人的了解事无巨细，反之，他们这些被孟万里护着的人，对他的私事却一无所知。

“我听得见他的心声，自然就知道他藏在心里的人。”裴游很平静地说。

“原来如此。”长久的猜测有了答案，俞小鲸立刻向他求证，“你用手拍他的肩膀，是为了听见他的心声吗？”

“嗯。”到家了，裴游停了车，但没有立即下车，只觉得俞小鲸的反应有些不对，“小鲸，你好像一点都不意外，你早就听大哥说起我的秘密吗？”

“你说呢。”俞小鲸拉起他的手，让他自己确认。

原来孟万里知道裴游的秘密，难怪一直以来这么保护他，甚至会费心地调查在他身边出现的人。

“我猜得出你心里在想什么，但我听不见你的心声。”裴游诚实地告知，“只要有肢体接触就能听见对方的心声，但唯一免疫的人就是你。”

“果然。”俞小鲸终于确定他为何要跟他人保持距离，也明白他为何要远离父母，“阿游，你有时会抱着我说梦话，烦恼着听不见我的心声，不知如何向我证实你的能力，又不想对我有秘密，希望我快点发现你的特别。”

对他来说，她是最特别的存在，也是最安心的存在。

“嘘。”裴游指了指她的肚子，“别让孩子听见了。”

俞小鲸开始为孩子庆幸，会有一个特别贴心的爸爸，但也忍不住同情孩子，以后会发现爸爸就像如来佛祖，翻不出他的手掌心。

04

裴游给女儿取名俞梦，姓跟了俞小鲸的俞，名随了孟家的梦，乳名小鱼儿，都与裴家无关。

作为爷爷奶奶，孟秋意外地保持缄默，裴立仁表示强烈的不满，但裴游不以为意，依然不乐意跟他们见面，更别说让他们亲近女儿了。

“你是在报复他们吗？”孩子姓什么，俞小鲸没意见，只是想到俞家的孩子……担心女儿的智商可能跟不上，她才有点苦恼。

“不是报复。”裴游很宝贝女儿，“我们的女儿这么好，裴家配不上罢了。”

俞洋和田幼安一有空就来见小鱼儿，裴游懂他们的心思，有意引导他们和小鱼儿互动，让他们懂得小鱼儿在想什么。

小鱼儿是情绪特别稳定的孩子，不怎么哭闹，心声也少，少到裴游怀疑她在专心长身体，懒得劳心费神。

随着小鱼儿长大，裴游和俞小鲸很快就发现这孩子的与众不同，她表现出各种高智商的特质：早慧、理智、冷静、专注……两岁时，她就能把俞洋教的九九乘法表背熟了。她对电视上的婴幼儿动画片完全没兴趣，反而喜欢听俞洋讲数学的故事，乐得和俞洋玩数独游戏。

俞小鲸没料到智商会隔代遗传，她居然生了个天才女儿。

“作为俞家人，最笨的还是我。”俞小鲸差点哭倒在裴游怀里，但也感到欣慰，至少小鱼儿不用像她妈妈那样自卑，纠结于自己的普通，以后在俞家，小鱼儿会如鱼得水，在孟家也能备受宠爱。

“她心里已经装上各种数学公式了。”裴游也很头疼，“我不擅长数学，听她的心算声，算是一种折磨，我认输。”

“阿游，我们以后会变成小鱼儿口中的笨蛋父母吧？”俞小鲸未雨绸缪，“我肯定辅导不了她的作业。”

“没关系，她外公外婆会很乐意的，他们更懂得如何培养小天才。”

裴游看得很开，俞洋和田幼安发现他们和小鱼儿合得来以后，经常抽时间来陪小鱼儿，像是在努力补偿过去对俞小鲸的冷淡。其实他们和小鱼儿是一类人，思维相通，自然容易亲近和互动了。

“我们只要爱她就可以吗？”俞小鲸感慨，小鱼儿就是她父母心中最理想的孩子，也是典型的俞家孩子。

“爱她，尊重她，守护她。”裴游亲了亲俞小鲸，“我们作为父母，相亲相爱便是对她最好的家庭教育了。”

从此，在天才女儿面前，俞小鲸和裴游就走上了秀恩爱的道路，小鱼儿对父母热衷喂她狗粮的行为，始终无法理解。

“外公，他们天天交换口水不腻吗？”七岁的小鱼儿认真地请教X大数学系教授俞洋，“难道是为了互相交换菌群以实现夫妻越长越像的目标吗？”

“那叫接吻。”俞洋纠正，客观地解释，“研究表明，经常接吻有利于心血管的稳定、高血压和胆固醇的降低，还能提高免疫力，消耗卡路里，放松面部肌肉……总之，接吻有利于身体健康。”

小鱼儿认为她有必要准备仪器，记录笨蛋父母早安吻时心跳血压的变化，以证实研究的严谨性和科学性。

【全书完】